William Shakspere (signature)

张秀仿 —— 著

英国新古典主义时期莎士比亚批评研究

中国社会科学出版社

图书在版编目（CIP）数据

英国新古典主义时期莎士比亚批评研究 / 张秀仿著.
-- 北京：中国社会科学出版社，2024.9
ISBN 978-7-5227-3455-2

Ⅰ.①英… Ⅱ.①张… Ⅲ.①莎士比亚(Shakespeare,
William 1564-1616)—戏剧文学—文学研究 Ⅳ.①I561.073

中国国家版本馆CIP数据核字（2024）第079500号

出 版 人	赵剑英
责任编辑	王小溪
责任校对	师敏革
责任印制	戴 宽

出　　版	中国社会科学出版社
社　　址	北京鼓楼西大街甲158号
邮　　编	100720
网　　址	http://www.csspw.cn
发 行 部	010-84083685
门 市 部	010-84029450
经　　销	新华书店及其他书店

印　　刷	北京君升印刷有限公司
装　　订	廊坊市广阳区广增装订厂
版　　次	2024年9月第1版
印　　次	2024年9月第1次印刷

开　　本	710×1000　1/16
印　　张	13.5
插　　页	2
字　　数	203千字
定　　价	69.00元

致努力的岁月。

序

　　人类已经进入一种全新境界的社会，已经不再对神崇拜。人的潜能的开发，远远超过了人自己的想象，超出了文艺复兴时期的那种讴歌和指望的境界。力士参孙靠自己的长发，就可以倾覆大厦，毁灭庙宇。人自己的发明，可能是一个助手，也可能是一个异类。正如希腊神话中的塞浦路斯国王皮格马利翁雕琢并由神赐，获得了自己的爱妻。然而，这样的爱妻却似大利拉那样坑害了他。如今的数字科学、生物实验，产生出了皮格马利翁的加拉泰亚，也产生了弥尔顿笔下的大利拉。这就让人思考一个问题：人的理想是到达了，还是走向了反面？人的精神寄托和精神生活究竟到达了什么程度？

　　尽管我们已经走向了轰轰烈烈的创新时代、甜甜美美的共同体建设，我们的精神究竟是什么样子，应该是什么样子，这是每个人潜意识或有意识思考的话题。在高等教育稳步而雄健地前进的今天，从事阅读和研究的人可以说是多得不可与以前同日而语。但我们是否真正进入思想、精神和学术统一的境界，还是一个较为复杂的问题。具有广延性、包容性和复杂性的外国文学学科，同样存在这个问题。所以，可以简单地说，时髦的理论、入时的批评方法都很有市场，但踏实的工作未必是每一个追求学位抑或追求学问的人可以做到的。

　　有学者说，学术不是创新，而是一种进展。这话非常有道理。创新固然是非常有价值的，比如古希腊的欧几里得，他创造的几何学学科基础至今仍是一切几何学的基础。从这种意义上说，创新是必要而且是了不起的。可事实上，并非每个人都能够在真正的意义上创新，大多只能是对创新做出一些证实或推进的工作。尤其是浩瀚的学科，宏大的话题，更是难以破旧统而立新意。比如莎士比亚这个话题，四百年来最好的总结和赞美，仍然是琼森和歌德的两句空洞得不能再空洞的溢美之词："千秋万世的"（for all time）莎士比亚、"说不完的莎士比亚"（Shakespeare und kein Ende）。

然而，莎士比亚说到了什么程度？何时是一个尽头？莎士比亚应该怎么说？这些都是难以回答的问题。

莎士比亚当年并没有得到什么荣誉的桂冠，与本·森比，他可以说是真的"门前冷落车马稀"了。后者有将其称为"本的儿子"（Ben's Sons）、"本的部落"（Tribe of Ben）的崇拜者和追随者，莎士比亚只有人说他的"甜美的十四行"（sugar'd Sonnets）。然而，在驾鹤西去之后，他得到了琼森最高的赞美："美丽的天鹅"（Sweet Swan）、"时代的灵魂"（Soul of the Age），并且可以"千秋万世"。

就琼森来说，他的才华当然无法和莎士比亚相比，但他有极为宽广的心胸，为莎士比亚扬名溢美，就这一点而言，他的品格是极为高尚的。他之后的诺贝尔可以说继承了他的精神。诺贝尔设立了著名的"诺贝尔奖"，每一年都会奖励他生前指定的几个方面的获奖者。可以很容易地看到，每一个奖项都有一个获奖理由，总可以落到实处。比如获奖者莫言，获奖词说他的作品展现出了"融合民间传说、历史和现实的幻想现实主义"。我们再简化一下，就发现他的艺术是最好地体现了"幻想现实主义"的载体。

然而，对莎士比亚却不可以这样来界定。回想一下历史就会发现，一开始就有"倒莎派"。法国的伏尔泰、爱尔兰的萧伯纳、美国的马克·吐温和俄国的列夫·托尔斯泰，都是否定莎士比亚的。萧伯纳甚至一方面说莎士比亚只"管得了一个下午"（for an afternoon），而不是什么"千秋万世"（for all time），另一方面却立志要超越莎士比亚，重写了关于凯撒与克里奥佩特拉的戏剧。以萧伯纳的才华和用心以及技艺，可能在他自己的标准之下超过了莎士比亚。但整体的萧伯纳还是如今的萧伯纳，整体的莎士比亚还是琼森说的"千秋万世的"莎士比亚，而不是萧伯纳所说的"一个下午"的，同时也是大诗人歌德说的"说不完的莎士比亚"。所以，一言以蔽之，莎士比亚可以说是无法界定的或者很难界定的。为此，我在2016年写过的一篇题为《四百年莎士比亚的身份与形象》（《外国文学研究》2016年第6期）的文章，目的是在一定程度上界定莎士比亚的艺术身份。

我们很容易发现，如今对莎士比亚的传播、改编、翻译、研究等可以成为一个国家或民族实力的象征。每五年一度的"世界莎士比亚大会"（World Shakespeare Congress）就是这样一个象征的具体体现。可喜的是，我国的莎士比亚事业也是蒸蒸日上的。这从每年一度或两度的外国文学博士论文答辩可以看出。仅就西南大学这个培养莎士比亚研究方向的博士教育单位而言，自2012年第一批博士毕业生获得学位以来，到您眼前这部作为专门著作出版的书的作者为止，已经有十名获得莎士比亚研究方向的博士学位的学者。

虽说莎士比亚是说不完的，但是说什么并不是一件容易的事情。我在上述《四百年莎士比亚的身份与形象》那篇文章中说过，莎士比亚可以和任何一个时代的任何一个理论以及与之相应的批评方法结合起来，可以说，不是十处打锣九处有，而是十处打锣十处都有莎士比亚。尽管如此，是把莎士比亚和任何一个理论或者一个批评方法一套，还是以自己的积累、思考和长期的学术准备而发现的问题来构建自己攻克的学术领域，这是每一个博士学位攻读人面临的大问题。可能在日日新、种种异，提倡一切创新的现代，提倡对古老而有可能被认为古板的新古典主义进行探索本身，肯定是一个费力而不讨好的话题。

比如，实际包含了古典主义思想的新古典主义坚持模仿论与逼真说，都是当世人避之不及的话题。新历史主义对一切真实历史的怀疑，他们不相信有真实的历史。因此，模仿论和逼真说的根基就有逻辑问题。然而，历史不仅仅是文学的镜子，也是文学的营养来源，这一点是怎么也无法视而不见的。另外，浪漫主义以前的古典和新古典主义思想提倡的文学的道德教化思想，至今还是不可忽视的重大的、核心的问题。

且不说文学伦理学大受欢迎这个事实，仅从时间上看，古典主义和新古典主义都经历了相当长的时期。仅就时长来说，也是具有非常重要的价值的。不仅如此，20世纪和21世纪的种种理论与种种方法，归根结底，还是离不了古典时代的基础和精神。因此，新古典主义这个事实上重复、强调和继承发扬古希腊罗马古典时代精神的理论阶段是永远值得探究的。除开这一点不论，在莎士比亚的文化史和批评史上，新古典主义时期对莎士比亚戏剧文本的整理和正典性建设以及深刻而脚踏实地的评论、所具有的规模和高度，都是后世不见得可以比肩的。

从这些角度来看，研究"莎士比亚批评形成的历史进程""莎士比亚研究的理论体系"和"莎士比亚身份与形象的演变"，显然是具有学术价值的。这一部以博士学位论文为基础的莎士比亚批评专著，是学术史研究和莎士比亚批评研究中一个脚踏实地并有相应洞见的成果。在作者花了几年时间研读、调查、探索以后获得的这份成果，肯定是值得与同行分享的。何况同类的莎士比亚研究成果在我国并不多见。

在专著即将付梓之际，我怀着喜悦的心情写下这个序言。我从事莎士比亚研究二十五年来，学生也有了跟随我一起阅读、学习和研究莎士比亚的成果。就历史的发展进程来说，这是一种必然。就两个个体的莎士比亚从业者和爱好者来说，又是一种偶然。该书作者的一部翻译研究史，让我带领她来到了莎士比亚艺术的领地，从此开始了艰辛但甜美而且有收获的旅途，见证了这部著作的诞生。我可以想象，下一次与本著作的作者的相聚，应该是她捧着另一部关于研究莎士比亚的著作的相逢。但愿那个日子是不远的，也同样可以用这样的偶然相逢，证实把莎士比亚誉为"天鹅"的琼森的那一句"千秋万世"和歌德所说的"说不完"的那一句话是一条千古不变的真理。果能如此，那样的相逢也将是一种喜悦，一种美好。

是为序。

罗益民

2022年5月15日

巴山缙麓梦坡斋

目录

引　言

一　缘起

对英国新古典主义时期莎士比亚批评的关注，始于研读美国作家与评论家 A. M. 伊斯特曼（Arthur M. Eastman）的《莎士比亚批评简史》（*A Short History of Shakespearean Criticism*, 1968）。在阅读过程中，笔者发现约翰逊在《莎士比亚戏剧集序言》（"Preface to Shakespeare", 1765）与《诗人传》（*Lives of the English Poets*, 1779）中对莎士比亚天赋与诗人想象力的赞誉，与经常听闻的墨守成规的标签并不相符。似乎约翰逊关于想象力的阐释比浪漫主义诗人塞缪尔·泰勒·柯勒律治（Samuel Taylor Coleridge, 1772—1834）的二分法更加理性和深邃。此后，笔者在阅读欧文·里伯纳（Irving Ribner）一篇名为《德莱顿的莎士比亚批评与新古典主义的悖论》（1946）的论文时发现，认识悖论是浪漫主义时期之后给新古典主义批评家冠以保守教条的标签，与德莱顿等英国新古典主义批评家的莎士比亚研究并不相符。① 为了探究这种认

---

① Irving Ribner, "Drydens Shakespearian Criticism and the Neo-classical Paradox", *The Shakespeare Association Bulletin*, Vol. 21, No. 4, October 1946, pp. 168-171. 在文艺复兴时期，悖论不仅仅指文学作品中的修辞格，更是一种文化，代表性作品有 Platt, Peter G., *Shakespeare and the Culture of Paradox*, London: Routledge, 2009; Colie, Rosaliel, *Paradoxia Epidemica: The Renaissance Tradition of Paradox*, Princeton, N. J.: Princeton University Press, 1966; Donne, John, *Paradoxes and Problems*. ed., Helen Peters. Oxford: Clarendon Press, 1980; Gent, Luey & Nigel Llewellyn, *Renaissance Bodies: The Human Figure in English Culture c. 1540-1660*, London: Reaktion Books Ltd., 1997; Miller, Henry Knight, "The Paradoxical Encomium with Special Reference to Its Vogue in England, 1600-1800," *Modern Philology*, No. 53, 1956, pp. 145-178。

识悖论产生的根源，笔者不断阅读国内外学者的研究成果，发现王佐良先生和朱光潜先生站在了不同的学术立场。虽然两位先生的观点不同，但对研究英国新古典主义时期的文学批评思想都至关重要。

朱光潜（1897—1986）先生从美学史的角度，将英国新古典主义时期的文学批评范式归类为 19 世纪法国批评家圣伯夫（Charles A. Sainte-Beuve, 1804—1869）提出的重视"判断的批评"（judicial criticism）的范畴，不是以价值判断或导引为目标，而是以描述性的剖析与阐释作为核心"诠述的批评"（interpretative criticism），标志着"criticism"一词的内涵从阐释文学创作原则到阐释文本内涵及其思想的转变。① 朱光潜先生在《灵魂在冒险中前行——考证、批评与欣赏》中，将批评家分为导师式、法官式、"舌人"和法国印象主义批评等四种类型，并将约翰逊等列为假古典主义的类别，缘由如下："'古典'是指古希腊和罗马的名著，'古典主义'就是这些名著所表现的特殊风格，而'假古典主义'就是要把这种特殊风格定为'纪律'让创作家来模仿……这种批评的价值是很小的。"② 据此来看，亚里士多德、贺拉斯和布瓦洛等犹如导师，而德莱顿、约翰逊和伏尔泰（François-Marie Arouet, or Voltaire, 1694—1778）等则是欧洲假古典主义批评家的代表，是"法官"式的批评家和"导师"式的批评家的结合。

此后，王佐良（1919—1995）先生从文学批评史的角度，对德莱顿、蒲柏和约翰逊等出现在英国文学出版史辉煌时期的文论家做出了新的评价，突破了"拥莎派"与"倒莎派"的认识框架，认为英国新古典主义批评思想具有相似的历史背景和时代特征，肯定他们在文学史及其

---

① 按照 M. H. 艾布拉姆斯（Meyer Howard Abrams, 1912—2015）的四坐标划分，圣伯夫批评思想中的核心是研究作者，由此了解时代、社会和个人经历。这种研究方法，与德莱顿、蒲柏和约翰逊的方法并无二致。朱光潜先生非常推崇圣伯夫的意见，赞同他"我是一个研究心灵的自然工作者"的研究方法，以探讨作者的群体性、作者与时代的关系、作者的个性、作者的遗传与习惯、作者的性格与作品、作者与作品之间的内在关系等。这种批评方法就是诠释，评价的原则和标准应该是个性化的，属于读者个体的审美体验。参见《朱光潜全集》（第八卷），安徽教育出版社 1987 年版，第 211 页。

② 朱光潜：《灵魂在冒险中前行——考证、批评与欣赏》，载《朱光潜全集》（第二卷），安徽教育出版社 1987 年版，第 39—40 页。

文学批评史上至关重要的地位。首先，他们"遵奉一种开明的、英国化了的新古典主义"，也就是说受到了这一时期的文学批评、英国文化或者是文学传统的影响。其次，新古典主义批评家的思想是建立在"着力于实际批评，即针对具体作品发言"，并非为了批评的批评。最后，也是最为重要的，这些批评家全写得一手好散文，因为他们本人就是"卓越的作家"，能够准确流利地表达自己的思想。① 正如在另一篇文章中王佐良先生所说"诗人谈诗，常能道人所不能道，许多精妙之点，令人神往"，他们的评论值得深入思考。②

　　因此，在思考两位著名学者的观点之后，感触颇深，吉林大学杨冬教授在《西方文学批评史》（1998）中的文学史观又给笔者增加了研究这一领域的动力，遂阅读大量相关文献资料，尝试梳理莎士比亚批评史的研究成果，探究德莱顿、蒲柏和约翰逊等人提出的批评原则形成的历史背景，重新认识英国新古典主义时期莎士比亚批评史。

二　现状

　　首先，对莎士比亚批评范式的研究始于浪漫主义时期英国诗人柯勒律治。他认为塞缪尔·约翰逊借鉴希腊、罗马甚至是法国的规则对莎士比亚戏剧进行研究束缚了对诗人思想的理解，否定了英国新古典主义批评方法，也否定了约翰逊引以为傲的"德莱顿是英国文学批评之父，他教会了英国诗人或者是批评家依据规则进行欣赏或者是创作"的文学批评史定位，将其归入保守的批评范式。③ 这种状态，一直持续到新批评学派的出现。在英国诗人 T. S. 艾略特（Thomas Stearns Eliot, 1888—1965）和英国美学家 I. A. 瑞恰兹（Ivor Armstrong Richards, 1893—1979）提出文本细读的批评方法，英国新古典主义时期文学批评思想和范式的价值和意义得到重视。

　　此后，新批评学派的代表人物威廉·燕卜逊（William Empson,

---

　　① 王佐良：《十八世纪后半的英国散文》，《外国文学》1989 年第 4 期。

　　② 王佐良：《另一种文论：诗人谈诗》，《读书》1989 年第 10 期。

　　③ Samuel Johnson, *Lives of the English Poets*, London: J. F. Dove, 1825, pp.112-113.

1906—1984）、M. H. 艾布拉姆斯（Meyer Howard Abrams, 1912—2015）、R. S. 克莱恩（R. S. Crane, 1886—1967）和柯林斯·布鲁克斯（Cleanth Brooks, 1906—1994）都对新古典主义进行了研究，重视阐述文本与艺术、作家、世界和读者等的关系，代表性著作有《意义的意义》《含混七型》和《实用批评原则》等。① 其中，艾布拉姆斯和克莱恩分别创立了基于"四坐标"的批评体系。作为浪漫主义诗人的推崇者，艾布拉姆斯在对各种文学理论进行比较分析的基础上，提出了"作家、世界、作品和读者"的坐标体系，将新古典主义批评归类为"像锡德尼一样以欣赏者为中心的批评称之为实用说"，其中的缘由是这一批评学派的"基本术语和论题都来自于古典修辞理论"。② 此后，"镜与灯"成了浪漫主义与新古典主义创作理论的标签。与艾布拉姆斯相比，克莱恩注重新古典主义批评思想与希腊罗马传统的不同之处，形成了对新古典主义时期批评思潮动态发展的观点。克莱恩深受罗马诗人贺拉斯和昆体良（Marcus Fabius Quintilianus, c.35—100）的影响，探讨艺术家的本质和社会作用，以及诗人的个人天赋和成就之间的关系，将艺术、艺术家、作品和欣赏者作为坐标点，勾勒出新古典主义批评发展历程，认为在新批评学派的研究框架中，自德莱顿以来到18世纪末，英国新古典主义与希腊罗马批评体系的异同之处变得显而易见。③ 同时，艾布拉姆斯以约翰逊的《莎士比亚戏剧集序言》作为认识这一批评学派的代表作，剖析了莎士比亚戏剧的本质是"艺术家和作品人物的目标指向欣赏者快感的本质、需求和源泉"。④ 此后，他与杰弗瑞（Abrams and

---

① 艾·阿·瑞恰兹（Ivor Armstrong Richards, 1893—1979）是英国学者，美国新批评学派的创始人之一，曾经在中国清华大学做过访问学者（1929—1930）。此后，他和奥登合著的《意义的意义》（*The Meaning of Meaning*, 1923）之后由中国学者李安宅（1900—1985）翻译为中文，并成为我国第一部现代意义上的语义学著作《意义学》的理论基础。

② Abrams, Meyer Howard, *The Mirror and the Lamp*, London: Oxford University Press Inc., 1971, pp. 14-15.

③ Crane, R.S., "English Neo-classical Criticism: An Outline Sketch", in R.S. Crane, ed., *Critics and Criticism: Ancient and Modern*, Chicago & London: The University of Chicago Press, 1952, p.376.

④ 在《镜与灯》中，艾布拉姆斯将创作思想分为"实用说""模仿说""表现说"与"客观说"，并依据文学四要素将新古典主义时期的批评思想列入为了读者的实用主义范畴。

Geoffrey）主编的《文学批评术语》（*A Glossary of Literary Terms*）也有词条阐释新古典主义的内涵，确定"新古典的与浪漫的"（Neoclassic and Romantic）两个历史时期的时间跨度。具体而言，"新古典主义时期持续了大约 140 年，从英国王朝复辟时期（1660）开始到十八世纪末"，"浪漫主义时期从 1789 年法国革命爆发，或者是 1798 年《抒情歌谣》出版，在十九世纪前三十年"。①

随着新批评学派在国内的影响日益深远，对国内学者的莎士比亚研究也产生了一定的影响。谈瀛洲先生在《莎评简史》（2005）中对莎士比亚在新古典主义时期的形象与身份有所论述，并将这一时期的批评家分为"拥莎派""倒莎派"和"温和派"。贾志浩等的《西方莎士比亚批评史》（2014）一书与白利兵的《新古典主义莎评的困境》（2014）等论文，都以德莱顿、蒲柏和约翰逊等批评家作为研究对象，阐述新古典主义关于艺术与自然批评的"得体原则"与"三一律"等批评原则的缘起和困惑，帮助现代读者认识这一时期的批评思想，揭示了"既无法否认莎士比亚的天才，又不承认其艺术价值，他们的评论充满了矛盾，陷入了新古典主义机械美学观的困境"。②

由此可见，仅借助艾布拉姆斯的"镜与灯"的批评思想，在厘清英国新古典主义时期莎士比亚批评史发展历程、阐释批评理论与实践之间的相互关系方面，还是具有局限性。因为自柯勒律治的《文学传记》（*Biographia Literaria*, 1817）和威廉·赫兹利特（William Hazlitt, 1778—1830）的《莎士比亚戏剧人物的性格》（*Characters of Shakespeare's Plays*, 1817）等讲稿出版以后，英国新古典主义时期校勘、考据、鉴赏和批评四位一体的莎士比亚批评范式，逐渐被简化为以法国批评家和诗人奉为圭臬的"三一律"作为基本原则的教条主义，使研究者鲜有关注英国新古典主义莎评思想形成的实践基础和哲学基础。

---

① Meyer Howard Abrams & Geoffery Geoffery Galt Harpham,eds., *A Glossany of Literary Terms*, 10th Edition, Wadsworth: Cengage Learni, 2012, p.236.

② 白利兵:《新古典主义莎评的困境》,《四川戏剧》2014 年第 3 期。

这种现象出现的缘由在于忽略了出版对文学传播产生的影响。虽然在欧洲文学传统中，戏剧经常与史诗相提并论，但是从古希腊和罗马的戏剧留存的情况来看，戏剧作品保留下来的非常稀少。在希腊文学中，仅保留下来了三大悲剧诗人的作品和喜剧诗人阿里斯托芬的几部作品，在罗马文学中，悲剧只有塞涅卡不是为了演出创作的流血复仇悲剧，而喜剧也主要有特伦斯和普罗图斯的少数作品。直到文艺复兴时期，在莎士比亚去世七年后，1623 年的莎士比亚戏剧"第一对开本"（*The First Foilo*），第一部真正意义上的英国戏剧诗人的作品集的出版改变了戏剧传播史。这个"对开本"是在琼森 1616 年作品集之后，英国戏剧史上出版对开本的版本最多的戏剧集，具有划时代的意义，成为 18 世纪莎士比亚戏剧出版、编辑和批评的基础。

值得欣慰的是，近年来关于 18 世纪上半叶莎士比亚戏剧校勘与编订等版本批评史研究，逐渐受到了很多学者的关注。首先，《最早的莎士比亚编者：西奥伯尔德和蒲柏》（*The First Editors of Shakespeare*, 1906）与《刘易斯·西奥伯尔德对英国学术研究的贡献以及未出版的书信》（*Lewis Theobald, His Contribution to English Scholarship with Some Unpublished Letters*, 1919）重新定位西奥伯尔德对莎学发展的重要性。接着，新批评学派的奥斯汀·沃伦（Austin Warren, 1899—1986）在《亚历山大·蒲柏：批评家与人文主义者》（*Alexander Pope as Critic and Humanists*, 1963）中，将蒲柏英雄化，探讨新古典主义的批评思想与人文主义思想之间的关系，塑造了一个伟大无私的编者形象。

除了西奥伯尔德和蒲柏，尼克拉斯·罗对莎士比亚语言的现代化也成为现代学者关注的对象。如斯坦利·威尔斯（Stanley Wells, 1930—）的《莎士比亚拼写的现代化》（*Modernizing Shakespeare's Spelling*, 1979）对《亨利六世》三部曲进行了深入研究。彼得·赫兰德（Peter Holland）的《莎士比亚的现代化：尼克拉斯·罗与〈暴风雨〉》，以及 S. 斯科恩鲍姆（S. Schoenbaum）的《莎士比亚传》（*Shakespeare: A Documentary Life*）中曾经提到"1708 年罗的手稿和 1709 年的正式出版的底本不一样"，前者是依据"第二对开本"（*The Second Foilo*,

1632），而后者是"第四对开本"（*The Fourth Folio*, 1685），对拼写和标点符号的改变，进行了详细的研究。①进入21世纪后，学者们对马隆编订莎士比亚戏剧的影响研究非常深入，强调他在四百年莎评史上的重要地位。在2010年克劳迪·罗森（Claude Rawson）主编的《伟大的莎士比亚学者》（*Great Shakespeareans*）第一卷中，马隆与德莱顿、蒲柏、约翰逊一起位列最早的四位莎士比亚批评家。具体而言，从理论建树上，德莱顿的成就最高；从莎士比亚戏剧校勘编订对莎士比亚批评史的发展来说，蒲柏和约翰逊的影响最为深远；从版本卷数和规模来说，马隆的成就当之无愧为最高峰。

与国外的版本批评研究相比，中国莎士比亚研究学者对莎士比亚戏剧版本的变革研究起步较晚。20世纪末期，顾绥昌先生撰写《莎士比亚的版本问题》一文对雅各布·汤森（Jacob Tonson the Elder, 1656?—1736）在莎士比亚批评史上产生的影响进行了评价和分析，并在《莎士比亚的版本问题》（续）中进一步探讨了17—20世纪的莎士比亚版本与戏剧经典化的关系，认为尼克拉斯·罗（Nicholas Rowe, 1674—1718）是"十八世纪最早宣扬莎剧的功臣"，而马隆身后出版的1821年修订本"搜集了以前各家的成就，达到十八世纪莎剧编纂的最高峰"。②在顾绥昌先生对莎士比亚戏剧经典化的研究中，提及了很多国外学者对18世纪莎士比亚戏剧出版、校勘、批评和莎士比亚戏剧经典化的成果。

在近代莎评史上，关于18世纪莎士比亚戏剧出版史与经典化这一主题的研究成果主要有迈克尔·布里斯托（Michael D. Bristol）的《巅峰时代的莎士比亚》（*Big-Time Shakespeare*, 1996）和大卫·卡斯坦（David Scott Kastan）的《莎士比亚与书》（*Shakespeare and the Book*, 2001）。关于18世纪莎士比亚戏剧的舞台改编与莎士比亚戏剧的经典化的研究，英国伯明翰大学莎士比亚研究中心的迈克尔·多布森（Michael Dobson）的著作《国家诗人的诞生》（*The Making of National*

---

① Peter Holland, "Modernizing Shakespeare: Nicholas Rowe and *The Tempest*", *Shakespeare Quarterly*, Vol. 51, No. 1, Spring 2000, pp.24-32.

② 顾绥昌：《莎士比亚的版本问题》（续），《外国文学研究》1986年第2期。

Poet, 2003）影响深远，提出 17—18 世纪的戏剧改编，促进了莎士比亚戏剧的经典化，使他成为国家诗人。

再如，萨恩特（Gefen Bar-On Santor）认为 18 世纪的剧作家和批评家参与莎士比亚戏剧的编辑校勘与出版，对"莎士比亚成为永恒的作家和英国的民族英雄起了关键的作用"。① 同样，基于作者与剧作家之间的认知差异，罗伯特·汉默（Jr. Robert B. Hamm）在博士学位论文《被束缚了的莎士比亚：汤森的莎士比亚戏剧集和文学经典的产生》中提出汤森出版的戏剧集将莎士比亚的作品从剧院引领到了研究领域。②

国内关于莎士比亚戏剧经典化的研究起步比较晚，近几年的研究成果中主要有彭建华教授与罗益民教授。彭建华教授（2013）借助法国当代思想家皮埃尔·布尔迪厄（Pierre Bourdieu, 1930—2002）的理论探讨"第一对开本"的出版对莎士比亚戏剧经典化过程的影响。罗益民教授的《莎士比亚十四行诗版本批评史》（2016）探讨了新古典主义文学批评史的发展。

历史表明，德莱顿、蒲柏和约翰逊不仅使 18 世纪成为莎士比亚戏剧校勘、评注和出版最为辉煌的时代，同时对莎士比亚戏剧道德教化功能的强调，也成就了现代文学伦理学批评的基石。继美国学者玛莎·努斯鲍姆（Martha Nussbaum）的《诗性正义——文学想象和公共生活》（*Poetic Justice: The Literary Imagination and Public Life*, 1997）和中国学者聂珍钊教授的《英国文学的伦理学批评》（2007）之后，与莎士比亚戏剧相关的文学伦理学批评研究，如，蔡普（James A. Knapp）的《莎士比亚和斯宾塞的意象伦理学》（*Image Ethics in Shakespeare and Spenser*, 2011）和格雷与考克斯（Patrick Gray, John D. Cox）的《莎士比亚与文艺复兴时期的伦理学》（*Shakespeare and Renaissance Ethics*, 2014）等著作相应而生。

---

① Gefen Bar-On Santor, "The Culture of Newtonianism and a Respeare's Editors: From Pope to Johnson", *Eighteenth Century Fiction*, No. 4, 2009, p. 593.

② Jr. Robert B. Hamm, "Shakespeare Bound: The Tonson Editions and the Making of a Literary Classic", Diss. Santa Barbara: University of Califonia, 2004, p.11.

近几年来，如叶丽贤、龚龑、肖莎、徐海、夏晓敏、张昕等学者探究约翰逊的伦理观、整体观、对话艺术、词典编纂思想以及文学批评的互文思想，而谢春萍和马弦对于蒲柏的研究，对了解新古典主义批评家的创作有一定帮助。不过，国内学者对新古典主义批评家伦理批评思想的研究，并没有与他们的莎士比亚研究结合在一起。从中西文学史的角度来说，重新审视文学艺术的社会功用，对莎士比亚作品进行伦理学研究，从某种程度上来说是对新古典主义时期的寓教于乐原则的一种回归，这种思想契合了我国古代文学传统中"文以载道"的思想内涵。新古典主义批评家对莎士比亚戏剧中伦理思想与教化传统的探讨，与吴宓先生当时创办《学衡》的态度极为相似，拥有"发挥国有文化，沟通东西事理，熔铸风俗，改进道德，引导社会"的异曲同工之妙。①

因此，采用传统的文学批评方法，从"版本、文字训诂角度研究莎作，从历史或作者生活经历来解释作品，或从思想内容来论述莎剧"，将会变得切实可行。②具体而言，通过考证、鉴赏与批评，梳理编辑、出版和校勘与文学批评之间的相互关系，从而深入地了解英国新古典主义莎评史的发展历程，重新认识新古典主义时期莎评思想的形成与发展，不仅是可行的，而且具有重要的价值。

三 思路

关于英国新古典主义时期的莎士比亚批评研究，是一个浩瀚的主题，即使能够站在前人的肩膀上，也只能从大海中捡起几颗珍贝。因此，关于新古典主义时期莎士比亚批评的研究，本书尝试解决以下三个问题：厘清新古典主义时期莎评的历史脉络和特征；梳理新古典主义时期莎士比亚批评的理论体系；突破"拥莎"和"倒莎"，或者是"古典的"还是"浪漫的"的二元框架，探讨英国新古典主义时期莎士比亚的身份与形象。

---

① 参见李德琬《吴宓与李哲生》，《新文学史料》2002 年第 2 期。
② 杨周翰：《二十世纪莎评》，《外国文学研究》1980 年第 4 期。

为此，我们参照艾布拉姆斯的时间界定——从德莱顿开始到 18 世纪末结束，通过探究新古典主义时期批评家研究的核心问题，梳理、比较新古典主义莎评思想与亚里士多德、贺拉斯、卢克莱修和布瓦洛等批评家的诗学思想，从而探究"新"与"古"之间的辩证关系。

具体而言，要结合莎士比亚戏剧改编史、出版史、校勘史和思想史的研究成果，对英国新古典主义时期莎士比亚批评史进行断代史研究，以探究历时近一个半世纪的莎评思想发展与流变，勾勒出新古典主义莎评范式的动态变化。在此基础之上，分析他们的批评原则对于莎士比亚戏剧改编、校勘和出版史产生的影响，阐释他们的莎评思想与批评创作实践之间的关系，从而勾勒出英国新古典主义时期莎评思想的发展演变脉络，构建新古典主义莎评原则与莎士比亚戏剧改编、校勘和出版史之间的关系，加深对莎士比亚及其作品的认识，了解新古典主义文学理论对文学作品编辑出版史的影响。在此基础上，从 1623 年的"第一对开本"到 18 世纪的"八开本"等不同形式版本变革，阐释莎士比亚从舞台经典向文学阅读经典转变之间的辩证关系，研究过程如下所述。

首先，对新古典主义莎士比亚批评进行历史分期研究。从文学批评史的角度，认识新古典主义时期莎士比亚批评范式发展的历史轨迹，将其分为奠基期、跃升期和完善期。奠基期是以德莱顿为核心的英国戏剧诗人在莎士比亚戏剧改编、演出与批评的过程中形成的批评框架，尤其是以人物性格论为核心的寓教于乐原则。跃升期是以蒲柏为核心的诗人、批评家、牛津学者和神学家等在莎士比亚戏剧出版、校勘和批评过程中形成以底本校勘原则为核心的批评范式，从而促进了莎士比亚戏剧校勘成为西方校勘体系的三大流派之一。完善期以约翰逊为核心，批评家在莎士比亚校勘、批评与阐释方面取得了丰硕的成果，促进了莎士比亚传记批评和历史批评的发展，影响了莎士比亚的诗人身份和形象的确立。

其次，对英国新古典主义时期的莎士比亚批评原则与古典传统以及莎士比亚戏剧之间的内在关系进行探讨，以理解德莱顿、蒲柏与约翰逊对戏剧的社会功能、艺术本质、人物论、文体论等问题的独特认识。英国新古典主义时期的理论体系，源于希腊罗马的诗学思想，并且结合了法国戏剧诗学思想的"三一律""得体原则"与寓教于乐原则。这是基于莎士比亚戏剧与古典戏剧理论提出的具有英国特色的批评原则。这些原则不仅具有时代意义，也属于所有时代。在英国新古典主义时期，以德莱顿的寓教于乐原则、蒲柏的自然法则和约翰逊的普遍人性论为理论基础，探讨自然、人性和道德教化是文学永恒的主题，形成了以人物论、戏剧结构论和悲喜场景杂糅体为核心的莎士比亚戏剧批评体系。

最后，在新古典主义批评体系的观照下，从偶像化、经典化和大众化三个方面，对莎士比亚在 17 世纪后期到 18 世纪末的身份与形象进行探究。莎士比亚的偶像化是指从德莱顿将莎士比亚视为英国戏剧诗人之父的历史定位到大卫·加里克在莎士比亚故乡斯特拉福举行的庆典以及伦敦的戏剧节的诗人崇拜的历史认识。莎士比亚的经典化既不是指在新古典主义时期戏剧从一种次要文体式样变成主要文体式样，也不是指莎士比亚从籍籍无名到文学名家，而是指新古典主义批评家采用校勘四法，进行勘正补阙、艺术鉴赏和文化阐释的文本构建过程。莎士比亚的大众化是突破舞台时空的制约，从舞台演出向印刷文本带来的审美方式、审美对象和审美标准改变。

新古典主义批评家在近一个半世纪的戏剧编辑、出版和改编中，为文学批评史留下了璀璨的成果，蕴含着深邃的思想。他们从传统中汲取了营养与精华，在文学创作、批评和翻译等多个领域都取得了开创性的成就，深入分析新古典主义时期批评思想形成的思想理论基础有一定的难度。这种困难一方面是因为诗人或者是批评家思想的形成是一个复杂而漫长的过程。即使能够发现在这个过程中，他们与某些哲学流派或是社会思潮的相关联系，在某种程度上也是主观臆断的成分。另一方面，英国经验主义哲学的影响非常深远，但是又不能够对其进行相当深入的探讨。本研究存在以下几点局限。

第一，作为断代史研究的核心内容，研究英国新古典主义时期的莎士比亚批评史，研究批评思想的形成与流变，不是以时间的顺序来写编年史，而是择其精要观点，采用了大量的文献资料，做起来比较繁杂，有可能存在分析不够深入或者分析比较牵强的问题，可能详略不那么得当。

　　第二，鉴于新古典主义的批评家都是出色的散文家和诗人，他们的莎士比亚批评思想很少以系统的、自成体系的专著形式论述，大多散见于戏剧的前言或者诗文集的序言。因此，通过阅读和整理新古典主义时期批评家数量浩瀚的文献资料，梳理他们批评思想的流变和发展历程，并非一件容易的事情。本书选取的文献是以英语文献作为主要的参考资料，大致包括三类：第一类是德莱顿、蒲柏和约翰逊等撰写的戏剧评论；第二类是王朝复辟时期伦敦舞台戏剧的演出文献，具体来说，有与德莱顿相关的历史人物 [如王朝复辟时期国王剧团和公爵剧团的大股东威廉·达文南特和托马斯·基利格鲁（Thomas Killigrew, 1612—1683）] 的剧目；第三类是 17 世纪后期到 18 世纪末，莎士比亚戏剧的改编、出版和校勘文献，主要来自出版商亨利·亨瑞曼（Henry Herringman, 1628—1704）和雅各布·汤森（Jacob Tonson the Elder, 1656?—1736），以及 18 世纪第一部八开本《莎士比亚戏剧集》的编者尼克拉斯·罗，蒲柏和他的出版商林托特，以及刘易斯·西奥伯尔德和他的朋友威廉·沃伯顿，与约翰逊有关的人物是乔治·史蒂文斯和埃德蒙·马隆等。

　　第三，采用归纳法勾勒出新古典主义时期莎士比亚批评思想的发展脉络，在每一个阶段选择两到三个与代表人物密切相关的诗人或者批评家作为研究对象，但是将范畴置于整个欧洲新古典主义时期莎士比亚批评的背景下，来凸显英国新古典主义时期莎士比亚研究的独特性。原因有三：英国新古典主义时期莎士比亚批评的是四百年莎士比亚批评史的滥觞，而法国和德国的新古典主义时期的莎士比亚研究是在其后的；英国、德国和法国新古典主义时期的莎士比亚批评史不能够相互印证历史进程的一致特征；欧洲新古典主义时期莎士比亚批评史是一个恢宏的主题，值得付出更多的时间和努力进行研究。

　　因此，无论是梳理新古典主义时期的莎士比亚批评体系，还是厘清从 1623 年的"第一对开本"到 18 世纪的"八开本""四开本""十二开本"的版本变革，及其与莎士比亚戏剧从舞台经典向文学阅读经典转变之间的内在关系，都不是可以一蹴而就，凭借一己之力完成的，而是需要很多人不懈地努力。

　　虽然对英国新古典主义时期的莎士比亚批评思想非常喜爱，但是由于笔者在文学领域的积累不够深厚，也由于能力和时间的制约，本书中存在的不足，请读者谅解，请大家批评指正。

第一章　英国新古典主义时期莎士比亚批评的发展进程

从 17 世纪后半叶到 18 世纪末，英国新古典主义时期的莎士比亚研究历时近一个半世纪，在四百年莎评史上占有举足轻重的地位。在这一时期，莎士比亚的研究与批评范式也随着英国历史文化的发展不断演变，具有明显的时代特征，受到英国文学思潮的影响，形成了以古典文学批评思想为理论基础，以英国文学史的发展为参照，以演出、出版和阐释为实践基础的莎士比亚研究历史脉络。

具体而言，英国新古典主义莎士比亚批评史的发展大致分为三个时期：奠基期、跃升期和完善期。奠基期自 1660 年公共剧场的复兴到 17 世纪末，与莎士比亚戏剧的改编与演出密切相关，德莱顿及其同时代的诗人对莎士比亚的研究，沿袭了亚里士多德、贺拉斯或布瓦洛的思想，奠定了新古典主义时期的莎士比亚批评的理论基石。跃升期和完善期涵盖了 18 世纪，与莎士比亚戏剧的出版与校勘相关。跃升期从尼克拉斯·罗校勘莎士比亚戏剧集到蒲柏与西奥伯尔德的论战结束，是莎士比亚批评发展从舞台演出的批评向文本批评转折的重要时期。完善期则是指 18 世纪中后期，从沃伯顿到约翰逊和马隆的版本出版，是莎士比亚戏剧校勘、阐释与批评的大成与顶峰。

因此，本章根据 17 世纪后期到 18 世纪末莎士比亚戏剧改编、出版与校勘原则及其形成的社会历史背景，分析英国新古典主义时期莎士比亚批评的发展历程。

第一节　英国新古典主义莎士比亚批评的奠基期

17世纪下半叶，即自王朝复辟到17世纪末，是英国新古典主义时期莎士比亚研究的关键时期，称为奠基期。在这个过程中，英国莎士比亚研究的发展与王朝复辟时期莎士比亚戏剧的演出与改编有着密不可分的关系。在大约半个世纪的历程中，达文南特、德莱顿合作改编的《暴风雨》与德莱顿改编的《安东尼与克利奥特佩特拉》和《特洛伊罗斯与克瑞西达》取得的成功，对18世纪莎士比亚戏剧出版与校勘史的发展和莎士比亚戏剧在伦敦舞台的复兴，起到了重要的推动作用。

在这一时期，德莱顿融合了自古希腊时期亚里士多德到法国新古典主义时期文学立法者布瓦洛、拉宾和布索等批评家的诗学思想，结合英国文学史和语言史的发展，确立了英国戏剧传统和莎士比亚的文学史地位，形成了英国文学批评的思想体系。德莱顿将莎士比亚在英国文学史上的地位等同于荷马（Homer）在希腊文学史上的影响，称他为"英国的荷马，戏剧诗人之父"，不仅超越了一个时代，同时也反映了王朝复辟时期英国文学家试图在法国新古典主义文学批评范式的影响下确立英国戏剧传统的决心与信心。①

一　莎士比亚戏剧在伦敦舞台的复兴

随着公共剧场的边缘化和法国风尚喜剧的盛行，大部分的莎士比亚剧目是由达文南特负责的公爵剧团在伦敦大众舞台演出的，英国宫廷演出的莎士比亚戏剧数量很少，主要有《温莎的风流女人》《亨利八世》《罗密欧

---

① John Dryden, *An Essay of Dramatic Poesy*, ed., with notes by Thomas Arnold, 2nd ed., Oxford: Clarendon Press, 1879, p.71.

与朱丽叶》和《奥赛罗》。这种现象，直到德莱顿与达文南特将《暴风雨》改编成功，才得以改变。塞缪尔·佩皮斯（Samuel Pepys, 1633—1703）撰写日记记录他和英国国王詹姆斯一世和王后于 1662 年 12 月 1 日一起观看高乃依（Pierre Corneille，1606—1684）悲剧《勇敢的熙德》（*The Valiant Cid*）的场景。当时"国王和王后在观剧的整个过程中都没有笑容，同行的人都没有获得愉悦感，除了感叹这些演员的伟大和勇敢之外"。[1] 由此可知，英国宫廷观众并不喜欢法国悲剧。即使是法国最伟大悲剧诗人高乃依的悲剧，也似乎只适合阅读，并不适合在伦敦的舞台上演出。

在英国观众眼中，严格遵守"三一律"的法国戏剧故事单调无味，没有悲喜场景杂糅带来的那种自然情感宣泄。[2] 同样，法国著名诗人的喜剧作品没有给宫廷观众带来更多的快乐，英国的观众和批评家都觉得莫里哀（Moliere, 1622—1673）的喜剧也缺乏趣味性，不符合英国舞台观众的趣味和审美要求。当德莱顿提及《说谎者》（*The Liar*）时不无遗憾地说："这是一部在法国获得了无数掌声的作品，但是到了英国，无论演员多么优秀，翻译多么精美，即使最精彩的部分都不能与弗莱彻和本·琼森的作品相媲美。"[3]

虽然依据"三一律"创作的法国戏剧并没有得到英国王室观众的认可与好评，但是对英国的戏剧审美产生了一定的影响。在这种新旧交替

---

① Pepys, Samuel, *Pepys on the Restoration Stage*, ed., Helen Flora McAfee, New Haven: Yale University Press, 1916, p.198. 玛珂菲（McAfee）指出高乃依《勇敢的熙德》是新古典主义的英雄剧，是 1637 年由 Joseph Rutter 翻译为英文的。塞缪尔·佩皮斯是先阅读了这部戏剧，觉得很精彩，但是在观看舞台演出的时候，却感到单调无味。佩皮斯是英国海军大臣，英国皇家学院的会长，与德莱顿和牛顿等有着非常深入的交往。他的日记记录了 1660—1669 年伦敦的社会生活和伦敦舞台的演出情况，成为研究王朝复辟时期的重要历史文献。

② 不过，英国观众或者批评家对遵循"三一律"法则的法国戏剧缺乏认同感，并非出于民族自豪感，而是审美趣味的独特性。从历史渊源来说，"三一律"是根据亚里士多德的《诗学》中的"行动整一"、意大利诗人钦齐奥的"时间整一"和卡斯特尔维特罗（Lodovico Castelvetro, 1505—1571）的"地点整一"演变发展而来。此后，经由法国皇家学院诗人布瓦洛在《诗的艺术》中系统化阐述之后，"三一律"被莫里哀、高乃依和拉辛等著名诗人作为戏剧审美原则奉为圭臬，甚至在创作过程中尊崇备至，逐渐使法国戏剧形成一种独特的风格。随着英、法两国的政治交融，遵循"三一律"的法国戏剧逐渐成为英国宫廷文化的一部分。

③ John Dryden, *An Essay of Dramatic Poesy*. ed., with notes by Thomas Arnold, 2nd ed., Oxford: Clarendon Press, 1879, p.54.

的背景下，莎士比亚、本·琼森和约翰·弗莱彻等文艺复兴时期戏剧诗人的戏剧逐渐得到宫廷剧场和大众剧场的认可，取代了由法国舶来的戏剧。从 1587 年到 1642 年的五十多年里，伦敦公共剧场因瘟疫暴发都有时间不等的关闭，剧团的命运也跌宕起伏，剧场数量锐减。文艺复兴时期是英国戏剧发展的黄金时期，不仅拥有从"大学才子"到莎士比亚、琼森和弗莱彻等许多杰出的戏剧诗人，还拥有诸多公共剧场。除了黑僧剧院（The Blackfrairs Theatre）是在伦敦的市内以儿童剧团的演出为主，这些公共剧场 [如环球剧场（The Globe Theatre）、天鹅剧场（The Swan Theatre）、帷幕剧场（The Curtain Theatre）、玫瑰剧场（The Rose Theater）和希望剧场（The Fortune Theatre）等] 大多数都在伦敦城外泰晤士河沿岸的肖尔迪奇（Shoreditch）。① 然而，到了王朝复辟时期，不仅伦敦公共剧场的数量急剧减少，英国宫廷逐渐盛行的法国风尚喜剧也冲击了英国戏剧。自斯图亚特王朝（The House of Stuart）的查尔斯二世（Charles Ⅱ，1630—1685）在 1661 年成为英格兰国王，在宫廷演出的外国剧团不仅可以获得国王的特权，不受到任何人的制约，能够将他们的舞台场景、服装直接带进宫廷，而且收入颇丰。多朗博士对英国舞台的历时研究中提及一个法国的团体，"仅 1661 年冬天，M. Channoyeux 就从国王处得到了法国喜剧表演 300 英镑奖励，1663 年他们得到了许可可以采用演新的场景和装饰"。②

尽管如此，在这样的历史背景下，由国王查尔斯二世批准的公爵剧团（Duke's Company）和国王剧团（King's Company）上演了多部

---

① 那时候的泰晤士河沿岸很像中国的天桥，各种卖艺的人在此聚集。莎士比亚在伦敦演出和创作的早期，其剧作曾在多个剧场演出，后来与伯比奇家族——理查德、约翰和威廉等合作建立了环球剧场，极大地推动了英国戏剧事业的发展。相比之下，菲利普·亨斯洛（Philip Henslowe, c. 1550—1616）管理的希望剧场发展显零落。不过，亨斯洛在经营管理的过程中，翔实地记录了伦敦舞台发展状况，成为后世学者研究莎士比亚戏剧演出和早期伦敦舞台发展的重要参考文献。亨斯洛作为莎士比亚同时代的人，从 1584 年进入伦敦剧场行业，记录了当时伦敦剧场的很多翔实的资料。《亨斯洛日记》（Henslowe's Diary）直到 1790 年才面世，是埃德蒙·马隆修订其《英国早期舞台戏剧发展史》的重要文献资料，也为现代读者了解伊丽莎白时期的英国剧场打开了一扇窗。

② Samuel Pepys, *Pepys on the Restoration Stage*, ed., Helen Flora McAfee, New Haven: Yale University Press, 1916, p.202.

文艺复兴时期的戏剧，尤其是弗莱彻、莎士比亚和琼森三位著名作家的剧作。公爵剧团是由跨越文艺复兴时期和王朝复辟时期两个时代的威廉·达文南特（Sir William Davenant, 1606—1668）作为管理者，主要演出改编的莎士比亚戏剧；国王剧团是由托马斯·基利格鲁（Thomas Killigrew, 1612—1683）作为管理者，获得从伦敦剧场关闭之前的国王剧团拥有的莎士比亚戏剧演出权。因为基利格鲁拥有文艺复兴时期所有剧目的演出权利，只给威廉·达文南特的公爵剧团十部莎士比亚戏剧的演出的许可。除了弗莱彻—博蒙特的戏剧外，国王剧团与当时著名的诗人或戏剧家签约，演出他们新创作的作品，其中威廉·威彻利（William Wycherley, 1641—1716）、阿芙拉·贝恩（Aphra Behn, 1640—1689）和德莱顿的影响最大。

不过，文艺复兴时期戏剧三杰莎士比亚、琼森和弗莱彻的作品在伦敦舞台上的演出情况与他们在文学史上的地位略有不同。因为基利格鲁管理的国王剧团得到王室赞助和国王的庇护，致力于复兴约翰·弗莱彻（John Fletcher, 1579—1625）和弗朗西斯·博蒙特（Francis Beaumont, 1584—1616）合作或者是独立创作的悲喜剧作品。在近十年的时间里，弗莱彻—博蒙特的作品上演达到了三十部，平均每年上演的剧目在十部左右。弗莱彻的戏剧之所以受到基利格鲁的青睐，主要有风格与主题两个因素。一方面是这些戏剧主要是为了宫廷剧场创作的，剧中关于爱情主题和人物的塑造契合了英国宫廷的审美标准和趣味。另一方面弗莱彻的戏剧比较少涉及英国历史，尤其是兰开斯特家族和约克家族之间的百年战争等敏感话题。

相比之下，莎士比亚和琼森的作品在十年之内大约共有十三部戏剧在伦敦舞台演出。国王剧团演出的剧目主要有《亨利四世》（上）、《亨利八世》、《温莎的风流女人》和《奥赛罗》等，而公爵剧团演出的主要是改编剧，琼森的剧作却只有五部。

为了更加直观地阐述这一事实，笔者参照2003年芝加哥大学詹姆斯·希里亚特·派瑞博士整理的，1659—1700年，文艺复兴时期的戏剧在伦敦舞台的演出与改编资料，对1659—1679年二十年间，莎士比亚、弗莱彻—博蒙特以及本·琼森的戏剧演出的剧目和场次进行了统计，制作了图 1-1。①

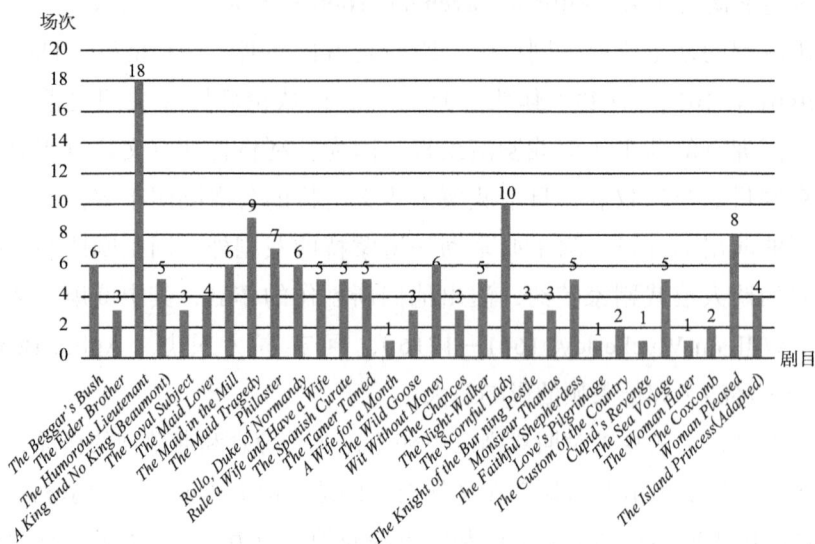

图 1-1　1659—1679 年国王剧团演出的弗莱彻—博蒙特戏剧 ②

如图 1-1 所示，在伦敦舞台演出的弗莱彻—博蒙特戏剧中《有个性的中尉》（*The Humorous Lieutenant*）达 18 次。同时，在演出的 30 部作品中，大多是与女性或者是爱情相关的，如 *The Scornful Lady*，*Woman Pleased*，*Rule a Wife and Have a Wife*，*A Wife for a Month*。不仅如此，*The Tamer Tamed* 仅从题目来看，似乎与莎士比亚《驯悍记》（*The Tame of a Shrew*）的主题非常相似，但是没有莎士比亚在

---

　　① 关于 1659—1700 年伦敦舞台的演出数据共参照了五部著作，包括 William Van Lennep, Emmett L. Avery and Arthur H. Scouten, ed., *The London Stage, 1660-1680, Part I*, 1965; John Genest, *Some Account of the English Stage from 1660 to 1832*, Vols.10, 1832; Arthur Colby Sprague, *Beaumont and Fletcher on the Restoration Stage*, 1926; Hazelton Spencer, *Shakespeare Improved: The Restoration Versions in Quarto and on the Stage*, 1927; John Harold Wilson, *The Influence of Beaumont and Fletcher on Restoration Drama*, 1928, See Also James Hilliard Perry, "Building the Second Temple: The Art of Dramatic Adaptation in England 1660-1688", Dissertation, University of Chichago, 2003, p.295。

　　② 本图参照 James Hilliard Perry, "Building the Second Temple: The Art of Dramatic Adaptation in England 1660-1688", Dissertation, University of Chichago, 2003, pp.296-307。

突出主题中表达得鲜明。总体来说，弗莱彻与博蒙特的作品很少涉及英国的政治历史，具有法国宫廷戏剧的主题特征，而深受英国宫廷的欢迎。

不过，在达文南特和德莱顿合作改编的《暴风雨》取得成功之后，弗莱彻和博蒙特戏剧的复兴开始出现衰落的状态，演出剧目数量逐渐减少。1670年之后，莎士比亚与琼森的作品逐渐增多，具体数据参照图1-2。

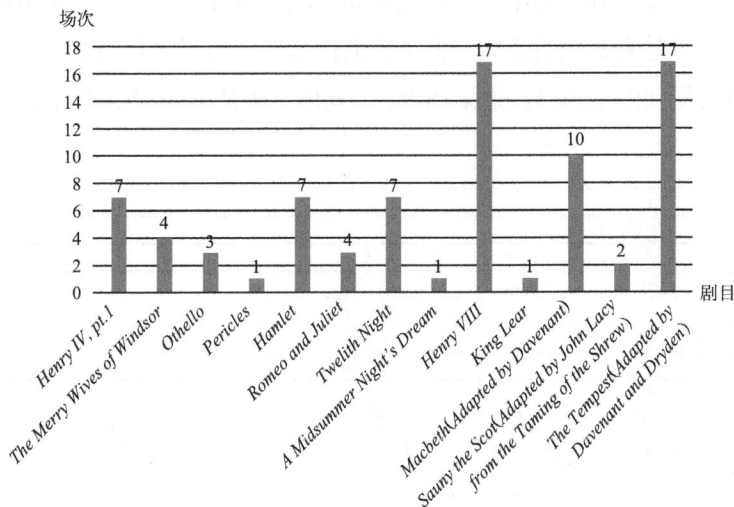

图 1-2　1659—1679 年国王剧团和公爵剧团演出的莎士比亚戏剧 ①

根据图1-2，从演出场次来看，在二十年内，莎士比亚的历史剧《亨利八世》与改编剧《暴风雨》的演出场次相同，都演出了17场，而且演出剧目中还包括《麦克白》《驯悍记》和《暴风雨》三部改编剧。对图1-2进一步分析，还可以发现，王朝复辟时期伦敦舞台演出的莎剧类型丰富，既包括历史剧，也包括传奇剧，更为重要的是涵盖了"四大悲剧""四大喜剧"中的三部。其中，悲剧演出场次的排列依次为改编的《麦克白》《哈姆雷特》《奥赛罗》《罗密欧与朱丽叶》《李尔王》，喜

---

① 本图参照 James Hilliard Perry, "Building the Second Temple: The Art of Dramatic Adaptation in England 1660-1688", Dissertation, University of Chichago, 2003, pp.296-307。

剧演出的场次排列依次为改编的《暴风雨》《第十二夜》《温莎的风流女人》《仲夏夜之梦》。最后，传奇剧演出数量少、演出的场次也比较少，仅有《泰尔的亲王佩里克勒斯》。由此可见，无论什么样的时代，对于莎士比亚戏剧艺术成就的认识并没有很大差异。

然而，让人意想不到的是，在这二十年中，国王剧团只演出了琼森的五部作品，与他在文艺复兴时期的文学史地位不相称。琼森在文艺复兴时期被誉为文学导师，是第一位将戏剧和诗歌以对开本的形式结集出版的作家，同时也是宫廷桂冠诗人，但是他的作品在经历了时代的变迁之后，在伦敦舞台得到的掌声已经逐渐稀少，[①] 具体演出情况如图1-3所示。

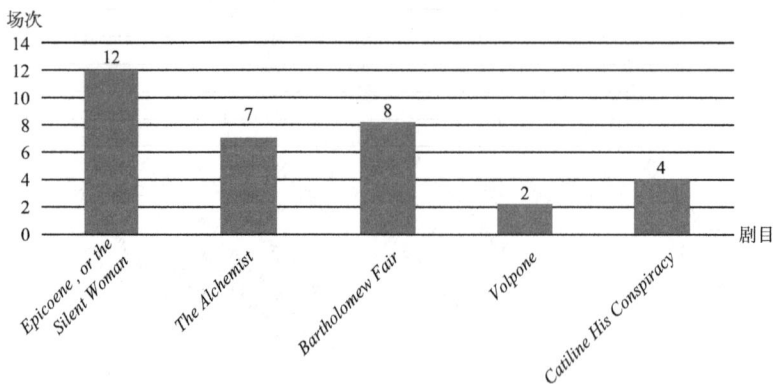

图1-3 1659—1679年国王剧团演出的本·琼森戏剧

资料来源：本图参照James Hilliard Perry, "Building the Second Temple: The Art of Dramatic Adaptation in England 1660-1688", Dissertation, University of Chichago, 2003, pp.296-307。

如图1-3所示，在演出的戏剧中，《沉默的女人》（*Epicoene, or The Silent Woman*, 1609）场次最多，另外四部是《巴托罗缪市集》（*Bartholomew Fair*, 1614）、《福尔蓬奈》（又名《狐狸》）（*Volpone,* or *The Fox,* c. 1605–1606）、《炼金术》（*The Alchemist*, 1610）和《卡蒂琳的阴谋》（*Catiline His Conspiracy*, 1611）。值得注意的是，琼森的《人

---

① 继本·琼森之后，达文南特在1638年成为英国国王查尔斯一世宫廷的桂冠诗人（Poet Laureate），创作了一些宫廷假面舞剧。

人都高兴》（*Every Man in His Humor*, 1598）与《人人都扫兴》（*Every Man out of His Humor*, 1599）并没有在王朝复辟时期剧场重新开放的前十年上演。这两部戏剧创作于环球剧场建成前后，分别摹仿了罗马普罗图斯（Plautus）和希腊戏剧诗人阿里斯托芬的喜剧风格，将中世纪和文艺复兴时期的体液医学理论，以黏液质、胆汁质、抑郁质和多血质作为塑造人物性格的原型，成为英国文学史上的人物宝库。

综上所述，在1659—1679年大约二十年的时间内，文艺复兴时期英国三位戏剧诗人的作品在伦敦舞台的受欢迎程度各有千秋。虽然莎士比亚的悲剧演出数量远远低于弗莱彻—博蒙特的数量，但是被后人誉为四大悲剧的《麦克白》《奥赛罗》《李尔王》《哈姆雷特》以及广为流传的爱情悲剧《罗密欧与朱丽叶》多次上演。此后达文南特与德莱顿改编的《暴风雨》成为转折点。在《论戏剧诗》出版之前，莎士比亚的戏剧主要由公爵剧团演出，只有达文南特改编的《麦克白》和《暴风雨》享有盛名。国王剧团演出的剧目，主要是《温莎的风流女人》、《亨利四世》（上）、《亨利八世》等。在《论戏剧诗》之后，莎士比亚的悲剧和历史剧，以及本·琼森的戏剧不断增加，改编作品逐渐成为伦敦舞台的经典剧目，以希腊和罗马人物故事创作的戏剧，得到了王朝复辟时期戏剧诗人的青睐。

不过，在德莱顿看来，弗莱彻的作品如此受欢迎，并不是一件值得欣慰的事情。从英国语言史的发展来说，弗莱彻和琼森、莎士比亚的作用似乎相似，一起将英国的语言变得优美，但从人物塑造和思想表达来说，弗莱彻无法超越莎士比亚和琼森，他只是追随者，在莎士比亚这里学到了如何表达爱情，却不能像莎士比亚一样可以更高层次地表达友情。

二　德莱顿改编莎士比亚戏剧的原则

德莱顿改编的《一切为了爱》与沙德威尔改编的《雅典的泰门》（1677—1678）同期上演。《特洛伊罗斯与克瑞西达》与爱德华·瑞文思考罗福特（Edward Ravenscroft）改编的《提特斯·安多尼克斯》

（1678—1679）也相得益彰。①除了德莱顿，王朝复辟时期的另外两位桂冠诗人（Poet laureate）托马斯·沙德威尔（Thomas Shadwell, c. 1642—1692）和纳姆·泰特（Nahum Tate, 1652—1715）都有改编的经典剧目。纳姆·泰特在1681年一共改编了莎士比亚的三部戏剧。②第一部是《李尔王》，然后是根据《理查德二世》改编的《西西里的篡权者》（*The Sicilian Usurper*, 1681），最后一部是改编自《科利奥纳兰斯》的《没有感恩的国度》（*The Ingratitude of a Commonwealth*, 1681）。托马斯·奥特维（Thomas Otway, 1652—1685）将莎士比亚的悲剧《罗密欧与朱丽叶》改编为《凯乌斯·马库斯的历史与衰落》（*The History and Fall of Caius Marius*）。

除此之外，在这一历史时期，约翰·克罗恩（John Crowne, 1640?—1712）将《亨利六世》（上）改编为《国内战争的痛苦》（*The Misery of Civil War*, 1680—1681），科利·西博（Colley Cibber, 1671—1757）《理查德三世》（*Richard Ⅲ*）以及托马斯·杜若菲（Thomas Durfey, 1653—1723）根据《辛白林》改编的《受伤的公主》（*The Injured Princess*, 1681—1682）等都受到了观众的喜爱。③通过分析德莱顿在改编的莎士比亚戏剧的序言中阐述的思想，可以发现他遵循以下三个原则。

（一）符合"三一律"的结构特征

《暴风雨》是1667—1668年德莱顿与达文南特初次合作改编的戏剧，在伦敦舞台取得了空前的成功。在《暴风雨》之前，达文南特已经将《麦克白》（*Macbeth*, 1664, printed in 1674）改编为歌剧在公爵剧场的舞台多次演出。不仅如此，他根据《一报还一报》与《无事生非》

---

① 托马斯·沙德威尔是继德莱顿之后的英国桂冠诗人和皇家历史学家，继承了本·琼森的癖性喜剧传统，擅长风尚喜剧（Comedy of Manners），只是他的《幽默的人》（*The Humourist*, 1670）演出并没有取得成功。See also https://www.britannica.com/biography/Thomas-Shadwell.

② 纳亨·泰特是继任沙德威尔之后的英国桂冠诗人，与德莱顿的交往密切，他们合作过《押沙龙与亚希多弗》（*Absalom and Achitophel*, 1682）。See also https://www.britannica.com/biography/Nahum-Tate.

③ James Hilliard Perry, "Building the Second Temple: The Art of Dramatic Adaptation in England 1660-1688", Dissertation, University of Chichago, 2003, pp.298-306.

改编的《反对恋爱的法则》（*The Law Against Lovers*, 1662, printed in 1673）也深受观众的喜爱。

作为莎士比亚戏剧中为数不多符合"三一律"规则的戏剧，改编后的《暴风雨》加入了一个从来没有见过女性的男人。这个副情节（counterpart, underplot and subplot）是具有想象力和天赋的达文南特提出的，德莱顿不仅没有反对，而且乐见其成。这个纯洁的爱情故事，与米兰达见到费迪南德之后的惊异情感形成了对照，说明王朝复辟时期的舞台上，依然对复杂的故事情节表现出了喜爱和接纳。1670 年，为了纪念去世的达文南特，德莱顿在《暴风雨》的前言中讲述了改编这部戏剧的过程以及他对莎士比亚戏剧的理解："从始至终，从来没有获得这样幸福的写作情感"，并给予了《暴风雨》中具有超自然因素的戏剧人物卡列班（Caliban）极高的赞誉，认为一个能够融合人、鬼、巫三界共同特征的形象是现实中不可能存在的，女巫和魔鬼结合的产物完全是作者凭借想象力和人性洞察力创造的艺术形象，对人性的洞察似乎比普罗斯洛的魔法或者是小精灵更加透彻。①《暴风雨》改编的成功逐渐改变了伦敦公众舞台对文艺复兴时期三位戏剧诗人的接受和认知。

此后，作为德莱顿"爱"的主题系列的作品，《一切为了爱》也是一部将"三一律"、英国宫廷趣味和莎士比亚的语言风格和故事情节融合得最好的一次改编，由国王剧团进行演出，获得了空前的成功。②德莱顿在《一切为了爱》和《特洛伊罗斯与克瑞西达》的序言中都明确表示，在戏剧结构的规则方面，对故事情节做了删减，使其符合英国宫廷的趣味，尤其是英雄剧的风格。因为对于英国诗人来说，为了满足观众

---

① John Dryden, Preface, *The Tempest, or The Enchanted Island: A Comedy as it is Now Acted at His Highness the Duke of York's Theatre*, London: Printed for Henry Herringman, 1670.

② 《一切为了爱》，成为"爱的五部曲"中的第四部作品。 德里克·休斯（Derek Hughes）认为德莱顿的英雄剧创作是从《印第安王后》（*The Indian Queen*, 1664）、《印第安国王》（*The Indian Emperour*, 1667）、《独裁者的爱》（*Tyrannick Love*, 1669）、《格兰纳达的征服》（*The Conquest of Granada*, 1670）到 1765 年的《奥伦泽比》（*Aureng-Zebe*, 1675）等共创作了五部。除此之外，他倾向于将德莱顿改编的《一切为了爱》（*All for Love*, 1677）和《特洛伊罗斯与克瑞西达》（*Troilus and Cressida*, 1679）归为英雄剧的范畴。他的理由是这两部戏剧有英雄剧的核心主题，是英雄剧系列，详见 Derek Hughes, *Dryclen's Heroic Plays*, Linclon: University of Nebraska Press, 1981, pp.150-153。

的审美需求，戏剧创作既不能盲从法国新古典主义的审美原则，也不需要拘泥于亚里士多德的摹仿行动的原则，而是应该遵循英国的戏剧传统。

（二）符合英雄剧的主题特征

在王朝复辟时期所有改编的作品中，德莱顿改编的两部作品影响最为深远，不仅实现了以古喻今，还成为他创作生涯中最满意的英雄剧作品，属于英雄剧创作转折期的成就。整体来说，德莱顿创作英雄剧的时间并不是很长，却有着明显的阶段性特征，可分为摹仿期、巅峰期和转折期三个不同的艺术阶段。

第一个时期，摹仿期。德莱顿摹仿达文南特、奥特瑞和霍华德英雄剧创作风格的时期。尽管现代学者维恩（James A. Winn）1997 年的《英雄之歌：重写英国戏剧和歌剧历史》（*Heroic Song: A Proposal for a Revised History of English Theater and Opera, 1656—1711*）将达文南特的《罗德岛之围》（*The Siege of Rhodes*, 1656）视为英国英雄剧的第一部作品，而在王朝复辟时期，德莱顿将文艺复兴时期的戏剧诗人达文南特 1661 年或 1662 年创作的《爱和荣誉》视为最早的英雄剧，并在《论英雄剧》中提及。这部作品是达文南特在查尔斯国王从法国回来之后创作的，当时舞台演出的戏剧受到了制约，悲剧和喜剧都不能演出。其中的缘由大概是受到时代的影响，觉得喜剧的品位低，而悲剧有可能映射到宫廷人员。因此，在英国的悲剧和喜剧的演出受到制约的情况下，1660 年达文南特以教堂的颂诗音乐为背景，用韵文创作了五幕五个诗章的文学形式。

在这个时期，对诗人来说，韵文和无韵诗最大的差异就是韵文表达简洁，"诗人的想象力狂野而无章可循，就像一只绑在高处的猎狗，需要在腿上绑上坠子，才能避免逃脱审判"。①韵文是对诗人想象力的束缚，是一种理性的制约。因此，遵循达文南特创作英雄剧的传统应做到

---

① John Dryden, "Preface", *The Rival Ladies: A Tragic-comedy*, London: Printed for Henry Herringman, 1675.

以下两点："第一点是形式平易近人，符合人们普通的行动和情感，第二点戏剧要是人性的镜子，能够看到我们日常的行为方式，也能够塑造一种切实可行的美德，而不是像古代或者现代作家那样。"① 在这个阶段，对于"严肃剧"（Serious Plays）这一新的戏剧类型，伦敦公众舞台的观众似乎并不认可。

第二个时期，巅峰期。德莱顿成为英国桂冠诗人和皇家历史学家（Royal Histographer）之后，强调英雄诗韵文本身对于心灵产生的作用，是英雄剧创作的辉煌期。在这一阶段，德莱顿完成了英雄剧《独裁者的爱》（*Tyrannick Love*, 1669）、《格兰纳达的征服》（*The Conquest of Granada*, 1670），以及 1765 年的《奥伦·泽比》（*Aureng-Zebe*, 1675）。在这个阶段，德莱顿对于韵文的认识产生了质的飞跃。他认为韵文可以提高对人的心灵的影响，韵文是有声的崇高的音乐，可以提升心灵的美德。因此，他在翻译《坎特伯雷故事集》的时候采用的是韵文形式。

第三个，也是最后一个时期，转折期。多数学者并不将这个阶段创作的戏剧归类于英雄剧。如著名的德莱顿研究学者伯恩（Wm. E. Bohn）将此阶段称为英国英雄剧的衰退，缘由是在《奥伦·泽比》之后，德莱顿要"放弃英雄剧这种类型，而《一切为了爱》《俄狄浦斯王》和《特洛伊罗斯与克瑞西达》则是对莎士比亚的摹仿，展现了他的戏剧艺术和古典文学素养"。② 英雄剧衰退的原因，伯恩总结为宫廷的趣味发生了改变。但是，对德莱顿而言英雄剧的传统并不只是韵文，还有爱和荣誉的主题。

德莱顿在 1677 年《英雄诗和诗歌许可之辨》一文中提出将"诗歌应该激起一种热情，或者说崇高的心灵的情感"运用到人物的形象塑造上，通过塑造的人物形象，使人们可以随着诗人的画笔感同身受。也就是说，主题与人物的性格和语言相一致，就可以激发纯洁的感情。因

---

① See J. Douglas Canfield, "The Significance of the Restoration Rhymed Heroic Play", *Eighteenth-Century Studies*, Vol. 13, No. 1, Autumn 1979, pp.49-62.

② Wm. E. Bohn, "The Decline of the English Heroic Drama", *Modern Language Notes*, Vol. 24, No. 2, 1909, p.50.

此，与古代的作品相比，莎士比亚的戏剧情节可能逻辑并不那么严密，但不可否认他的作品的语言更加优美。

德莱顿怀着谦逊的态度，重申了对莎士比亚的崇拜和摹仿原则。有时候，一旦处理不好摹仿思想和华丽辞藻之间的关系，就会变成"在巨人般的外衣里面甚至连个矮子也不存在"。① 这种谦逊与伏尔泰在《哲学通信》中对英国诗人改编莎士比亚的傲慢形成了鲜明的对比。伏尔泰认为："在莎士比亚的戏剧中获得成功的地方，却在他们的作品中被喝倒彩……那些抄袭者的恶劣成绩才使人明白他是不可以摹拟的。"②

由此可见，改编莎士比亚戏剧的困惑，如邯郸学步一样不能形神兼顾，有时会适得其反，弄巧成拙。德莱顿改编的莎士比亚戏剧能够取得成功是由于突出了英国戏剧重视爱与荣誉主题的传统，强调"悲剧不需要让人惊异的情节，自然而又充满激情的对话与事件才是悲剧的美"，并没有遵循古希腊悲剧通过恐惧和怜悯能够让观众产生共情从而能够使观众受到情感的净化的创作原则。③ 在回应莱默对于文艺复兴时期悲剧的批评的（1677）时候，引用法国诗人拉宾的观点驳斥了莱默坚持"悲剧必须像亚里士多德所提倡的那样，必须用恐惧和怜悯"的戏剧创作观，并在改编《安东尼和克利奥特佩特拉》的过程中，将爱情融入政治生活，阐释不正当的爱情最终是要受到惩罚的，"自然或多或少地带有一些道德的'警世'作用"。④

其实，这样的"警世"作用，并不意味着德莱顿用安东尼和克利奥特佩特拉的爱情去警示查尔斯二世和他的法国王后。德莱顿根据当时的历史特征，将莎士比亚塑造的在国家和爱情之间踌躇不定的安东尼的形象进行了调整，对于人物的命运结局做出改变，可归因于"复辟时期文学趣味的变迁，沿袭了法国很多古典主义悲剧一样，有明确的道德寓

---

① John Dryden, Preface, *All for Love, or the World Well Lost*, London: Printed for Henry Herringman, 1678.

② [法]伏尔泰:《哲学通信》，高达观等译，上海人民出版社 1961 年版，第 347 页。

③ John Dryden, "Preface", *Troilus and Cressida, or Truth Found too Late*, London: Printed for Jacob Tonson, 1679.

④ 乔国强:《作为批评家和戏剧家的德莱顿》，《外语研究》2005 年第 4 期。

意，即个人的爱情情欲要服从国家的利益"。^① 因此，这部作品何止是改编作品，而是"王朝复辟时期最好的悲剧，甚至可以说是后伊丽莎白时期的最好的悲剧"^②。

借用布鲁斯·金（Bruce King）的话来说，《一切为了爱》是德莱顿的"爱和荣誉"主题的最好表达。^③ 在改编的作品中，安东尼与克利奥特佩特拉的爱情结局成为悲剧，阐释了即使最美丽的、最奋不顾身的爱情，如若违背了伦理道德，也会受到惩罚。

不过，相比于《一切为了爱》的"爱与荣誉"，《特洛伊罗斯与克瑞西达》中的英雄友谊是道德教化的最高境界，也是对亚里士多德《尼各马可伦理学》一书中友谊观的诠释。通过比较索福克勒斯（Sophocles, c. 496—406 B. C.）的《俄狄浦斯王》（*Oedipus the King*）、《一切为了爱》与《特洛伊罗斯与克瑞西达》的男性之间的友谊，德莱顿发现，罗马国家引以为自豪的"和则兴，分则毁"民族精神，是很多时代都崇尚的豪迈气概和荡气回肠的人生真情，在《论悲剧批评的基础》中得到了证实。他认为莎士比亚"不仅选择了那个时代的两个英雄，而且对罗马的自由和荣耀的崇尚，在这方面他是救世主"的格局。^④ 因此，面对这样一部将爱情与友情结合在一起的力作，德莱顿美化了克瑞西达的形象，以希腊迈锡尼国王阿伽门农（Agamemnon）和斯巴达国王墨涅拉奥斯（Menelaus）之间的友情为核心，让她最终以自杀证明了自己的清白。

（三）摹仿莎士比亚的语言风格

虽然"不仅应该重视德莱顿英雄剧的题材和英雄剧的韵文诗行，更应该重视德莱顿剧中强烈的、连续的浪漫主义的充满情感的精神和修辞

---

① 韩敏中：《德莱顿和英国古典主义》，《国外文学》1987年第2期。

② Allardyce Nicoll, *Dryden as an Adaptor of Shakespeare*, London: Oxford University Press, 1922, p.21.

③ Bruce King, "Dryden's Intent in *All for Love*", *College English*, Vol. 24, No. 4, 1963, pp. 270-271.

④ John Dryden, "Preface", *Troilus and Cressida, or Truth Found too Late*, London: Printed for Jacob Tonson, 1679.

手段"①，但莎士比亚的语言不仅没有随着时间的改变变得陈旧，而是历久弥新，让后人望而生畏。《一切为了爱》是德莱顿第一部不使用英雄双行体（Heroic Couplet）而采用无韵诗创作的严肃悲剧。

德莱顿在改编莎士比亚戏剧的时候，不仅摹仿无韵诗（Blank Verse）的表达方式，还赞美莎士比亚语言的纯洁性："就像本·琼森所说，莎士比亚没有学问，没有跟任何人学习戏剧诗的创作，他却开创了我们的戏剧，他凭着他的天赋的力量做的如此出色，让后人望尘莫及。"②因此，他非常坚定地说："从我的风格来说，我摹仿了神圣的莎士比亚……通过摹仿在整个戏剧中摹仿他我自己变得优秀。"③因为注重格律文的使用制约了语言表达，从而更加崇拜莎士比亚使用地道的母语进行表达。

德莱顿改编莎士比亚戏剧，成就了创作生涯的巅峰之作，赢得了极高的赞誉。随着德莱顿的改编创作获得了空前的成功，他对伊丽莎白时期作品的主题和语言有了更加深刻的认识，对形成评价诗人的基本原则"寓教于乐"具有推动作用，对莎士比亚在英国的出版与传播产生了重要的影响，也影响了18世纪莎士比亚戏剧的出版与校勘史的发展。

三 德莱顿对莎士比亚戏剧出版史的影响

德莱顿改编莎士比亚戏剧不仅改写了英国戏剧出版史的历程，也奠定了出版商亨利·亨瑞曼和雅各布·汤森在莎士比亚戏剧出版史上的地位。

（一）促进亨瑞曼出版1685年"第四对开本"

亨瑞曼是德莱顿文学创作生涯第一个阶段合作的出版商，出版了德莱顿早期作品，如第一部戏剧《争风吃醋的女人》（*The Rival Ladies*,

---

① C. G. Child, "The Rise of the Heroic Play", *Modern Language Notes*, Vol. 19, No. 6, Jun., 1904, p.167.

② John Dryden, Preface, *All for Love, or the World Well Lost*, London: Printed for Henry Herringman, 1678.

③ John Dryden, Preface, *All for Love, or the World Well Lost*, London: Printed for Henry Herringman, 1678.

1664），也是桂冠诗人达文南特的崇拜者。1670 年，为了纪念达文南特这位跨越了两个时代的诗人，亨瑞曼出版了德莱顿与达文南特合作改编的《暴风雨，或，施了魔法的岛屿》（*The Tempest, or, The Enchanted Island: A Comedy as it is Now Acted at His Highness the Duke of York's Theatre*, 1670）之后，又于 1673 年出版了《达文南特作品集》。①

　　然而，德莱顿改编的《一切为了爱》与《真相太迟》获得成功并不代表王朝复辟时期的莎士比亚戏剧出版拥有更好的前景，结局却恰恰相反。最令人意想不到的是《一切为了爱》（1678）好似终曲，预示着他与亨瑞曼近二十年的合作彻底结束了。或者更为确切地说，亨瑞曼作为文学赞助人，从此不再为这位宫廷桂冠诗人和皇家历史学家出版新创作的作品，包括即将问世的《特洛伊罗斯与克瑞西达，或，真相来得太晚》（1679）。当亨瑞曼决定放弃书商的零售业务时，也就意味着他不再赞助作家进行创作。这个决定同时也意味着，亨瑞曼对莎士比亚戏剧改编作品的出版赞助戛然而止。②但是这个决定也改写了莎士比亚戏剧"对开本"的出版史。

　　亨瑞曼拥有大量文艺复兴时期诗人作品的版权，包括"第三对开本"的版权，亨瑞曼依靠这些经得起市场考验的作品，从事出版批发，就可以拥有良好的收入，如《亚伯拉罕·考利作品集》（*The Works of Mr. Abraham Cowley*）。此后，亨瑞曼相继出版了弗莱彻和博蒙特、莎士比亚和琼森的作品，成为"伦敦第一个现代意义上从事批发事业的出版商"。③

　　早在 1674 年，亨瑞曼获得了"第三对开本"（*The Third Folio*）的版权，但他没有急于出版。因为当时弗莱彻和博蒙特的戏剧在王朝复辟时期舞台上受到欢迎，他与约翰·马丁（John Martyn）和理查德·马

---

①　正是在达文南特的不懈努力下，伦敦公共剧场重新开放之后，英国观众才能够品味到莎士比亚戏剧的魅力。

②　Stephen Bernard, "Why Joseph Knight and Francis Saunders Are Not the Creators of the English Restoration Canon", *Notes and Queries*, Vol.63, Iss. 4, Dec. 2016, pp.580-582.

③　Don-John Dugas, *Marketing the Bard: Shakespeare in Performance and Print 1660–1740*, Columbia: University of Missouri Press, 2006, p.113

瑞特（Richard Marriott）联合出版《博蒙特和弗莱彻的五十个悲剧和喜剧》（*Beaumont and Fletcher's Fifty Comedies and Tragedies*, 1679），获得了丰厚的利润。然而十年之后，国王剧团和公爵剧团演出的莎士比亚剧目不断增加。

随着莎士比亚和琼森的戏剧逐渐取代了弗莱彻作品的地位，观众或者读者也会相应的增加，由此促进了"第四对开本"的出版。因此，1685 年，亨瑞曼以伦敦舞台演出作为风向标，出版了"第四对开本"（*The Fourth Folio*）。在 1685 年版权页上，除了亨瑞曼，还有约瑟夫·奈特和弗朗西斯科·桑德斯（Joseph Knight and Francis Saunders）的名字。在"第四对开本"中，共收录了四十三部戏剧，比"第一对开本"增加了七部。这七部戏剧，首次出现在 1664 年的"第三对开本"的第二版中，包括《配力克里斯》（*Pericles*）、《洛克力恩》（*Locrine*）、《约翰·欧德卡斯托爵士》（*Sir John Oldcastle*）、《托马斯·克伦威尔公爵》（*Lord Thomas Cromwell*）、《伦敦浪子》（*The London Prodigal*）、《清教徒》（*The Puritan*）和《约克郡悲剧》（*A Yorkshire Tragedy*），是"切尔特根据版权页上标有 W. S. 的作品"。① 不过，这几部戏剧并没有按照悲剧、喜剧和历史剧的分类归入相应的类别中，而是附在最后，另起页码编号。②

历史证明，1685 年亨瑞曼出版的"第四对开本"在莎士比亚出版史上具有重要的意义。因为"第四对开本"是在伦敦大火之后出版的第一个"对开本"，也是 17 世纪的最后一个"对开本"，是 18 世纪尼克拉斯·罗编订莎士比亚戏剧的底本，由此奠定了 18 世纪出版史的基础。

亨瑞曼去世之后，他的遗孀转让了大部分文学作品的版权——18 世纪莎士比亚出版校勘史上底本的"第四对开本"转让给了雅各布·汤森。此后，在老汤森和小汤森的共同努力下，在英国出版史上实现了创

---

① E. K. Chambers, *William Shakespeare: A Study of Facts and Problems*, Vols. 2, London: Oxford University Press, 1930, p.120.

② 这七部戏剧的编排方式，也成为蒲柏认定莎士比亚伪作的关键因素之一。

立一个不朽的出版王朝的共同梦想。① 同时，诸多诗人、学者和批评家参与到编订莎士比亚戏剧这项艰苦卓绝的事业中来，成就了18世纪莎士比亚戏剧编订、校勘和出版史的黄金时期。

（二）奠定雅各布·汤森出版事业的基石

在亨瑞曼放弃支持新的文学作品的创作之后，汤森成功地将德莱顿从书商亨瑞曼吸引到自己的队伍。他凭借作为出版商的战略眼光和对文学作品的洞察力，借资出版了德莱顿改编的莎士比亚戏剧《特洛伊罗斯与克瑞西达》，取得了巨大的成功。

迈出了合作的第一步之后，汤森将德莱顿作为出版事业发展的重中之重，将他的短诗、戏剧的序曲、尾声和评论，以及古典作品的翻译，结集出版为《诗文集》。德莱顿第一部《诗文集》的出版，"极大地巩固了汤森在伦敦作为最重要的文学出版商的地位"。② 此后，汤森相继出版了德莱顿的六卷四开本《诗文集》（*Micellaous Poems*），确立了以英国文学经典作品为出版事业的核心。将德莱顿的创作以年度的方式结集出版，一来可以使一些文稿不易丢失，而且阅读这样的短篇可以使用边角时间，比阅读弥尔顿（John Milton, 1608—1674）的《失乐园》（*Paradise Lost*）那样的辉煌的史诗更加可行。

《特洛伊罗斯与克瑞西达》的出版，不仅奠定了汤森在文学出版事业的地位，同时也促使他开始分销亨瑞曼出版的莎士比亚戏剧改编本。1695年出版的《暴风雨》和《哈姆雷特》的版权页上有雅各布·汤森的名字。在此之前出版了纳姆·泰特（Nahum Tate, 1652—1715）和阿芙拉·贝恩（Aphra Behn, 1640—1689）的原创作品，并没有引起很大

---

① Stephen Bernard, "Establishing a Publishing Dynasty: The Last Wills and Testaments of Jacob Tonson the Elder and Jacob Tonson the Younger", *The Library*, Vol.17, Iss. 2, 2016, pp.157-166.

② Susan Fitzmaurice, "Servant or Patron? Jacob Tonson and the Language of Deference and Respect", *Language Sciences*, Vol. 24, 2002, p.252.

的反响。①不仅斯蒂芬·伯纳德（Stephen Bernard）高度赞誉汤森的贡献，而且芭芭拉·M. 培尼狄克（Barbara M. Benedict）也说："将戏剧材料包含进去说明文集的另外一项重要功能，戏剧文学从口头艺术转向了印刷文化，对歌曲作为一种文学艺术进行评价。"②

汤森出版的莎士比亚戏剧不再使用规模巨大、成本高昂和难以携带的对开本形式，而是采用易于携带的四开本或者是八开本。便携式的小开本作品集的出现在出版史上具有两个重要的作用：一方面，最大限度地降低了出版成本，意味着作家能够及时将作品出版，使随手涂鸦不轻易丢失；另一方面，读者可以随心所欲地利用零星的时间阅读，开启了快速阅读的模式（dip-skip reading），从而改变了英国读者阅读经典作家作品，尤其是莎士比亚戏剧的方式。

随着 18 世纪文学的发展，在一个作家接踵而至的时代，便携式图书可以使读者随时了解文坛动态，也可以促进英国诗人译介与传播希腊罗马时期的文学作品。如德莱顿翻译的维吉尔、卢克莱修、奥维德（Publius Ovidius Naso, 43 B. C.—17 A. D.）、普鲁塔克等诗人的作品，即 1685 年的第二部《诗文集》相继出版。

因此，从出版史的发展来看，汤森不仅是传统意义上销售出版的书商，还成了文学赞助人、市场营销专家和文学疆域的开拓者，被称为"第一个现代意义上的出版商"并不是徒有虚名。③以汤森为中心，面向精英和大众的文化产品的出版和推广得到了长足的发展。在他的努力之下，文艺复兴时期的英国作品和希腊罗马译著不断出版，也吸引了很多诗人和批评家，都直接或间接地参与了校订、出版以及研究。可以说，

---

① 阿芙拉·贝恩（Aphra Behn, 1640—1689）是维吉尼亚·伍尔夫（Adeline Virginia Woolf, 1882—1941）崇拜的女性。伍尔夫在《自己的一间屋》（"A Room of One's Own", 1929）中说过："所有的女人都应在阿芙拉·贝恩墓上撒下鲜花，因为是贝恩为她们挣得了说出自己的想法的权利。" Woolf, Adeline Virginia, "A Room of One's Own", *The Northon Anthololy of English Literature*, Vol. 2, ed., Julia Reidhead, New York: W.W. Norton & Company, 2006, p.2126.

② Barbara M. Benedict, "Choice Reading: Anthologies, Reading Practices and the Canon, 1680-1800", *The Yearbook of English Studies*, Vol. 45, 2015, p.42.

③ Stephen Bernard, "Henry Herringman, Jacob Tonson, and John Dryden: The Creation of the English Literary Publisher", *Notes and Queries*, Vol. 62, Iss. 2, Jun. 2015, p.276.

假如没有雅各布·汤森，18世纪的莎士比亚戏剧出版史将会重写。

第二节 英国新古典主义莎士比亚批评的跃升期

英国新古典主义时期莎士比亚批评发展的第二个阶段与雅各布·汤森的出版事业密切相关，是英国莎士比亚批评与研究的跃升期。在半个世纪左右的时间里，尼克拉斯·罗、亚历山大·蒲柏、刘易斯·西奥伯尔德、约翰逊、爱德华·卡佩尔（Edward Capell, 1713—1781）等戏剧家或诗人参与了汤森出版社的《戏剧集》的编订，共出版了1709年、1725年、1733年、1765年和1767年等六个版本。这些新编订的莎士比亚戏剧文本中，加入了编者的理解、阐释、正义和注疏，使莎士比亚戏剧成为英国文学史和出版史上的丰碑，逐渐形成了以莎士比亚戏剧出版、校勘与鉴赏相结合的批评范式。

作为雅各布·汤森《莎士比亚戏剧集》的第二任编者，蒲柏试图确立一套批评规范客观认识莎士比亚的优缺点。他对1623年的《莎士比亚喜剧、历史剧和悲剧》（以下简称"第一对开本"，*The First Folio*）可信度的质疑、解释和勘正，很大程度上推动了18世纪莎士比亚戏剧批评史的发展，从而使莎士比亚批评与校勘密切结合在一起。①

在蒲柏之前，尼克拉斯·罗遵循新古典主义时期戏剧结构划分的五幕化原则，完善了莎士比亚戏剧的幕和场次的划分。在蒲柏之后，刘易斯·西奥伯尔德通过互文研究的方式，得出了莎士比亚借鉴了希腊罗马古典诗人的作品的结论，并且因蒲柏删订莎士比亚戏剧语言的得体原则掀起关于编者权利与义务的论战，促进了18世纪的文本批评。

---

① 该书的校勘，不是狭义的校对collation一词，而是批评家根据自己的文学批评原则，对莎士比亚戏剧文本进行勘定或阐释的过程，称为textual criticism。

一 尼克拉斯·罗编订莎士比亚戏剧的标准化原则

尼克拉斯·罗作为汤森的首任编者，是一位从 17 世纪末开始崭露头角的戏剧诗人，在 1704 年和 1709 年分别编订完成了汤森出版的德莱顿《诗文集》第四卷和第五卷。因此，尼克拉斯·罗不仅熟悉戏剧，而且对文艺复兴时期的英国文学和 18 世纪初英国读者的审美趣味也不陌生。由此，这位具有舞台创作经验的诗人与具有建立英国文学出版事业帝国的商人共同努力，开启了莎士比亚戏剧编辑与出版的新篇章。

（一）遵循雅各布·汤森确定的编者义务

汤森提出的编订要求给出版事业带来最大的变革，促进了英国文学经典的编订与传播，尤其使莎士比亚戏剧便于阅读。在 16 世纪和 17 世纪，无论在欧洲大陆还是在英国，就像马丁（Henri-Jean Martin）谈到的那样："厚重的对开本（Folios）象征着传统和知识的稳定性……在文艺复兴时期一般对于宗教作者或者是古典学者的作品以对开本的形式出版。"[①]虽然对开本象征作者的身份，但并不代表读者群体的广泛。

尽管在 17 世纪，莎士比亚戏剧的"对开本"出版了五次四个版本，但是并没有形成一个稳定的或者是广大的阅读群体。直到版式从对开本变为八开本，才改变了读者的阅读习惯。为了吸引读者，根据 18 世纪初的经济状况，汤森以八开本的形式出版了尼克拉斯·罗编订的《莎士比亚戏剧集》（六卷）。这个版本作为英国文学经典系列的一部分，汤森在版式和结构方面都做了调整，并且采用了征订的方法促进图书的销售。

征订具有两个根本性的优点：一方面可以保证编者获得劳动保障，使编者可以提前拿到预付的报酬，从而使版权完全归属于出版商；另一方面可以根据目标读者的总体特征，保证图书的品质和定价的合理性。从这套书的定价来说，六个金币，就当时的社会经济情况而言，一般的

---

① Henri-Jean Martin, *The History and Power of Writing*, Chicago: University of Chicago Press, 1995, p.310.

人不可能拥有购买能力。因此这套丛书的目标读者并非普通的工薪阶层，而是受过教育的社会精英阶层或者贵族。尽管在汤森的目标读者群体中，有一部分附庸风雅的预订者订而不读，但更多的是来自他的沙龙（Kit-kat）的社会精英成员，有威廉·康格拉夫（William Congreve，1670—1729）、约翰·洛克（John Locke，1632—1704）、约翰·凡布鲁爵士（Sir John Vanbrugh，1664—1726）和约瑟夫·艾迪森（Joseph Addison，1672—1719）等。① 因此，汤森为了这样的读者群，除了保证印刷质量的精美，对于编者亦具有很高的要求，要求有批评家眼光或者是戏剧专业，要有时代的声音。作为英国出版业的中坚力量，他不仅在与新成立的剑桥大学出版社合作出版希腊罗马的古典学术著作，还确立以八开本的形式出版英国文学经典系列（vernacular classics），要求编者"撰写作者传记、名篇名段以及重要人物索引、评价作者的才能和局限性、编写词汇表，或者是几者兼而有之"。②

令人意想不到的是，1709 年《莎士比亚戏剧集》是汤森继与剑桥大学出版社以及迈克尔·麦泰尔（Michael Maittaire）合作出版希腊和拉丁语的古典作品取得成功之后，最受精英阶层读者喜欢的作品。③ 如果说在 17 世纪，汤森以弥尔顿和德莱顿的作品作为出版业的支柱，那么在 18 世纪，莎士比亚戏剧则是出版史上最辉煌的篇章。

（二）遵循 18 世纪英国戏剧的审美原则

遵循新古典主义戏剧的五幕化原则，构建了莎士比亚戏剧新的版本格局，为读者提供了新的阅读体验，是尼克拉斯·罗在莎士比亚出版史上做出的里程碑式的贡献。他将戏剧结构标准化、人物列表清晰化和语言拼写现代化。文艺复兴时期的英国戏剧诗人，为了更好地表现人物的性格，大多不遵守"三一律"，尤其是莎士比亚的戏剧，场景的转换，

---

① Robert J. Allen, "The Kit-cat Club and the Theatre", *The Review of English Studies*, Vol.7, No.25, Jan. 1931, p.56.

② See also Robert B., Jr. Hamm, "Rowe's Shakespeare (1709) and the Tonson House style", *College Literature*, Vol. 31, Iss. 3, Summer 2004, p.187.

③ Brian Cummings, "Last Words: The Biographemes of Shakespeare", *Shakespeare Quarterly*, Vol. 65, Iss. 4, Winter 2014, pp.482-490, 497.

不仅是在幕之间，而且一幕之内还会有多次的场景转换。不仅如此，莎士比亚戏剧的结构，虽然大多数有五幕的划分，但在场次划分方面大多并不完备，有一半的戏剧没有进行场次划分。①这也就给校勘者提出了一个严肃的问题，如何对待这些结构各异的戏剧。是保留原有的格式，还是将其整齐划一，尼克拉斯·罗选择了后者，对"第一对开本"中的戏剧进行了结构的调整。

首先，结构的标准化，即五幕化原则，也就是将莎士比亚戏剧结构调整到符合新古典主义的五幕化原则。在布瓦洛的《诗艺》中戏剧结构的划分是按照数学的结构进行的，是一种均衡的美。但是，在莎士比亚的戏剧中，结构划分非常不均衡。按照布瓦洛在《诗的艺术》中所说，戏剧的时间在五幕的分布应该是均衡的一天一个地方一个故事，而且起承转合也要符合一定的节奏。

在"第一对开本"中，莎士比亚戏剧的 36 部戏剧中有 28 部是五幕剧，有 18 部戏剧的幕场次划分完善，只有 8 部没有场次划分。在 8 部划分不完善的戏剧中，《哈姆雷特》是两幕剧，其他的 7 部是独幕剧。这 7 部戏剧，既包括在环球剧场建立之前演出的《亨利六世》（中篇和下篇）、《罗密欧与朱丽叶》，也包括在环球剧场建立之后创作的《安东尼与克里奥特佩特拉》《特洛伊罗斯与克瑞西达》《雅典的泰门》和《科利奥纳兰斯》。没有划分的戏剧中，有 2 部是历史剧，3 部是爱情剧，最后的 2 部罗马剧是改编自普鲁塔克的《名人传》。

其次，随着对戏剧结构的五幕化的调整，也促进了对场次划分、戏剧人物列表和戏剧场景的完善，实现了戏剧人物场景的清晰化。除了戏剧结构的调整，尼克拉斯·罗还将人物列表置于每部戏剧开场之前，便于读者对复杂的人物关系有一个清晰的认识，可以帮助读者了解戏剧的情节发展。从"第一对开本"的人物列表来看，无论是编者还是诗人，都显得漫不经心。在 36 部戏剧中，只有《暴风雨》、《维洛那二绅士》、

---

① 通过对比尼克拉斯·罗编订的《莎士比亚戏剧集》与"第一对开本"，人们会发现莎士比亚对于戏剧的幕和场次的划分并不陌生，并且深谙此道。

《一报还一报》、《雅典的泰门》、《泰尔的亲王·配力克勒斯》、《冬天的故事》、《亨利四世》（第二部）和《奥赛罗》8 部有戏剧人物列表。因此，需要将 28 部戏剧进行人物梳理和场景前置。这样使戏剧人物的活动关系更加清晰，便于读者阅读。将戏剧场景前置化，明确每一场的场景，使所有的戏剧统一舞台演出说明，不仅增加了故事情节的节奏，也使读者能够凭借想象力在阅读中感受舞台演出的视觉效果。

最后，语言现代化。尼克拉斯·罗对莎士比亚戏剧的语言，参照以前的版本做了校对，保证可读性，而并不阐释原本作者的意思，以方便读者的阅读理解。他在给萨摩赛特公爵（Duke Somerset）写的致辞中，非常伤感地说："这是一个对于戏剧诗歌不友善的时代，戏剧诗被宗教狂迷所迫害、他的朋友们抛弃，甚至原来的艺术姊妹音乐所镇压。在这样一个危险的时代寻求庇护。"[1] 在文本的内容方面，补正了《哈姆雷特》中一些在出版过程中缺失的部分。用彼得·赫兰德（Peter Holland）转述的斯科恩鲍姆（S. Schoenbaum）的话来说，"1708 年的罗的手稿和 1709 年的正式出版的底本不一样"。前者是依据"第二对开本"，而后者是依据"第四对开本"对于拼写和标点符号的改变，进行了详细的研究。[2] 总之，经过尼克拉斯·罗的努力，莎士比亚的戏剧以一种标准化的形式出现，更加有利于读者阅读。

（三）作家研究与作品鉴赏相结合

可以说，德莱顿对莎士比亚在英国文学史上地位的评价，影响了 18 世纪汤森出版事业的发展和莎士比亚传记研究的发展。汤森在出版英国文学经典系列的时候，对编者提出了统一要求，要求编者为每一位作家写一个生平。撰写作家生平，虽然是出版商对编者提出的要求，但是的确作为一个契机，使第一任编者尼克拉斯·罗完成了莎士比亚研究

---

① Nicolas Rowe, "Dedication," in Nicolas Rowe ed., *The Works of Mr. William Shakespeare,* Adorned with Cuts. Revised and Corrected, with an Account of the Life and Writings of the Author, London: Printed for Jacob Tonson, 1709.

② Peter Holland, "Modernizing Shakespeare: Nicholas Rowe and *the Tempest*", *Shakespeare Quarterly*, Vol.51, No.1, Spring 2000, pp.24-32.

史上具有开创意义的事情。他撰写的《莎士比亚传略》（*Some Account of the Life, &c. of Mr. William Shakespear*）"是第一次连贯的莎士比亚生平，第一次对莎士比亚的作品进行了整体的评价"[①]。因为在此之前，无论是因为遭遇灾害还是本来就缺乏相应的资料，莎士比亚的生平对于大多数读者来说，都是一个空白领域。

尼克拉斯·罗在《前言》中表达了自己对莎士比亚的敬意，并且通过走访莎士比亚的故乡，得到了关于莎士比亚的各种消息，为读者第一次勾勒出这位从勇敢的埃文河畔走出的作家的生活脉络，探讨他与同时代作家，尤其是与本·琼森（Benjamin Jonson, 1572—1637）的关系，受到后世编者的肯定，收录在他们编订的《莎士比亚戏剧集》中。

尼克拉斯·罗对莎士比亚家庭的考证，实际上是在突出作家的平凡出身与杰出成就之间的关系，也成为大卫·加里克对于莎士比亚崇敬的一个缘由。在尼克拉斯·罗之后，蒲柏对莎士比亚的生平与作品风格的研究最为突出。尼克拉斯·罗认为莎士比亚的作品能成为经典，除了天才、学习以及想象力，则是阅读。因为语言之间的借鉴，是一种文学传统的延续，而莎士比亚在人物的独创性方面做出的贡献在文学史上无可比拟。他采用对比考证的方式，推断莎士比亚凭借广泛的阅读增长了见识，并且认为他在斯特拉福的文法学校受到的教育可以满足他的创作，他还从莎士比亚的作品中找到了与古代作家之间的关联，形成了平行研究。

从文学批评史的角度来说，尼克拉斯·罗对于莎士比亚生平的考订，与德莱顿的"文如其人原则"相反。尼克拉斯·罗不是根据莎士比亚的作品来推定他的性格和天赋，而是根据作者的故事来推定作者的意图。也就是说，作品是作者的主观思想的产物，了解莎士比亚的时代、经历或者是生活环境，才能够更好地理解作品，"与作者相关的故事，

---

① Nicholas Rowe, "Some Account of the Life, &c of Mr. William Shakespeare, prefixed to Rowe's edition of Shakespeare, 6 Vols (1709)," in Brain Vickers, ed., *William Shakespeare: The Critical Heritage*, Vols 6, London and New York: Routledge the Taylor & Francise-Library, 2005, Vol. 2, p.144.

也就是作者的相关知识有助于理解他的作品"。①尼克拉斯·罗的这种思想，影响了蒲柏对莎士比亚作品与风格的判断，以及确定莎士比亚作品的归属。

此后，这个现代学者看似不完美的小传，在汤森新出版的八卷本（1709）中取代了对开本《戏剧集》中演员编者的《献词》《致读者》以及琼森和弥尔顿等的《颂诗》或《十四行诗》等内容。作为 18 世纪第一位现代意义上的编者，尼克拉斯·罗在这个并不很长的生平介绍中塑造了一个和蔼可亲的天才诗人形象，为汤森出版的《莎士比亚戏剧集》赢得认可做出了不可磨灭的贡献。他在莎士比亚戏剧校勘过程中所付出的努力，吸引了更多著名的诗人、学者或词典学家来参与戏剧校勘与编订事业。在此过程中，蒲柏及其提出的底本校勘原则尤为重要。

二 蒲柏编订莎士比亚戏剧的底本校勘原则

蒲柏作为汤森出版社《莎士比亚戏剧集》的第二位编者，他的出现有一定的偶然性，但并不像奥斯汀·沃伦（Austin Warren）所说是"为了实现经济独立才编纂莎士比亚的，同时以解除十年来翻译《荷马史诗》的辛劳"。②沃伦之所以得出这样的结论，可能受到时间和资料的制约，对 18 世纪初《安妮王后法令》(*An Act for the Encouragement of Learning*) 颁布在英国出版史上引发的影响没有特别关注。

《安妮王后法令》(又称《学问促进法》)，是在安妮女王执政 8 年的时候，为了鼓励那些有学问的人能够创作和撰写有用的书籍颁布的。在法令颁布之后，英国出版业步入了从保护出版商的利益转为保护作者和版权购买者权利的时代。拥有"第三对开本"的独家出版权的汤森和他的侄子小汤森，在版权利益之下，想通过最伟大的诗人编订最伟大的戏剧家作品实现名利双收的愿望，见证了蒲柏从著名诗人、译者到编者

---

① Nicolas Rowe, "Some Account of the Life of Mr. William Shakespear", in Nicolas Rowe ed., *The Works of Mr. William Shakespeare,* Adorned with Cuts. Revised and Corrected, with an Account of the Life and Writings of the Author, London: Printed for Jacob Tonson, 1709, a.

② Austin Warren, *Alexander Pope as Critic and Humanists*, Mass: Peter Smith, 1963, p. vii.

的转变，也促进了 18 世纪莎士比亚戏剧的校勘与批评，成就了辉煌的出版事业。从 1709 年尼克拉斯·罗编订的《莎士比亚戏剧集》出版到 1770 年小雅各布·汤森去世，除了托马斯·汉默（Thomas Hammer）编订的版本（1744）在牛津大学出版社出版过，《莎士比亚戏剧集》都是由汤森出版的。

事实上，在《安妮王后法令》颁布前后，英国文化产业迅猛发展的时代，出版商、书商和文化从业人员迅猛增加，德莱顿和蒲柏这样的职业作家与出版商之间的关系，是彼此不可或缺的鱼水关系。他们进行翻译与写作，并不仅仅为了流芳百世，更为能够谋生糊口。作为职业作家，蒲柏凭借出色的营销策略，使《论批评》与《夺发记》成为畅销作品，也因为翻译《伊利亚特》获得了两千多英镑的丰厚收入，成为版权利益最大的受益者。① 此时，蒲柏合作的出版商不是汤森，而是以出版文学新秀和希腊、罗马古典译著为主的伯纳德·林托特（Barnaby Bernard Lintot, 1675—1736）。②

令人遗憾的是，因为《伊利亚特》的译本销售惨淡，林托特买断版权的支出不能通过多次印刷得到补偿，从而遭受了惨重的经济损失，所以他试图改变与蒲柏签订的原有出版《奥德赛》的合同条款。因此，在版权保护法之下，作者虽然可以获得更多的自主性，但生存博弈也使他们与出版商之间的关系变得如履薄冰，甚至有时候，作品的质量也会受到出版商的左右。对此，丹尼尔·笛福（Daniel Defoe, 1660—1731）在《论蒲柏的〈荷马史诗〉的翻译》一文中如是说："写作正在成为美国商业的重要分支……书商是制造业的主人或者雇主，各种以笔墨为生的人们就是所谓制造业主人的雇员。"③ 对于蒲柏与他人合作翻译的《荷

① Colin Nicholson, "The Mercantile Bard: Commerce and Conflict in Pope", *Studies in the Literary Imagination*, Vol. 38, No. 1, 2005, p.79.

② 林托特与"涂鸦社"（Scriblus Club）的另外五个成员，乔纳森·斯威夫特（Jonathan Swift）、约翰·盖伊（John Gay）、约翰·阿布斯诺特（John Arbuthnot）、亨利·圣·约翰（Henry St. John）和托马斯·帕内尔（Thomas Parnell）都有密切合作关系。

③ Daniel Defoe, "On Pope's Translation of Homer", *Daniel Defoe, His Life, and Recently Discovered Writings, Extending from 1716-1729*, ed., William Lee. London: J.C. Hotten, 1869, p.410.

马史诗》，笛福认为是商业化时代的欺诈行为，甚至说："古老的荷马就是蒲柏先生，而蒲柏先生就是荷马，而出版商就是那个一人把握两个桶平衡的人。"①从丹尼尔·笛福的角度来看，蒲柏译本的失利，源于他并不是为了出版经典作品，而只是为了谋利。

不过，作家对于个人利益如此看中，不仅仅是出于作品和面包都是不可少的客观需要，也是对自身价值的认可。约瑟夫·沃顿（Joseph Warton, 1722—1800）在《论蒲柏的天才和作品》（*An Essay on the Writings and Genius of Pope*）一书中讲述了一件逸事。据说在 17 世纪后期流行一种风尚，即舞台演出的新作品都会附有名人写的开场白。当一位名叫索森尔纳（Southerne）的年轻人请德莱顿写开场白的时候，价格竟然是六个金币。约瑟夫·沃顿转述当时的场景，"那个有商业头脑的诗人说，年轻人，这不是对你的不尊重，而是那些演员太看轻我的作品"。②新人这样做，不仅是为了附庸风雅，同时也想得到德莱顿的认可。

生性豁达的德莱顿尚且如此，何况敏感而又傲慢的蒲柏。当他遇到不遵守契约的林托特时，毅然求助汤森出版《奥德赛》译本，并主动以 100 英镑的费用编订《莎士比亚戏剧集》的新版本。于是，汤森与蒲柏达成了协议。在这个过程中，蒲柏需要写一篇序言，做一些注释，对一些艰涩的段落进行解释，两年内完成工作等。关于此事，蒲柏曾经感叹说："我早已经结束了涂鸦的时期，但是现在变得越来越单调乏味，从一个诗人变成了译者，又从一个译者，变成了可怜的编者。"③作为一个精明的商人，汤森凭借多年的经验，预测到"英国最伟大的诗人来编

---

① Daniel Defoe, "On Pope's Translation of Homer", *Daniel Defoe, His Life, and Recently Discovered Writings, Extending from 1716-1729*, ed., William Lee. London: J.C. Hotten, 1869, p.412.

② Joseph Warton, *An Essay on the Writings and Genius of Pope*, London: Printed for Mr. Cooper, 1761, p.260.

③ Gorge Sherburn, *The Early Career of Alexander Pope*, New York: Russell & Russell. Inc., 1963, p.218.

订英国最伟大的戏剧家的作品，肯定能使他名利双收"。① 仅 1725 年《莎士比亚戏剧集》版本的征订者名单，就证实了这一点。在 441 人的名单中，排在第一位的是国王，除此之外不乏王公大臣。② 为了更好地满足上层社会读者的需要，汤森以制作精美的"四开本"出版了蒲柏编订的《莎士比亚戏剧集》版本，成为阅读的佳品。

事实上，汤森对编者提出的评价作者的才能和局限性的要求，并不容易实现。只有天赋和知识兼备的批评家，才有可能深入理解莎士比亚，蒲柏就是其中之一。在编订莎士比亚戏剧之前，蒲柏在《论批评》中就对莎士比亚的文学成就给予高度赞誉，并借编订的机会，重申这个观点。他在《序言》中指出："莎士比亚是英国文学史上最值得研究的诗人，优点和缺点都非常的鲜明，并期望通过他对莎士比亚的批评来为以后的研究确立一种范式，至少不希望后世的批评家对他做出不客观的评价。"③ 这种想法非常契合汤森对英语文学经典（vernacular classics）作品编者"撰写作者传记、名篇名段以及重要人物索引、评价作者的才能和局限性、编写词汇表，或者是几者兼而有之"的要求。④

事实证明，蒲柏对莎士比亚的研究与确立的编订原则，促使 18 世纪莎士比亚戏剧的出版、编辑取得了长足的发展，尤其是底本校勘原则影响最为深远。

---

① Thomas R. Lansbury, *The First Editors of Shakespeare: Pope and Theobald*, London: David Nutt, 1906, p.79.

② 蒲柏的六卷八开本《莎士比亚戏剧集》的预订价格是六个金币。预订出版是 18 世纪初期，出版商试行的一种新的营销方式，源于 17 世纪末期，汤森为德莱顿出版了维吉尔的史诗《埃涅阿斯》。德莱顿的晚年，从事翻译史诗这样的工作，无论对于译者、出版商还是征订者来说，都是一种冒险。约翰·伯纳德（John Barnard）通过伯内特（Burnet）与莱布尼茨（Leibniz）的通信，详述了英国读者之外的欧洲大陆学者对此伟大的任务翘首期盼。See Barnard, John, "Early Expectations of Dryden's Translation of Virgil (1697) on the Continent," *The Review of English Studies*, Vol. 50, No. 198, May, 1999, pp.196-203.

③ Alexandrea Pope, "Preface to the Works of *Shakespeare*", in Pat Rogers ed., *Alexandrea Pope: Major Works*, London: Oxford University Press Inc., 1993, p.183.

④ Robert B., Jr. Hamm, "Rowe's Shakespeare (1709) and the Tonson House style", *College Literature*, Vol. 31, Iss. 3, Summer 2004, pp.179-205.

（一）选择权威的校勘底本

蒲柏以"第一对开本"为底本，参照以前出版的"四开本"或手稿恢复莎士比亚戏剧的原貌，做了很多修改和调整，以实现文本结构整一，语言韵文化和优雅化，旨在建立一种标准的、权威的、适合读者阅读的文本的做法。因为蒲柏删除的不是演员编者涂改的部分，而是通过将一些部分变成韵文的方式，使文本风格整一化。由于蒲柏对莎士比亚戏剧的修订不是建立在考据基础之上的，所以被此后的编订者称为意图谬误，这激发了莎士比亚戏剧编订和研究更大空间。

因为自 17 世纪后期以来，王朝复辟时期的英国戏剧诗人在改编莎士比亚戏剧中，不曾质疑底本的权威性。但莎士比亚的戏剧不是直接为印刷而写出来的，中间历经各种可能的误传、改编等，有伪劣本之说。蒲柏从逻辑上肯定，1623 年的"第一对开本"是具有权威度和可靠性的良本，其他人的编订应以好的版本对照伪劣本以及其他资料来进行。蒲柏将自己视为天才的批评家，以此来确立一种批评规范，对莎士比亚戏剧语言进行标准化。具体来说，就是删订雅俗和韵文化。看不惯那有伤风化的文字，是编者自己的一种道德取向。但是，德莱顿曾谦虚地说，"诗人的语言是属于他的时代的，我没有权利去删除，把这些留给读者去判断吧"[1]。

根据莎士比亚的经历、语言风格和戏剧结构，蒲柏推断尼克拉斯·罗编订《莎士比亚戏剧集》依据的"第四对开本"并不可靠，其中有七部作品是伪作，而莎士比亚朋友编订的"第一对开本"的戏剧数量是可靠的，但是语言也遭到了涂改，需要修订。因此，在编订过程中，蒲柏没有依据"第一对开本"中作品的顺序和类别，而是做了调整，将悲剧分为三类：第一类是根据英国历史改编的悲剧；第二类是根据罗马的历史改编的《雅典的泰门》《科利奥纳兰斯》《朱利斯·凯撒》《安东尼与克利奥特佩特拉》《泰特斯·安多尼克斯》《麦克白》；第三类是根

---

[1]　John Dryden, "Preface", *Fables: Ancient and Modern, Translated into Verse, From Homer, Ovid, Boccace, & Chaucer*, With Original Poems by Mr. Dryden, London: Printed for Jacob Tonson, 1700.

据故事改编的，包括《特洛伊罗斯与克瑞西达》《辛白林》《罗密欧与朱丽叶》《哈姆雷特》《奥赛罗》。①

从校勘方法来看，蒲柏通过对比"四开本"和对开本之间的差异，补充了"第一对开本"中没有的很多段落，使校勘后的版本越来越完整细腻。此后，补阙文本作为一种能够使文本的语言清晰、生动而且雅致的方法，被后继的编者在编订《莎士比亚戏剧集》的过程中多次使用。Robert E. Scholes 对此做过肯定的评价："虽然蒲柏是最早提出质疑，但是约翰逊将编辑校勘发展到更高的水平。"②

（二）追溯莎士比亚戏剧创作的素材

为了进一步证明莎士比亚的学问和创作经历，蒲柏梳理了戏剧创作材料的来源。除了《暴风雨》外，其他的故事都有人物原型，很多是在历史上真实存在的人物，如国王、公爵、将军或者王后，或是其他小说中的主要人物。在这些创作素材中，不仅有当时流行的小说，还有英国编年史和传奇中改编的故事，甚至是希腊罗马神话、名人传中改编的故事。

莎士比亚戏剧中与英国的君王有关的材料，大多是在 12 世纪创作的作品，如《英国人物》(*Matter of Britain*) 中有李尔王的故事，英国历史学家莫茂斯的詹福瑞（Geoffrey of Monmouth, 1095-c. 1155）的《大不列颠国王的故事》(*The History of the Kings of Britain*) 中有公元 10—40 年英国国王辛白林的故事，何林塞的《编年史》中出现的人物有约翰王（John, King of England, 1166—1216）、理查德二世（Richard II, 1367—1400）、亨利四世（Henry IV of England, 1367—1413）、亨利五世（Henry V of England, 1387—1422）、亨利六世（Henry VI of England, 1421—1471）、理查德三世（Richard III, 1452—1485）、亨利八世（Henry VIII, 1491—1547）和麦克白（Macbeth, King of Scotland,

---

① 在蒲柏的版本中，历史剧（historical plays）专门指根据英格兰的历史改编的戏剧，其中《李尔王》成为英国历史剧的第一个故事。

② Robert E. Scholes, "Dr. Johnson and the Bibliographical Criticism of Shakespeare", *Shakespeare Quarterly*, Vol. 11, No. 2, 1960, p.166.

1005—1057 ）。①

　　除了英国历史人物，还有像希腊罗马时期的统治者或者将军。其中的希腊罗马人物包括朱利斯·凯撒（Julius Caesar, 100—44 B. C.）、安东尼与克里奥特佩特拉（Mark Antony, 83—30 B. C.）、雅典的泰门（Timoleon, c. 411—337 B. C.）、科利奥纳兰斯（是生活在公元前 5 世纪的罗马将军，因为在战场上的成功而获得名字，也就是说赐予的称号）。也许，《泰尔的亲王配力克勒斯》的故事原型也是罗马名人配力克勒斯（Pericles, c. 495—429 B. C.）。莎士比亚阅读这些故事可能会参照托马斯·诺斯（Sir Thomas North, 1535—1604）翻译的普鲁塔克（Plutarch, 46—120）的《名人传》（Lives of the Noble Greeks and Romans, commonly called Parallel Lives or Plutarch's Lives, 1579）的英译本。

　　总之，对历史的回忆，是文艺复兴时期英国历史学者和诗人共同关注的主题。15 世纪下半叶和 16 世纪初期，英国学者或是诗人，参与编订大型的民族史志，或是通过反思历史进行文学创作，已经是一种时尚，并取得了卓越的成就，也成为莎士比亚戏剧创作的重要源泉。其中，以爱德华·霍尔（Edward Hall, 1497—1547）的《兰开斯特和约克两大贵族的统一》（The Union of the Two Noble and Illustre Families of Lancaster and York, 1548）、当时印制版本最多的《廷臣之鉴》（Mirror for Magistrates, 1559, 1563, 1574, 1578, 1587, 1610) 以及伊丽莎白时代由拉斐尔·霍林希德负责编纂的《霍林希德编年史》（Holinshed's Chronicles, also Known as Holinshed's Chronicles of England, Scotland, and Ireland, 1577）为蓝本改编的历史剧被誉为辉煌的民族史诗。

　　这些编年史，不仅仅为历史英雄歌功颂德，还讲述了历史上的英雄和传奇人物的生平及其悲惨命运的结局，使读者能够以史为镜，从前人的经历中寻找经验和教训。然而令人遗憾的是，在伊丽莎白时期像莎士

――――――――――

　　① 关于英国帝王的故事参考了 Raphael Holinshed, et al. eds., Holinshed's Chronicles of England, Scotland and Ireland, in 6 volumes, London: Richard Taylor & Co. Shoe Lane, 1807。

比亚一样能受到完整的文法学校教育,"粗通拉丁文略知希腊语"的人也是极其稀少。① 因此,那些翔实细致、鸿篇巨制的编年史,只有少数人有机会、有能力直接阅读。对于大多数人来说,是可望而不可即的。他们不仅没有能力阅读,而且囊中羞涩,负担不起昂贵的对开本。倒是那些以编年史、人物传奇为基础,加上一些虚构的成分,看似真实又不完全真实的、在舞台上演出的戏剧,对他们来说更有吸引力。他们更愿意拿出一点钱,近距离地观看舞台上生动形象的演出,哪怕是在剧场中站着,消磨一下时光,得到一点教训。

正因为如此,莎士比亚深谙观众的心理需要,竭力将恢宏的历史画卷浓缩为短短两个小时的舞台表演,才使普通民众看到了历史这面镜子里折射出的风雨沉浮和纷纷扰扰。他的历史剧保留了"编年体"的叙事框架,重大的历史事件是戏剧的重要成分,写的仍旧是历史上的帝王与重臣,但关心的不是他们平安治国的方略和丰功伟绩,而是以战争、宗教矛盾与世俗忧患为背景,描写戏剧人物的心理活动与重要的历史事件相结合,塑造了众多"居庙堂之高则忧其民,处江湖之远则忧其君"的历史人物形象。在《亨利六世》三部曲取得了舞台成功之后,托马斯·纳什(Thomas Nashe, 1567—1601)在《身无分文的皮尔斯》(*Pierce Penniless*, 1592)的序言中感叹:"历史剧让我们祖先中的英雄从故纸堆里复活了,他们活跃在历史的舞台上。"②

莎士比亚历史剧的成功,再次印证了锡德尼在《为诗一辩》中提出诗歌比历史更能表达实现寓教于乐的判断。也正如哲学家培根(Francis Bacon, 1561—1626)在他的《论说文集》(*Essayes: Religious Meditations*, 1625)中再次强调"读史可以明智"。③ 因此,莎士比亚描

---

① Ben Jonson, "To the Memory of My Beloved the Author, Mr. William Shakespeare and What He Hath Left Us", in Brain Vickers ed., *William Shakespeare: The Critical Heritage*, Vols 6,. London and New York: Routledge the Taylor & Francis e-Library, 2005, Vol. 1, p. 20.

② Thomas Nashe, "Preface to Pierce Penniless", in David Klein ed., *The Elizabethan Dramatists as Critics*, New York: Philosophical Library Inc., 1963, p.142.

③ Francis Bacon, "Of Studies", in Michael Kiernan ed., *The Oxford Francis Bacon: The Essayes or Counsels, Civill and Morall*, Oxford: Clarendon Press, 1985, p.153.

写百年战争、政教矛盾和世俗忧患的戏剧，在文艺复兴时期的英国是了解历史沉浮的一面镜子。莎士比亚在编年史中加入了爱情主题并虚构了历史人物，采用使英国历史戏剧化的创作方法基本符合亚里士多德在《诗学》第九章中所说的喜剧的创作是根据故事情节的构思，然后给戏剧的人物添加一个值得信任的历史人物的名字的要求。① 实际上，是他将历史的记忆和忧郁的沉思相结合的最好体现。在莎士比亚的笔下，《亨利六世》三部曲中国王、王后和大臣之间的爱情纠葛与王权更迭丝丝相扣，几乎影响了所有戏剧人物的命运，成为推动情节发展至关重要的因素。亨利六世的善良和无能为力、萨福克公爵的勃勃野心以及玛格丽特王后的权力欲望，再加上兰开斯特与约克家族为了王权的明争暗斗，掀起了血雨腥风的国内战争，使国家命运动荡不安，让生灵涂炭、父子相残，同时也失去了亨利五世和英雄塔尔博特浴血奋战得到的法国领土。可以说，没有一位君王像坐在山坡上观战的亨利六世这样绝望，"唉，多么悲惨的景象！唉，多么残酷的时代！狮子们争夺窝穴，却叫无辜的驯羊在它们的爪牙下遭殃"（《亨利六世》第二幕第五场）。虽然逝者已去，但亨利六世仍旧在一个人的脸上，看出了象征两个家族的红白玫瑰，没有一朵枯萎，仍旧争奇斗艳。为此，他产生了回归田园的幻想，希望能像牧羊人一样看着时间一分一秒地流失。

同样，政教矛盾、世俗忧患与王权更迭交织在一起引起的英法战争，使《约翰王》的故事情节跌宕起伏，令人心碎。无论是约翰、康斯坦丝、庶子、法国王子路易还是主教潘杜尔夫，在战争面前都毫无惧色。故事的开端，约翰王根据哥哥的遗嘱，成为英格兰王位继承人，而哥哥的私生子，大不列颠的阿瑟在母亲康斯坦丝的主张下，向法国求助夺回王位，由此掀开了英法战争的帷幕。面对法国使者提出归还属于阿瑟王权的主张，约翰王斩钉截铁地说："战争对战争，流血对流血，反抗对压迫。"（《约翰王》第一幕第一场）而且英国也不会屈从于罗马教皇的制约。如此傲慢的态度，激怒了教皇使者潘杜尔夫，致使他慷慨陈词诅咒英国，

---

① ［古希腊］亚里士多德:《诗学》，陈中梅译注，商务印书馆1996年版，第81页。

竭力劝阻法国要用战争来宣示权威，而不是依靠缔结政治婚约求得暂时的和解。结果，战争吞噬了一切的美与爱，也蒙上了死神的眼睛，把更多无辜的人卷入地狱之门。天使一样的阿瑟，被秘密送往伦敦塔，他从伦敦塔城墙上纵身一跃，又让胜券在握的约翰王众叛亲离。在这一场王冠争夺中，法国王子路易誓言要"让战争的巨舌申说我的权利、报告我的到来吧"（《约翰王》第五幕第二场）。同样，庶子也坚信"英格兰从来不曾，也永远不会屈服在一个征服者的骄傲的足前，除非它先用自己的手把自己伤害"（《约翰王》第五幕第七场）。虽然英法贵族和将士在战场上都没有向战争屈服，但对百姓来说，战争的结局就是尸横遍野、血流成河、民不聊生。莎士比亚像古希腊三大悲剧诗人中的欧利庇得斯一样，减少了对规模、正义和英雄的正面描写，而是将战争这种宏大的悲剧主题与财产、权力、爱情、婚姻和荣誉等"不属于一个时代，而属于所有时代"的世俗忧患交织在一起，精彩地呈现人类历史上迷茫、困惑和焦灼的时刻。战争谱写的一首首悲壮的生命哀歌，在莎士比亚历史剧中随处可见，不仅撞击着观众和读者的心灵，更使其产生了恐惧和怜悯之情。同时，也让生活在和平年代的人们，倍加珍惜和平，远离战争带来的生命之忧。

（三）确定莎士比亚人物的个性化特征

相比于德莱顿，蒲柏对于莎士比亚的认识更为客观冷静。在蒲柏之前，德莱顿在《论戏剧诗》中提出了莎士比亚人物的多样性，赞美《特洛伊罗斯与克瑞西达》中的阿伽门农等英雄情谊，透视人物背后的民族精神，以复杂的情节来塑造复杂的性格，以实现二者之间的契合。蒲柏认为莎士比亚并不是摹仿人，而是创造人物。他的人物是自然的，而不能称为自然的影子，而其他作家的人物之间有很多的相似性，他们是对思考的再思考。① 如果换一种说法，那就像孙悟空和他的毫毛所变的形象，后者形似前者而无神。

---

① Alexandrea Pope, "Preface to the Works of *Shakespeare*", in Pat Rogers ed., *Alexandrea Pope: Major Works*, London: Oxford University Press Inc., 1993, p.184.

蒲柏认为虽然莎士比亚戏剧材料的来源丰富，但他的人物不是摹仿，而是具有原创性与个性化特征。莎士比亚笔下的每一个人物都是鲜活的，人性的伟大与渺小、高贵与丑陋，强烈的情感和无聊的感觉都有机融合在一起。这些人物，不仅与历史人物原型不同，与其他作家描写的人物不同，即使是双胞胎都各有不同。这一观点，也成为浪漫主义研究莎士比亚人物个性化的起点。威廉·赫兹利特在《莎士比亚的戏剧人物》中援引德国批评家施莱格尔作为人物批评的先驱，以说明英国批评家在这一领域还处于薄弱的阶段，他在《序言》中写道："本书的目的就是为了向公众以每一部戏剧为例解释这段话。"①

莎士比亚戏剧人物的个性化，还体现在语言风格的灵活多变。蒲柏夸张地说："作品中的每一个人物的语言都有自己的风格，即使不看名字也知道是谁的语言。"莎士比亚塑造的戏剧人物做到了"神说话、英雄说话，经验丰富的老人，青春、热情的少年，贵族妇女，好管闲事的乳母，走四方的货郎，碧绿的田垄里耕地的农夫，科尔科斯人、亚述人，生长在阿尔戈斯的人说话，其间都大不相同"。②因为在莎士比亚戏剧中，有他在埃文河畔的生活、伦敦剧场的创作和生活经历的影子。

因此，蒲柏在《序言》中对莎士比亚戏剧的语言给予了最高的评价，"与其说他是借助自然表达自己，不如说他是自然的代言人"。③蒲柏强调莎士比亚使用隐喻的能力。这种能力，被贺拉斯喻为将家喻户晓的词语赋予了新的意义，使拉丁语变得优美而有活力。因为戏剧创作，即使再仓促、再不完备，舞台上使用提词本的表演，戏剧也不是游吟诗人的创作模式，必须先有语言文字，然后才有表演。这些生活经历，在莎士比亚的思想中，已经形成了很多深刻的意象。从哲学的视角来看，概念的生成是部分或者是整体来自人体的感官。就像霍布斯所说："人

---

① William Hazlitt, *Characters of Shakespeare's Plays*, ed., J. H. Lobban. Cambridge: Cambridge University Press, 2009, p.1. 不过，只重视人物个性化，也不能达到新古典主义的人物塑造的标准，弗莱彻的戏剧人物就是"一个人物就代表一个人"，而他同时代的莎士比亚则两者兼具。

② [古罗马]贺拉斯：《诗艺》，杨周翰译，人民文学出版社 1962 年版，第 143 页。

③ Alexandrea Pope, "Preface to the Works of Shakespeare", in Pat Rogers ed., *Alexandrea Pope: Major Works,* London: Oxford University Press Inc., 1993, p.184.

的知觉也就是最初的意象，来自外界的运动给人的眼睛、耳朵和其他器官留下的印象。"①

莎士比亚的想象力在柯勒律治的《文学生涯》中的系列讲座中得到了进一步的发展，成为柯勒律治区别于其他作家的关键要素。②想象力，是一种认识方式，是人们对于外界的刺激的感受和成像能力，而不是借助阅读从书本上习得的。这种能力是基于丰富的知识体验的隐喻能力，是亚里士多德视为最独特的而且是不能够从别人身上习得的能力。莎士比亚生活在英国语言发展的黄金时期，他的语言不受严格的格律和韵脚制约，经过岁月洗礼依旧有活力。这种语言不是故纸堆里的语言，而是从生活中提取的语言，也不是那种故作姿态的诗歌的语言，而是生活中汲取的语言，一种活的语言，而且在经历了历史沧桑，没有成为文化的化石，而是更加富有活力。

莎士比亚对英国语言的贡献，与其说他在表达深奥思想的时候创造了新的词语来丰富语言文字，不如说他是"巧妙地安排字句使家喻户晓的字取得新义"。③也就说，莎士比亚的故事是老故事，语言是作者新语言。这种做法非常符合贺拉斯在《诗艺》中提及的最好的办法就是用老故事创作。因为老故事容易符合人们的预期接受心理，然后使用自己国家的通俗易懂而且得体的语言，这样的戏剧才经得起考验。

如果说德莱顿是英国戏剧文学批评之父，那么，蒲柏才是真正开启莎士比亚研究的人。德莱顿是将莎士比亚作为创作的源泉，在改编中被新古典主义的规则束缚。蒲柏不是舞台作家，也不是演员，也没有大卫·加里克对莎士比亚的崇拜。他是以一个真正的局外人的心态对莎士比亚，他所做的是想找到莎士比亚写作的真相。

蒲柏向平静的大海投下了一块巨石，激起了千层波浪。从此编订莎士比亚戏剧不仅是商人谋求社会利益的一个途径，而且是诗人的一种荣

---

① Thomas Hobbes, *Leviathan: or the Matter, form, and Power of the Commonwealth*, London: John Bohn, 1839, p. 3.

② 柯勒律治凭借想象力确定《泰尔的亲王·配力克勒斯》属于莎士比亚的作品。

③ [古罗马]贺拉斯：《诗艺》，杨周翰译，人民文学出版社1962年版，第139页。

耀。此后，学者和编订者如雨后春笋般出现，使《戏剧集》的出版不仅成为汤森出版社的战略成就，而且成为学者们的挚爱，成就了 18 世纪的英国文学出版史。

三　西奥伯尔德编订莎士比亚戏剧的互文原则

西奥伯尔德凭借积累的文学史知识，在 1723—1725 年蒲柏编订的版本出版之后，武断而又自信地撰写了小册子《还原莎士比亚》，驳斥了蒲柏版本的错误。[①] 这本小册子不仅标志着他与蒲柏的论战拉开了序幕，同时也促成他 1728 年下决心编订《莎士比亚戏剧集》的新版本。从西奥伯尔德对蒲柏做出的评价可以看出，他的确不是一个心胸博大的人。他在 1733 年的《序言》中否定了蒲柏的看法，认为莎士比亚熟悉古典作家并且从中借鉴很多，并且用讽刺的口吻说："我们国家一个非常博学的批评家认为同样的思想和同样的表达方式，在不同的时代是几乎不可能发生的，不存在后者抄袭前者的问题。"作为同时代的文人，西奥伯尔德苛刻地指责以前编订的版本。他说蒲柏的版本不仅犯了像尼克拉斯·罗那样的错误，"并且假装校订老的版本，而且不是修订了文本，而是做出了更大的伤害"，"他就像刽子手，屠杀的不是错误，而是诗人"。[②]

对于成为编者的缘由西奥伯尔德在自己编订的《莎士比亚戏剧集》序言中做了说明：编订戏剧集的原因是一些皇室成员和贵族向他提出建议，然后得到了剑桥大学（Jesus College）的瑟波利博士（Dr. Thirlby）、郝黎主教（Hawley Bishop）和纽马克的沃伯顿（Warburton

---

① 《还原莎士比亚》的全名是 Shakespeare Restored, or a Specimen of the many Errors as well Committed as Unamended by Mr Pope in his late edition of this poet; designed not only to correct the said Edition, but to restore the true Reading of Shakespeare in all the Editions ever published。从这个小册子来看，西奥伯尔德有着宏伟的心愿，凭借希腊罗马的古典戏剧知识可以读懂莎士比亚的真正意图。

② Lewis Theobald, "From the Preface (1733)", in Brain Vickers ed., *William Shakespeare: The Critical Heritage*, Vols. 6, London and New York: Routledge the Taylor & Francis e-Library, 2005, Vol. 2, p. 358.

of Newmark）的帮助。①历史证明，西奥伯尔德的版本是一个集合大家智慧的版本，但是他并没有注明他人的具体贡献。客观来说，西奥伯尔德是最早开展平行研究的莎士比亚批评家。他与蒲柏一样，致力于阐释与证明莎士比亚有 36 部戏剧是真的作品。

西奥伯尔德编订的《莎士比亚戏剧集》印刷的质量上乘，也是使用的皇家版，受到了很多贵族的欢迎。根据列出的征订者名单判断，大多数的读书者都是社会上层人物，除了威尔士王子和公主外，还有很多皇室成员，仅阙多思公爵（His Grace the Duke of Chandos）就预定了 4 套戏剧集。这份名单一方面证明西奥伯尔德从一个翻译家到一个编订者用自己的勤奋得到了很多人的认可；另一方面也证实无论是附庸风雅的装点门面，还是为了赞助一个新锐编者，英国贵族对于莎士比亚戏剧的出版还是产生了巨大的支持作用。事实上，西奥伯尔德与蒲柏一样，都曾为出版商伯纳德·林托特翻译希腊、罗马作家的作品。只是他专注于希腊三大悲剧诗人的作品，觉得自己对莎士比亚戏剧的理解水平高，并且自认为是最勤奋的编者。

西奥伯尔德为了校正莎士比亚戏剧在流传过程中产生的错误，根据蒲柏编订版本的作品分类，阅读了与莎士比亚戏剧相关的资料，包括霍尔和霍林希德的编年史、意大利小说、普鲁塔克的人物传记、乔叟和斯宾塞的作品，琼森、博蒙特和弗莱彻的所有戏剧，以及 800 部古老的戏剧，用以理解莎士比亚作品中古老的词汇。②这种认真的态度表明，要考证一个作家是否具有独创性，就必须追根溯源，才能得出客观的结论。

然而，同样基于莎士比亚的读书与学问，西奥伯尔德得出了与蒲柏截然相反的结论。他认为莎士比亚的作品与古典作家之间存在某种联

---

① Lewis Theobald, "From the Preface (1733)", in Brain Vickers ed., *William Shakespeare: The Critical Heritage*, Vols. 6, London and New York: Routledge the Taylor & Francis e-Library, 2005, Vol. 2, pp. 358-392.

② Lewis Theobald, "From the Preface (1733)", in Brain Vickers ed., *William Shakespeare: The Critical Heritage*, Vols. 6, London and New York: Routledge the Taylor & Francis e-Library, 2005, Vol. 2, pp.354-362.

系，莎士比亚是"一个真正的摹仿者"（a close and accurate copier）。①
基于这种假设，西奥伯尔德通过对比莎士比亚戏剧与其他作品，发现很
多相似或者相关的段落存在。不过，因为对莎士比亚的身份界定，他的
编者形象一直定格在蒲柏《群愚记》中第一个愚人的形象。此后，这个
充满戾气的版本，在 1733 年出版之后没有再版。

与西奥伯尔德的命运截然相反，蒲柏的版本成为继任编者的底本，
尤其受到好友沃伯顿的钟爱。沃伯顿编订的 1747 年版《莎士比亚戏剧
集》融合了他们两个人的智慧，"把他的版本融入其中，然后把错误呈
现给大家"。②沃伯顿致力于完成蒲柏的遗愿，以纠正西奥伯尔德和汉默
的错误，参照"对开本""四开本"等版本，将蒲柏修改的精美的诗歌
又恢复过来。

从某种程度上来说，沃伯顿的校勘编订莎士比亚戏剧集，只是为了
纠正蒲柏的问题。蒲柏的问题在于他的天才可以依据判断力来区别真伪
戏剧，但这种办法用在区别戏剧中的场景——哪些是作者的，哪些是别
人加入的场景——并不那么得当。也许一个批评家可以为一个作者所做
的事情并不很多，校订有问题的文本，评价语言的特点，解释荒诞奇怪
的典故，解释创作和情感的优点和缺点。③

蒲柏与西奥伯尔德的论战的核心是编者的权利和资格。由此人们
开始思考，编者对编订的作品是否有权利进行删订、改变作品的风格，
然后是编者的资格，什么样的人才能够成功，诗人还是戏剧家。其中诗
人和戏剧家，谁才是合格的编者，是一个恒久争议的话题。蒲柏与西奥
伯尔德的不同之处在于，蒲柏将自己作为批评家编者，而西奥伯尔德仅

①　Lewis Theobald, "From the Preface (1733)", in Brain Vickers ed., *William Shakespeare: The Critical Heritage*, Vols. 6, London and New York: Routledge the Taylor & Francis e-Library, 2005, Vol. 2, p.361.

②　William Warburton. "From notes contributed to Theobald's edition", in Brain Vickers ed., *William Shakespeare: The Critical Heritage*, Vols. 6, London and New York: Routledge the Taylor & Francis e-Library, 2005, Vol. 2, p.394.

③　William Warburton. "From Notes Contributed to Theobald's Edition", in Brain Vickers ed., *William Shakespeare: The Critical Heritage*, Vols. 6, London and New York: Routledge the Taylor & Francis e-Library, 2005, Vol. 2, p. 396.

守编者的本分。后者认为编者需要了解作者所处时代的历史文化，而不需要去评价作者的作品。显然，西奥伯尔德认为编者并不需要精通批评的艺术，或者为了钱，或者为了批评家的名义，就可以依靠单调的理解，或是凭借夸张的猜测对文本进行编订。这样的做法容易使莎士比亚的文本受到损害需要修复。修复文本不仅要依靠好的或坏的对开本，还需要手稿才能解决一些错误的问题。

蒲柏与西奥伯尔德的论战不仅反映了编者对于莎士比亚戏剧创作过程的认识不同，而且体现了蒲柏深刻反思 18 世纪初期英国学者对希腊罗马古典学识的盲目崇拜。这种讽刺与反思以蒲柏史诗《群愚记》作为时代的标志，其中西奥伯尔德也作为原型人物之一。

在进入 20 世纪之后，历史出现了惊人的转向，西奥伯尔德被很多学者称为真正意义上的莎士比亚研究学者。如，耶鲁大学教授兰斯布里（Thomas R. Lansbury）在《莎士比亚最早的编者：蒲柏和西奥伯尔德》中给予了西奥伯尔德极高的评价。自蒲柏之后，18 世纪编订者一直在努力试图寻找莎士比亚戏剧中更加准确的含义，有时候会越走越远。随着考证、校勘和传记研究发展，逐渐形成了批评家和学者之间的分化。人们一直在寻找真正的莎士比亚，好像没有人找到，寻找真相的过程变得比真相来更值得思考。此后，鲍德温（T.W. Baldwin）的《粗通拉丁略知希腊》（*William Shakespeare's Small Latine and Lesse Greek*）从伊丽莎白时期的教育体制进行了考证，以证实这位伟大的诗人受过的教育以及可能读过的书。

第三节　英国新古典主义莎士比亚批评的完善期

18 世纪下半叶，1767 年雅各布·汤森的第三代管理者去世之后，莎士比亚及其诗学研究以约翰逊的文学沙龙为核心，相继出版了乔治·史蒂文斯（George Steevens, 1736—1800）、伊萨克·瑞德（Isaac Reed, 1742—1807）、埃德蒙·马隆（Edmond Malone, 1741—1812）等的多个版本。从莎士比亚戏剧校勘史的角度来说，从约翰逊在 1745 年的《悲剧〈麦克白〉散论》中确立的语文学阐释方法，到沃伯顿在编订《莎士比亚戏剧集》过程中运用的历史批评，再到 1765 年约翰逊的集注本出版，改变了蒲柏、刘易斯·西奥伯尔德和托马斯·哈默对莎士比亚戏剧做出的校勘但是没有阐释缘由（或者说是缘由阐释不够的）状况。约翰逊同蒲柏一样，认为 1623 年"第一对开本"并非像他的同事所说是作者的原本。从对比手稿、"四开本"和" 对开本"的方法，可以看到所有编者的努力都是为了还原一个真实的作者，至少是他们心目中的完美作者。

在这个阶段，批评方法、批评原则和批评思想，都超越了过去的一个世纪，成为莎士比亚批评史上的完善期。其中，最为著名的作品就是约翰逊 1765 年出版的《莎士比亚戏剧集序言》，是新古典主义文学批评的里程碑。

一　约翰逊校勘莎士比亚戏剧的语文学阐释原则

约翰逊是 18 世纪莎士比亚戏剧校勘的里程碑式人物，他的《莎士比亚戏剧集序言》（以下简称《序言》）成为艾布拉姆斯《镜与灯：浪漫主义文学及其文学传统》（1953）立论的重要基础。然而，智者千虑，也有一失。艾布拉姆斯，如其他新批评学派的学者一样，并没有深入研究约翰逊编订莎士比亚戏剧集的文本批评实践。换句话说，也就是从 1745 年的《悲剧〈麦克白〉散论》（以下简称《散论》）（*Miscellaneous Observations on the Tragedy of Macbeth, with Remarks on Sir T. H.'s Edition of Shakespeare*）到 1765 年完成的《序言》二十年间确立的考证、批评和鉴赏相结合的校勘诠释方法，没有得到充分的重视。

虽然约翰逊在《序言》中对莎士比亚的评价与他在《麦克白》《李尔王》《哈姆雷特》《奥赛罗》等评注中的高度赞誉似乎有些矛盾，但实际上，两者相互补充，前者是总论，后者是个论，都是他莎评思想的有机组成部分。不仅如此,《散论》还确立了他的莎士比亚研究范式。

（一）《悲剧〈麦克白〉散论》的匿名出版

从文学批评史的角度来说,《悲剧〈麦克白〉散论》,不仅在艾布拉姆斯等研究新古典主义批评思想的著作中没有提及,甚至与他同时代或者是早一点的莎评学者的著作或者是文集中也没有讨论。此后,20世纪莎评史研究的两位著名学者奥古斯都·拉里（Augustus Ralli）的两卷本《莎士比亚批评史》（1932）和 A. M. 伊斯特曼（Arthur M. Eastman）《莎士比亚批评简史》（1968）都是以《序言》作为研究对象,偶尔引用他校勘的戏剧集中的评注说明某些观点。

不过,沃尔特·雷利（Walter Raleigh）的《约翰逊论莎士比亚》（*Johnson on Shakespeare*, 1908）改变了这一状况。雷利收录了1747年约翰逊为大卫·加里克（David Garrick, 1717—1779）的伦敦（Drury-lane）皇家剧场开幕式上撰写的引言,由加里克朗诵。在这首只有八行的诗歌中,塑造了一个画家的形象：

> 当文明战胜了野蛮英国的戏剧崛起,
>
> 莎士比亚在舞台上永恒,
>
> 他捕捉到生活中的每一抹变动。
>
> 在他的笔下世界旧貌换新颜,
>
> 命运眼瞅着转动的车轮,
>
> 气喘吁吁的时间老人也徒劳无益。
>
> 他遒劲的画笔书写真理,
>
> 自由的情感激荡着人们的心灵。①

同时,他将1765年《戏剧集》中的注释分类整理,使约翰逊早期的注释方法得到了关注。此后,重《序言》、轻《散论》的现象逐步

---

① Samuel Johnson, "Prologue", in Walter Raleigh ed., *Johnson on Shakespeare*, London: Henry Frowde, 1908, p.1.

得到改善。1963 年罗伯特·斯克里斯（Robert E. Scholes）在其博士学位论文《约翰逊博士及其莎士比亚文献学批评》（1963）中两次提及《散论》得出的结论是："文本批评理论超越了他的实践，他的批评理论对后世编者产生了极大的影响。"① 随着《散论》得到重视，威克斯（Brian Vickers）编辑的六卷本《莎士比亚：批评遗产》第四卷不仅收录了《散论》，而且有约翰逊 1756 年撰写的《修订威廉·莎士比亚戏剧作品的建议》（"Proposals for Printing the Dramatic Works of William Shakespeare"）和 1765 年的《序言》。

对于《散论》是不是约翰逊创作的，并不需要怀疑。因为《莎士比亚戏剧集》（卷六）《麦克白》的注释中指出："这部戏剧中编者做出的注释大多数是在 1745 年出版的小册子中出版过。"② 同时，传记作家詹姆斯·鲍斯威尔（James Boswell, 1740—1795）的《约翰逊传》中多处提到《散论》的出版及其相关事宜。比如，约翰逊多次谈起沃伯顿在 1747 年说的"这是莎士比亚戏剧评论中最有天赋和价值的作品"那句话使他非常欣慰，以至于经常说"他在对的时候给了我最有价值的表扬"。③ 由此可见，菲利普·斯莫伍德（Phillip Smallwood）所说的"《莎士比亚戏剧集序言》是约翰逊第一篇真正意义上的属于批评家的作品"，与他同时代人的判断并不一致。④ 最后，《散论》中校勘《麦克白》的样本格式与 1765 年版本内容，除了补充的部分外，基本一致。另外，小册子中还有刚刚完成的《萨维奇传》（*The Life of Savage*）的介绍。

《散论》这本小册子之所以以匿名的方式出版，是因为约翰逊当时在文学界还籍籍无名。他只有三年《绅士》杂志编者的经历，而当时校

① Robert E. Scholes, "Dr. Johnson and the Bibliographical Criticism of Shakespeare", *Shakespeare Quarterly*, Vol. 11, No. 2, 1960, p.166.

② Samuel Johnson, "Notes to Hamlet", in Samuel Johnson ed., *The Plays of William Shakespeare, with the Correction and Illustrations of Various Commentators,* Vol. VI, London: Printed for Jacob Tonson and Richard Tonson, 1765, p.368.

③ John Boswell, *Life of Johnson*, ed., R. W. Chapman, Lodnon: Oxford University Press, 1970, p.127.

④ Phillip Smallwood, "Shakespeare: Johnson's Poet of Nature", in Greg Clingham ed., *The Cambridge Companion to Samuel Johnson*, Cambridge: Cambridge University Press, 1997, p.146.

勘莎士比亚戏剧是一个朝阳产业，雅各布·汤森聘任的编者都在文坛具有声名。无论是出版商还是校勘者，都希望借此机会名利双收。这些编订者都是博学多识的人，他们默默无闻地努力，极大地促进了18世纪戏剧出版史的发展，也促进了莎士比亚批评史的发展。令人遗憾的是，到了浪漫主义时期，随着普遍人性论等受到指责，约翰逊的编订原则也被忽略，更不用说在还没有成名时期出版的《散论》了。

幸运的是，《散论》中采用的文本释义和文学鉴赏相辅相成的诠释方法，不仅打动了博学多识的沃伯顿，也成为18世纪后期校勘莎士比亚戏剧的基本原则。

（二）《悲剧〈麦克白〉散论》确立的语文学阐释方法

《散论》的出版确立了编者阐释的两个维度：一个是释义，另一个是审美。从阐释的类型来说，约翰逊对于莎士比亚戏剧的阐释方法涵盖了德国近代诠释学派思想家奥古斯特·伯艾克（August Bockh，1785—1867）所提出的四种类型：（1）语法解释；（2）历史解释；（3）个体解释；（4）类型解释，即语文学阐释方法。

首先，约翰逊经常将历史解释和语法解释结合在一起，进行异文取舍，厘定是非。[①] 也就是说，通过考虑语言的普遍性与使用环境的特殊性，从上下文的语境中进行解释，以及在历史语境中解释词义。

以《散论》中的注释2、5和25为例，某些拼写错误的存在，并不是作者有意为之或粗心造成的，应该是誊写员或排字工人的错误。然后经过多方考证做出修改，并解释原因。关于"And fortune, on his damned quarry smiling"中的quarry是否正确，援引何林塞的《麦克白》中关于王子Cumberland的一句话，"he has a just quarrel to endeavour after the crown"，将此语法解释为"Cause"或者是争吵的因

---

① 详见彭启福、牛文君《伯艾克语文学方法论诠释学述要》，《哲学动态》2011年第10期。德国学者伯艾克对语法解释的定义是"从那种客观的、普遍的立场出发而进行的语言解释"，而所谓的历史解释"并不是指简单地追溯作者创作文本时的历史背景，而是指去揭示语词的内容与其历史境遇之间的现实关联"。

素，正确拼写应该是 quarrel。① 结果发现，一个字母之差意义就相距万里的问题，经常可能来自誊写员或排字的工人。

然后，关于三个女巫的对话，则采用的是历史解释，"Aroint thee, witch! the rump-fed ronyon cries"。通过参照托马斯·何恩（Thomas Hearne or Hearn, 1678—1735）的作品集，在一幅古老的画作中找到了圣帕特里克（St. Patrick）被打入地狱驱鬼的时候说出的三个词，"out out arongt"，"第一对开本"中的 anoint thee 是错误的，而蒲柏修改为 "Aroint thee" 离开，表示 "aroint, pravaunt, begone" 是正确的。② 最后，关于狗的名字和类型在查找了动物名录（Caius de Canibus Britannia's）、考证了英语的字典和其他可以找到的作家作品之后，都没有找到 Shoughs 这个词语。确定这个词语应该是英国的一种比较慢热的猎狗 Slouths 的误写。③

除了拼写错误外，约翰逊也用语法解释来探讨隐喻的使用时，偶尔也会出现曲解作者意图的情况。例如，按照逻辑判断，New-hatch'd to the woful Time 在上下文语境中应该是 birds 的定语，而不能是 Prophecying with Accents terrible, of dire Combuftions and confufed Events 的主语，于是通过调整标点符号使第二幕第四场的语言变得更加合理通顺。结果，改变了莎士比亚使用拟人的方式表达时间的语言习惯。像排版的人员会犯错误一样，编者也存在理解的谬误。

其次，约翰逊通过个体解释和类型解释稽古博引的诠释方法，洞察莎士比亚的创作风格与时代特征之间的关系。按照伯艾克的观点，"文学史越完备，个体解释也将越成功"。④ 事实的确如此。约翰逊对于《麦克白》中超自然因素的存在，到底是时代的风格还是个人的特点，用历

---

① Samuel Johnson, *Miscellaneous Observations on the Tragedy of Macbeth*, with remarks on Sir T.H.'s Edition of Shakespeare, London: Printed for E. Cave, 1745, p.7.

② Samuel Johnson, *Miscellaneous Observations on the Tragedy of Macbeth*, with remarks on Sir T.H.'s Edition of Shakespeare, London: Printed for E. Cave, 1745, p.16.

③ Samuel Johnson, *Miscellaneous Observations on the Tragedy of Macbeth*, with remarks on Sir T.H.'s Edition of Shakespeare, London: Printed for E. Cave, 1745, p.36.

④ 彭启福、牛文君:《伯艾克语文学方法论诠释学述要》,《哲学动态》2011 年第 10 期。

史事实来证明这样的情节，并不违背真实性和可能性。他在《麦克白》开篇，从三个方面阐明整个故事的悲剧情节建立在巫术的基础之上，主要事件的发生借助超自然的力量的推动的可能性，是一个时代的特征。显然在 18 世纪，一个凯旋的将军多次受到三个女巫的蛊惑，最终造成悲剧，一般人是不会信以为真的。如果有那样的作家，肯定会被"赶出舞台然后去保育院，去写神话故事，而不能创作悲剧"。① 然而，在伊丽莎白时期巫术是一种普通的现象，不仅是普通人们的生活深受其害，帝王将相也不能免于其难。巫术概念在圣·约翰·克里斯索特姆（Saint John Chrysostom, 349—407）的著作中早已经出现。即使是中世纪的传奇故事，也没有其叙述得精彩。即使当时的大主教只是为了"增加文采的生动性和吸引力，也说明这个概念在当时已经形成，并广泛接受"。②

这种因知识匮乏造成的黑暗，在莎士比亚同时代的天才的作品中也有出现。在《散论》中提及的同时代的天才，并不是指埃德蒙·斯宾塞或者是本·琼森等人，而是西班牙的小说家塞万提斯（Miguel de Cervantes Saavedra, 1547—1616）。他在《堂·吉诃德》的补充说明中，把战争的胜利归结于巫术。这是东征回归的人们带回来的关于巫术的叙述。以上三点论证，都足以证明莎士比亚的女巫场景，并非自己创造出来的，而是从生活中信手拈来的。也就是说，这些场景现代人看来非常的可笑，而在那个时代是令人觉得恐怖而且是有可能存在的。

最后，确定作者的个性首要的任务是诉诸文学史。仅从这一点来判断，《散论》是有思想深度的作品，确定了莎士比亚戏剧的时代特征，还找到了作品的个性特征。《散论》的注释二十参照蒲柏的版本，将第二幕中的第一场划分为两场。这一场麦克白所说的 "Go, bid thy mistress, when my drink is ready" 与第一幕第十场形成了鲜明的对比，则更加惊心动魄，一个阴森可怕的夜，与德莱顿的《墨西哥》中的宁静

---

① Samuel Johnson, *Miscellaneous Observations on the Tragedy of Macbeth*, with remarks on Sir T.H.'s Edition of Shakespeare, London: Printed for E. Cave, 1745, p.1.

② Samuel Johnson, *Miscellaneous Observations on the Tragedy of Macbeth*, with remarks on Sir T.H.'s Edition of Shakespeare, London: Printed for E. Cave, 1745, p.3.

形成了鲜明的对比。通过对夜晚的描述，莎士比亚"塑造了一个客观而又明确的带着强烈罪恶感要进行谋杀的人物形象"。[1]莎士比亚对人物形象和夜晚意象的塑造，也别具一格，自成一家。

综上所述，《悲剧〈麦克白〉散论》考证与批评相结合的文本诠释方法，既包括有理有据的阐释，也有对莎士比亚戏剧的个人的直觉的审美。可以说，《散论》既充满理性，也饱含诗意。由此可以推断，客观评价诗人创作得失的批评传统，也是约翰逊在二十年后进行莎士比亚戏剧校勘与研究的基本范式。

（三）《莎士比亚戏剧集》编订的延宕与原则

约翰逊编订《莎士比亚戏剧集》的想法不仅延续了二十年，而且与他的初衷也发生了根本的不同。改变这一切的是西奥伯尔德与蒲柏共同的朋友神学家威廉·沃伯顿。作为一名古典学者，知识渊博的沃伯顿不仅从英国文化传统，而且尽最大的可能收集到了莎士比亚戏剧的"四开本"和手稿，以期补正校勘以前编者未能解决和在编订过程中新出现的问题。继沃伯顿之后，约翰逊的版本融合了以前编者的精华和自己的批评思想，尤其是他编纂《英语词典》积累的经验。

人们不禁要问，从一个小册子出版到完成整个的校勘过程用了二十年的时间，这其间到底发生了什么？从第一任编者尼克拉斯·罗到蒲柏、西奥伯尔德，再到沃伯顿，都用了两到三年的时间。可是，约翰逊从1756年发布出版公告到完成《序言》，竟然用了九年的时间。曾经有人讽刺地说："他让订书的人上钩拿了你的钱，但是书在哪里呢？"[2]据约翰逊朋友的回忆，约翰逊"即使多次被催促，他也并不为所动，倒是朋友们更加担心他的名誉，会催促他，最终在1764—1765年两年的时间内完成了"[3]。仅仅威克斯的《莎士比亚：批评遗产》（卷五）中就收

---

① Samuel Johnson, *Miscellaneous Observations on the Tragedy of Macbeth*, with remarks on Sir T.H.'s Edition of Shakespeare, London: Printed for E. Cave, 1745, pp.28-29.

② John Boswell, *Life of Johnson*, ed., R. W. Chapman, Lodnon: Oxford University Press, 1970, p.227.

③ Walter Raleigh, "Introduction to *Johnson on Shakespeare*: x-xi", in Walter Raleigh ed., *Johnson on Shakespeare*, London: Henry Frowde, 1908.

录了三篇文章，记录征订者对编辑工作延宕进行的指责。面对指责，他只是付之一笑，觉得那群人"只是公众面前作秀，但公众不知道他们是谁"。①其中最为典型的事件，苏格兰大学的法学博士肯瑞克（William Kenrick）因攻击约翰逊失去了从 1759 年成为《每月评论》外国文学的撰稿人的工作。如此淡定地对待别人的指责，是相信自己的编订原则，不仅是合理的，而且是包容兼收的。

事实上，除了两次因债务被捕入狱，约翰逊采用集注本的编订方法，是他需要比别人更多时间的主要缘由。鉴于对于以前版本的评价和思考，约翰逊决定借鉴已经有的注释，尤其是沃伯顿的丰富且又系统的阐释，加上其他编者的注释以集注本的形式出版。在谈到 1744 年托马斯·哈默（Thomas Hammer）的版本时，约翰逊做了如下评价："第一，他的版本与其他人之间并没有本质的差异。第二，他做出的修改都没有说明理由。第三，他引用了别的批评家的版本但是并没有做出致谢。"②因此，约翰逊基于对尼克拉斯·罗（1709）、蒲柏（1723）、西奥伯尔德（1733）和哈默（1744）的版本进行考量之后，提出"校正勘误，厘定各种阐释，审定其他编者的主观臆测，补正他们删除的部分"等四项编者任务，都是为了解决在流传过程中产生的各种问题。③如果删除沃伯顿和西奥伯尔德所做的注释，就能够发现约翰逊编订的《戏剧集》的注释则不再完整和有的放矢，略显单薄。

面对这样一个很多人都觉得单调枯燥的工作，约翰逊将理性和诗性有机地融合在一起，尽到了一个编者和一个批评家应尽的义务。他将以前版本中有价值的部分保留在自己编订的版本中，并且对其优劣进行评价。为了做到有理有据，约翰逊不仅对勘误和释义都进行了说明，还在每一部戏剧中都标明版本的来源，并且将收集到的早期版本做了

---

① John Boswell, *Life of Johnson*, ed., R. W. Chapman, Lodnon: Oxford University Press, 1970, p.351.

② Samuel Johnson, *Miscellaneous Observations on the Tragedy of Macbeth*, with remarks on Sir T.H.'s Edition of Shakespeare, London: Printed for E. Cave, 1745, p.68.

③ Samuel Johnson, *Miscellaneous Observations on the Tragedy of Macbeth*, with remarks on Sir T.H.'s Edition of Shakespeare, London: Printed for E. Cave, 1745, p.77.

编目。

约翰逊在版本搜集方面做了细致的工作，正如他所说："我校对了所有我能得到的本子，并且希望别人多供给我一些，可是这些珍本收藏家对我非常冷淡。我把凡是由于机缘巧合或者是别人好意得到的版本编了一个细目。"①除此之外，他还在每一部戏剧的末尾，做了赏析评价。从人物性格、情节布局、道德教化等多方面，给读者一定的指导。

约翰逊希望编者能够言之有据，给读者一定的审美引导和勘误补阙文本，同时评价一个诗人的创作得失要"审视他同时代的天才，尤其是他同时代人的观点"。②这种想法，随着编纂《英语词典》工作的进展逐渐加强。在约翰逊对英国语言传统、文学传统和莎士比亚的语言特征有了充分了解之后，他将编者的责任具化为追溯莎士比亚的阅读，对莎士比亚时代的语言和习俗的艰涩难懂进行阐释，将莎士比亚的作品放在文学史中进行比较认识。③

约翰逊将以前版本的注释集结在一起，认同的留下、不认同的删除、一些有争议的进行讨论的做法，不仅可以让读者从不同的角度理解文本，还可以站在前人的肩膀上看得更远。而且，他并不相信校勘、阐释或者批评可以增加诗人的光辉。每个编者和批评家的见解会随着岁月的流逝而失去光泽，而莎士比亚的作品依然会永存。编者像希腊神话中的国王西西弗斯，实际上是自己做着一种徒劳无益的工作。换句话说，不是作者死了，而是编者死了。事实也是如此，一代一代校勘者的名字被忘却，而依然有人无怨无悔地做着各种解释。

---

① Samuel Johnson, "Preface to Shakespeare", in Walter Raleigh ed., *Johnson on Shakespeare*, London: Henry Frowde, 1908, p.55.

② Samuel Johnson, *Miscellaneous Observations on the Tragedy of Macbeth*, with remarks on Sir T.H.'s Edition of Shakespeare, London: Printed for E. Cave, 1745, p.1.

③ 1765年的《莎士比亚戏剧集》是18世纪雅各布·汤森的第四个版本，从着手编订到完成，整整用去了二十年的时间。在他出版了样本之后，得知博学的威廉·沃伯顿（William Warburton, 1698—1779）在着手翻译的时候，开始转向《英语词典》的编纂。从1756—1765年签订正式出版合同之后，用去了九年的时间。

总体而言，约翰逊编订、注释和评论《莎士比亚戏剧集》，标志着新古典主义时期的莎士比亚研究发生了重要的转折。首先，他撰写的《序言》成为新古典主义莎评的里程碑。其次，诗人论诗不再是主要的批评范式，取而代之的则是致力于对莎士比亚戏剧中的语言和难点进行考证和研究。因此，编订莎剧已经不再只是为了给读者提供权威的版本，而且可以通过研究莎剧了解英国的历史，比如《英国舞台发展历史研究》(*Historical Account of The Rise and Progress of the English Stage*, 1780)。最后，以校勘、阐释和批评相结合的研究范式为基础，逐渐形成了历史批评与传记学研究的研究范式，典型的人物是伊萨克·瑞德、史蒂文斯和马隆等学者，尤其是在版本考证方面，史蒂文斯和马隆取得了很大的成就。

二 史蒂文斯的莎士比亚戏剧出版考证方法

史蒂文斯在 1778 年的《莎士比亚戏剧集》第一卷中，收录了 1576—1632 年的书业工会登记的莎士比亚戏剧的出版记录。据此可以发现，书业工会登记最早的莎士比亚戏剧是《提特斯·安多尼克斯》、《亨利六世》(中) 和《克利奥特佩特拉的悲剧》。在 1594 年，相继出版了《驯悍记》《亨利五世》《李尔王》《理查德三世》《皆大欢喜》《无事生非》。据此史蒂文斯将莎士比亚生前，以及到王朝复辟时期之间出版的"四开本"，进行了互文校正，于 1766 年出版了《莎士比亚戏剧二十种》。① 这是莎士比亚戏剧的"四开本"首次在英国历史上结集出版。此后，他又凭借一腔热血，呼唤同道中人，致力于改变为了谋生而校勘莎士比亚戏剧的情况，招募历史学家、词汇学家等与他一起合作完成这项

---

① 《莎士比亚的戏剧二十种》是由雅各布·汤森出版的，共四卷。第一卷中共有五部戏剧，标注着四开本出版的时间。*A Midsummer's Dream* (1610), *A Pleasant Comedy of Merry Wives of Windsor* (1619), *The Merry Wives of Windsor* (1630), *Much Adoe about Nothing* (1600), *The Comical History of Merchant of Venice* (1600), *Loves' Labour's Lost* (1631). See Also *Twenty of the Plays of Shakespeare*, being the whole number Printed in Quarto during his life, or before the Restoration, collated there were different Copies and Published from the Orginals by George Steevens, 1766.

任务。①

　　从"四开本"的出版情况而言，虽然莎士比亚并没有意图通过出版实现永垂青史，他的作品也通过各种途径，进入书业工会，进行登记。从书业工会登记的版本特征来看，莎士比亚戏剧"四开本"的出版大致包括两个阶段：第一阶段大约从 1593 年到 1623 年"第一对开本"出版，第二个阶段指 1623 年到王朝复辟时期。对于校勘戏剧文本来说，编者经常认为 1623 年前或者是对开本之前的版本比较可靠，而此后的参考价值则相对较低。对于考证戏剧的创作时间来说，两个不同阶段的"四开本"出版，都具有不同寻常的意义。

　　从出版登记信息来判断，无论是什么原因戏剧被印刷出版，莎士比亚都是乐见其成的。因为在文艺复兴时期，"大学才子"为舞台创作的戏剧，在演出之后，很多都以"四开本"的形式出版了。同样，对于在剧场成长的作家，也需要得到读者的认可，这对于扩大诗人的知名度肯定是百利而无一害的。从莎士比亚生前出版的戏剧数量来说，也可以得到证实。尽管就书业工会目录中摘录的出版登记信息来说，署名为莎士比亚或者是查姆博曼（Chamberman）的演出的戏剧并不多见，一般情况下都是不署名，而且拼写也不一致，但是这些作品被学者考证是莎士比亚的作品。比如，《亨利五世》共有三个四开本，1594 年的两个版本的拼写一致，第一个是完整的书名，第二次登记则是简写，*The Famous Victories of Henry the Fift, Containing the Honorable Battle of Agincourt. Henry the Fift*，而在 1600 年版本的戏剧名称则变成了 *The Historye of Henry the Fifth, with the Battle of Agincourt*②。

　　总体来说，1593—1623 年莎士比亚戏剧"四开本"的出版，大体上可以分为三个阶段：第一个阶段是从开始创作到 1599 年环球剧场建

---

　　① George Steevens, "Proposals for a New Edition of Shakespeare", in Brain Vickers ed., *William Shakespeare: The Critical Heritage*, Vols. 6, London and New York: Routledge the Taylor & Francis e-Library, 2005, Vol. 5, pp.182-185.

　　② George Steevens, "Extracts of Entries on the Books of the Stationer's Company," in Edmond Malone ed., *The Plays and Poems of William Shakespeare, 10 Volumes*, London: Printed by H. Baldwin, 1790, Vol. 1, pp. 255-257.

立；第二个阶段是从环球剧场建立到詹姆斯国王许可环球剧场在任何地方演出；第三个阶段是 1603 年到他退休这段时间。第一个阶段莎士比亚为多个剧场写作，在多个剧场演出受到人们的喜欢，戏剧相继出版。到了第二个阶段，人们对他的作品喜爱程度降低。他成了剧场股东或者老板，所以必须防止手稿被别人拿走抄袭改编盈利，于是严格预防手稿的流失。不过第三个阶段他的作品出版较少。在环球剧场建立的初期能够出版也代表着作品受到读者或者观众的欢迎。

因此，为了能够更加清晰地说明莎士比亚戏剧在书业公会的登记情况，制作图 1-4。（具体的统计数据详见附录四，资料来源为史蒂文斯出版书业工会登记信息整理）

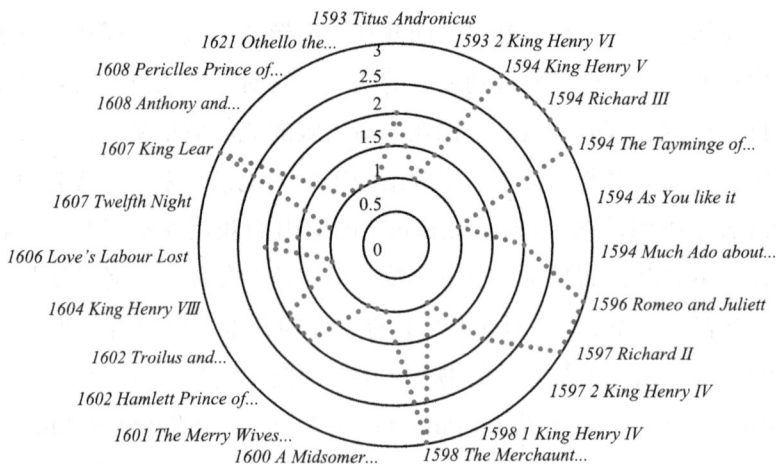

图 1-4 1623 年前书业工会登记的莎士比亚戏剧"四开本"名录

从 1593 年出版到 1598 年登记的书目来看，《亨利五世》《理查德二世》《理查德三世》《罗密欧与朱丽叶》《威尼斯商人》都有三次登记的机会，而《亨利四世》（上下）、《无事生非》和《提特斯·安多尼克斯》都有两次的机会。而"《亨利六世》（中下）、《维罗纳二绅士》、《错误的戏剧》、《约翰王》都属于早期的戏剧"，在书业工会没有登记信息

"没有印刷的原因是演出不成功"。① 因为《第十二夜》是以 *What You Will* 的名字登记的，此后在 1790 年做了修改，所以马隆所说的有 19 部戏剧在莎士比亚生前没有出版过，是不准确的。

从书业公会登记的情况来看，1600—1621 年只有《李尔王》出版三次。第一次是由西蒙·斯坦福德（Simon Stafford）拥有版权并出版，题目是 *A Book Called the Tragical Historie of King Leir and His Three Daughters, as It Was Lately Acted*。第二次由西蒙授权约翰·莱出版 *The Tragical History of King Leir*，最后一次是由纳斯·巴特和约翰逊标有莎士比亚的名字，并且注明是在环球剧场演出。三次的名字略有不同，只有 1607 年的版本明确说明是莎士比亚的创作。除了《特洛伊罗斯与克瑞西达》《哈姆雷特》和《爱的徒劳》两次登记出版，莎士比亚的其他戏剧都只有一次出版登记信息。再者，从书业工会登记的信息也可以看到，历史剧不仅创作得多，而且印刷出版的数量也很多，其背后深层的原因，就是这个时代对于阅读的渴望。因为在文艺复兴时期，并不是人人都买得起书，更不用说是何林塞的《编年史》《英国传奇》等厚重的、可望而不可即的历史著作，因此阅读莎士比亚戏剧，了解历史变得切实可行。

由此可见，蒲柏最早提出对莎士比亚生前出版的"四开本"进行考证的事业一直在继续。因为推断"第一对开本"受到了演员编者涂改，应该根据此前出版的"四开本"，尤其是莎士比亚生前出版的"四开本"来校勘戏剧文本，编者们一直在致力于寻找新的版本。② 作为演员的史蒂文斯因为职业的优势，将这一事业推向了一个新的阶段，并为埃德蒙·马隆确定莎士比亚戏剧创作顺序提供了宝贵的历史文献资料。

---

① George Steevens, "Extracts of Entries on the Books of the Stationer's Company", in Edmond Malone ed., *The Plays and Poems of William Shakespeare, 10 Volumes*, London: Printed by H. Baldwin, 1790, Vol. 1, pp. 250-260. 在 1778 年出版的《莎士比亚戏剧集》第一卷中，除了史蒂文斯的《书业工会登记信息》和马隆的《莎士比亚戏剧创作书序考》，还整理收录了莎士比亚的批评研究文献。这在某种程度上来说，是从诗人论诗到莎士比亚传记研究的标志。

② Alexandrea Pope, "Preface to the Works of *Shakespeare*", in Pat Rogers ed., *Alexandrea Pope: Major Works*, London: Oxford University Press Inc., 1993, p.191.

三 马隆确立的莎士比亚戏剧创作顺序与分期原则

爱尔兰学者埃德蒙·马隆（Edmond Malone, 1741—1812），不仅是莎士比亚的狂热朝圣者，同时也见证了约书亚·雷诺兹（Sir Joshua Reynolds, 1723—1792）"文学沙龙"（Literary Club）最辉煌的时期，成为继约翰逊之后，在英国文学史上对莎士比亚戏剧版本批评影响最为深远的编者之一。[①]

马隆在莎士比亚批评史上创造了很多个第一，如《莎士比亚戏剧创作顺序考》（"Attempt to Ascertain the Order", 1778）和将《十四行诗集》（Shakespeare's Sonnets, 1609）与戏剧结集出版，都具有开创意义。马隆在完成了莎士比亚戏剧校勘注疏之后，对《莎士比亚创作年谱》（An Essay of Chronology of Shakespeare Works）进行了修改，非常确信自己的研究"即使不是确切的顺序，也是最接近真相的顺序"。[②]然而1790年，在经过深入研究之后，马隆又进一步调整了戏剧的数量和创作顺序。1790年莎士比亚的作品只剩下35部，最早的是《亨利六世》三部曲（1589, 1591），而最后一部仍旧是《第十二夜》，而在1778年被列为最早的一部作品的《提特斯·安多尼克斯》不再属于莎士比亚的戏剧。

（一）马隆确定的莎士比亚戏剧创作顺序的依据

对于莎士比亚戏剧创作顺序的推断，马隆做出判断的理由大致有三个：第一，情节是否规范；第二，是不是使用的韵文比较多；第三，故事的设计是否好。在这三者之中，韵文的比重最为重要。无韵诗和韵文都属于《诗学》中提到的格律文，而不是散文，例如，马洛在《马耳他的犹太人》（The Jew of Malta）中对无韵诗的使用与众不同，或者说更加自由和灵活。

马隆根据韵文和打油诗的特点，确认莎士比亚早期和晚期的戏剧格律的变化。总体来说，除了历史剧《约翰王》和《理查德二世》都是韵文和无韵诗，其他的戏剧都是散文、韵文和无韵诗混合使用。历史剧，

① 马隆是大卫·加里克的朋友——詹姆斯·鲍斯威尔（James Boswell, 1740—1795）的密切合作者。

② Edmond Malone, "Attempt to Ascertain the Order," in Samule Johnson et al., ed., *The Plays and Poems of William Shakespeare, 10 Volumes*, London: Printed by H. Baldwin, 1778，Vol. 1, p. 272.

就是《诗学》第十三章"说最好的诗人的作品都取材于几个家族的故事"。这样创作的作品有两大优点，第一，按照艺术标准来说最好的悲剧的构思都属于此种类型；第二，从当时戏剧比赛的结果来看，这样的戏剧也最能"产生悲剧效果"。[①]亚里士多德在此所说的悲剧的效果，那就是通过恐惧和怜悯实现情感净化，也就是说，通过感受戏剧人物的悲惨命运而能够宣泄情感中沉积的情绪。显然，莎士比亚将韵文、无韵诗和散文相结合的方式创作历史剧，与《诗学》中诗人的定义还是存在差异的。因为是否使用格律文写作是诗人的前提，并且哪些格律适合史诗、哪些适合悲剧是约定俗成的。

根据钱伯斯对 37 部戏剧诗行做过的统计，悲剧中韵文和无韵诗的比例在 50%，历史剧中具有喜剧人物福斯塔夫系列的《亨利四世》和《亨利五世》中的韵文比较少，而喜剧中韵文和无韵诗的比例明显低于悲剧和历史剧。因此，根据钱伯斯的统计表，分析莎士比亚的悲剧、喜剧和历史剧创作风格的变化，制作了图 1-5 至图 1-7，以探讨莎士比亚不同类型的戏剧中，韵文、无韵诗和散文诗行的变化规律。

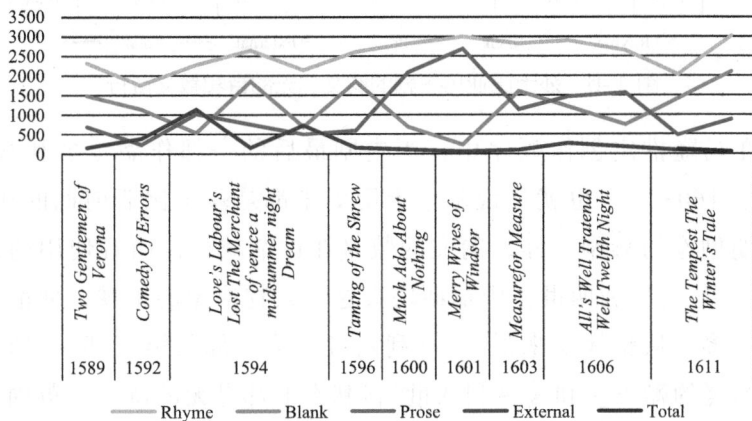

图 1-5　莎士比亚喜剧的韵文、无韵诗和散文诗行[②]

[①] ［古希腊］亚里士多德：《诗学》，陈中梅译注，商务印书馆 1996 年版，第 98 页。
[②] 图 1-5、图 1-6、图 1-7 三个折线图是根据本书中表 1-1 诗行变化做出的分析图，以说明莎士比亚历史剧、喜剧和悲剧的韵文、无韵诗和散文诗行的变化特点。

从图 1-5 可以看出，喜剧中韵文的变化经历了一个 V 字形变化的过程。从开始创作喜剧到 1600 年创作的戏剧，散文的比重在逐渐上升；韵文在整部戏剧中的比重逐渐减少；无韵诗在《温莎的风流女人》到达了顶峰时期，此后开始逐渐减少。最后，《暴风雨》和《冬天的故事》中无韵诗明显高于散文，韵文基本上寥寥无几。这两部戏剧，一部是改编自大学才子罗伯特·格林的《时间的故事》，另一部是德莱顿在《论戏剧诗》中使用了很大篇幅论述超自然人物卡列班（Caliban）的特征。

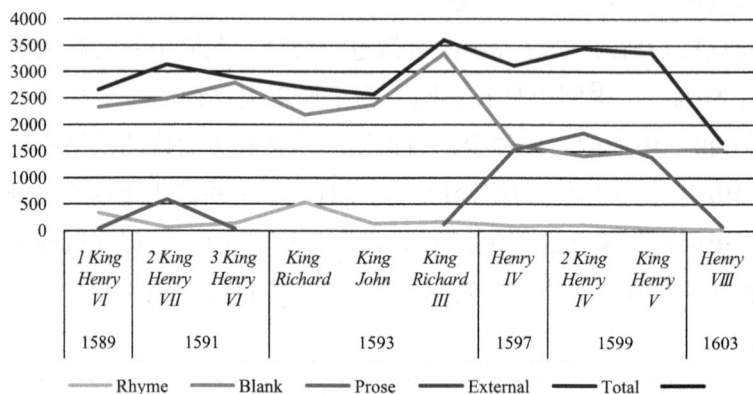

图 1-6　莎士比亚历史剧的韵文、无韵诗和散文诗行

在马隆推定创作顺序中，历史剧最后的一部作品《亨利八世》创作于 1603 年，也就是说基本上历史剧都是莎士比亚前期的作品，与前期创作的喜剧一样，韵文的数量在逐渐减少，而且使用的散文也比较少。《亨利四世》中福斯塔夫这一人物形象的出现，使散文的数量增多。从整体上来说，《亨利六世》第一部与第三部、《理查德二世》、《约翰王》和《亨利八世》，基本上都是无韵诗。在英国戏剧史上，率先将何林塞的《编年史》改编为历史剧是"大学才子"派诗人的一种尝试，深受舞台观众的喜欢。历史剧的改编并不是关于可能发生的事情，而只是讲述发生的事情。如果一个诗人使用这种方法进行创作，并不属于高明的，却可以让人们耳濡目染的故事，以新的形式传承下来。从改编老故事的角度来说，莎士比亚也是像

欧里庇得斯一样，是"最有悲剧意识"的诗人，他知道什么可以实现悲剧的效果。这种效果的实现，并不是虚构离奇荒诞的情节，而是要用新的语言讲述古老的故事，呈现一种新瓶装老酒的味道，则需要诗人非凡的语言天赋。

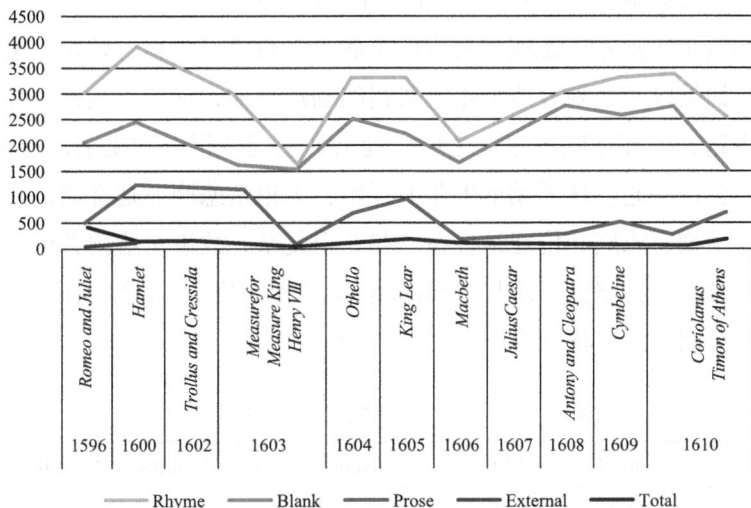

图 1-7 莎士比亚悲剧的韵文、无韵诗和散文诗行

从图 1-7 可以看出，《哈姆雷特》《奥赛罗》《李尔王》和《麦克白》中都有一定比例的散文诗行，而后期的罗马剧《凯撒》《安东尼》《辛白林》《科利奥纳兰斯》和《雅典的泰门》中散文和韵文的比例都非常少，无韵诗占据的比重比较大，可能受普鲁塔克的《名人传》英译本的影响。由此推断，莎士比亚创作的早期应该是以喜剧为主，那些韵律比较规整的作品可以视为早期的作品，而有打油诗的作品可归结为晚期的作品。

无论是莎士比亚早期的作品，还是晚期的作品，"爱"一直是悲剧和喜剧主题。将"第一对开本"中 25 部悲剧和喜剧的主题做一个统计就会发现，爱情、婚姻、家庭和伦理交织在一起的主题结构占据了相当大的比重，唯一一部没有涉及爱情的是《雅典的泰门》。然而，莎士比亚"爱"的主题，并不仅仅局限于年轻人浪漫的爱情（Romantic

Love ），更多的是关于社会和伦理的思考。伦理主题一直是存在的，也就是说，英国道德剧的教化传统，一直是文艺复兴时期戏剧创作的基本原则。爱情与伦理结合在一起，爱情就表现得真实。爱情、婚姻、家庭和伦理结合在一起的时候，就会发现反映了普遍的人性，并且与社会生活和国家命运结合在一起，这样的作品就是历史剧。

如表 1-1 所示，悲剧和喜剧的主题大多数涉及爱情、婚姻、家庭和伦理。如果以主题划分莎士比亚戏剧的创作分期，早期的戏剧以爱情伦理为主题，而环球剧场建立之后，爱情的主题变得非常复杂，与家庭、婚姻结合在一起。从《无事生非》开始，无论是悲剧还是喜剧，爱情主题都与婚姻、家庭和伦理结合在一起变得复杂，故事留给读者更多的思想，很难将《特洛伊罗斯与克瑞西达》《冬天的故事》《辛白林》定义为悲剧、喜剧，因此称其为悲喜剧。①

表 1-1　莎士比亚悲剧和喜剧的主题结构

Time	Romantic Love and Ethics	Marriage, Family and Ethics	Ethics
1591	*Two Gentleman of Verona*		
1592	*Comedy of Errors*		
1594	*Love's Labour's Lost*	*The Merchant of Venice*	
	A Midsummer Night Dreame		
1596	*Taming of the Shrew*	*Romeo and Juliet*	
1599	*As You Like It*		
1600		*Much Ado About Nothing*	
1600		*Hamlet*	
1601		*Merry Wives of Windsor*	
1602		*Troilus and Cressida*	
1603		*Measure for Measure*	
1604		*Othello*	
1605		*King Lear*	

---

① 孟宪强:《莎士比亚悲喜剧初探》,《社会科学战线》1984 年第 1 期。

续表

Time	Romantic Love and Ethics	Marriage, Family and Ethics	Ethics
1606		*Macbeth*	
		All's Well That ends Well	
1607	*Twelfth Night*		*Julius Caesar*
1608		*Antony and Cleopatra*	
1609		*Cymbeline*	
1610		*Coriolanus*	*Timon of Athens*
1611	*The Tempest*	*The Winter's Tale*	

注：本表为笔者制作，用以说明莎士比亚戏剧主题结构的变化。

除以上提到的两条重要的依据之外，马隆还借助莎士比亚时期的历史背景，确定作品的创作年代。据历史记载，英国 1586 年伦敦的地震和奶妈的那句"自从地震那一年到现在，已经十一年啦"（《罗密欧与朱丽叶》第一幕第四场）似乎是互文的。① 因为奶妈所说的十一年并不是随口而说，而是有着确切的含义，从而确定了《罗密欧与朱丽叶》的创作年代 ②。

（二）马隆考订的莎士比亚戏剧创作分期

马隆以环球剧场的建立作为重要时间节点的分水岭，考证莎士比亚戏剧创作分期。马隆认为 1599—1603 年创作的戏剧出版比较多，环球剧场建成之后，剧本出版得比较少。其中的缘由是在环球剧场建立之前，莎士比亚的作品能够出版，是因为别人偷偷拿走出版了，并由此推定在环球剧场建立之后，为了保护剧团的整体利益，莎士比亚不想自己的剧本被别人知道，所以很多剧本没有出版。③

---

① 本书征引的莎士比亚作品均出自朱生豪等翻译的《莎士比亚全集》（6 卷本），人民文学出版社 1994 年版，随文标注出戏剧的幕和场次。同时，参照 *William Shakespeare:The Complete Works*. 2nd Edition. Stanley Wells and Gary Taylor, eds., Oxford: Oxford University Press, 2005。

② Edmond Malone, "Attempt to Ascertain the Order," in Samule Johnson et al., ed., *The Plays and Poems of William Shakespeare, 10 Volumes*, London: Printed by H. Baldwin, 1778，Vol. 1, p. 290.

③ Edmond Malone, "Attempt to Ascertain the Order", in Samule Johnson et al., ed., *The Plays and Poems of William Shakespeare, 10 Volumes*, London: Printed by H. Baldwin, 1778，Vol. 1, p. 273.

不仅如此，莎士比亚在成为环球剧场的股东之后，"四开本"出版的数量减少，语言风格也有所改变，甚至戏剧主题也发生了变革。在此基础上，马隆考证了莎士比亚戏剧的印刷文本和文艺复兴时期伦敦舞台的演出史，确定了 43 部戏剧的创作时间，收录在约翰逊——史蒂文斯合校的《戏剧集》（1778）中，包括已经在罗的编订中提到的 6 部伪作。

马隆三次确认的莎士比亚戏剧顺序，都将《亨利五世》的创作时间定为 1599 年，也就是环球剧场建立的时间，作为分期的标志。在此之前，创作的材料以英国编年史与当时流行的小说为主，历史剧和喜剧见长。在此之后，以悲剧为主，尤其是根据希腊和普鲁塔克的《名人传》改编的悲剧，如《雅典的泰门》《科利奥纳兰斯》《朱利斯·凯撒》和《安东尼与克利奥特佩特拉》，而且这些戏剧受到了 18 世纪莎士比亚批评家的重视和认可。

参照马隆 1821 年推定的创作顺序，有 6 部喜剧（《仲夏夜之梦》《错误的喜剧》《驯悍记》《爱的徒劳》《维罗纳二绅士》《威尼斯商人》）属于环球剧场建立之前的作品。弗朗西斯·梅雷斯所说的悲剧很大程度上指称为历史剧的《亨利六世》三部曲、《理查德二世》、《理查德三世》、《约翰王》和《亨利四世》（上下）。也就是说，到 1598 年这本书出版的时候，莎士比亚已经在悲剧和喜剧两个方面都是英国最好的诗人。因为在同一时期，本·琼森在悲剧方面取得了成就，而在"长筒靴和短袜"中都能够得心应手的诗人只有查普曼。①

马隆推定莎士比亚戏剧创作顺序的方法，在莎评史上的影响是举足轻重的。伊萨克斯（J. Isaacs）认为马隆对于莎士比亚戏剧创作顺序的考证，"开创了一个新的纪元"，契合了两个世纪之前克莱芒特（Chalemont）的"人类的历史最为重要的是研究人类的思维，而你对莎

---

① 爱德华·道顿的分期方法再次演变，发展为孟宪强划分的奠基期、发展期、巅峰期、浪漫期和回归期，从而构成了中国的金、木、水、火、土的五行发展阶段。实际上，最后的浪漫期和回归期的时间阶段，是将道顿的巅峰期又划分为两个阶段，以《亨利八世》的出现称为回归期的核心内涵，应该是喻指回到历史剧。因为"一方面莎士比亚在辞去了剧团一切职务回到故乡之后重新回到舞台，另一个方面是指莎士比亚在创作了 4 部传奇剧之后重新回到他原来创作的轨道之上"（详见孟宪强《莎士比亚创作分期新探》，《社会科学战线》1994 年第 6 期）。

士比亚作品创作年谱的研究，就是对于一个伟大的、值得人们尊敬的和骄傲的天才的成长历程研究"的赞美。[①]美国学者珀西·辛普森（Percy Simpson, 1865—1962）对威廉·詹姆斯·克莱格（William James Craig, 1843—1906）编订的《莎士比亚全集》中附有三个创作顺序有最早的版本是 1821 年的，牛津大词典初创者之一、著名学者弗尼瓦尔博士（Dr. Frederick James Furnivall, 1825—1910）以及现代学者的考证的顺序，将之归结为采用表演信息、作品风格、出版信息、文学互文以及典故和互文研究都不是一种可靠的方式。[②]

此后，关于莎士比亚创作历程的研究，主要有德国学者盖尔维努斯（Georg Gottfried Gervinus, 1805—1871）的三分法、爱尔兰学者爱德华·道顿（Edward Dowden, 1843–1913）的四分法和中国学者孟宪强先生的五分法。值得注意的是，所有这些关于创作阶段的研究，都有一个共同的前提，那就是根据马隆的研究成果完成的，甚至是在小鲍斯威尔完成出版的 21 卷本《莎士比亚戏剧和诗歌集》（1821）之后完成的，并且存在一些问题。

仅从盖尔维努斯的第一卷目录判断，就能够发现他的三个阶段分期方法本身存在很大的问题。第一个阶段只有 7 部戏剧，包括《提特斯·安多尼克斯》、《配力克勒斯》、《亨利六世》三部曲、《错误的戏剧》和《驯悍记》。第二个阶段则有 16 部戏剧，包括 6 部历史剧（《理查二世》、《理查三世》、《亨利四世》（上下）、《亨利五世》、《约翰王》），6 部爱情剧（《维洛那二绅士》《爱的徒劳》《终成眷属》《威尼斯商人》《罗密欧与朱丽叶》《仲夏夜之梦》），以及 4 部喜剧（《温莎的风流女人》《皆大欢喜》《无事生非》《第十二夜》）。第三个阶段从《一报还一报》开始到《亨利八世》结束共 14 部，中间创作了《奥赛罗》《麦克白》

---

① See also J. K. Walton, "Edmond Malone an Irish Shakespeare Scholar", *Hermathena*, No. 99, 1964, p.14.

② 参见 W. J. Craig, ed., *William Shakespeare: The Complete Works*, London: Oxford University Press, 1914，是朱生豪先生和梁实秋先生翻译莎士比亚作品依据的原本。

《哈姆雷特》《朱利斯·凯撒》4部悲剧。[1]

虽然盖尔维努斯的三分法中，爱情喜剧、历史剧和喜剧之间本身存在相互冲突，但依然得到了《牛津英语词典》的第二任编者弗雷德里克·詹姆斯·弗尼瓦尔的认同。弗尼瓦尔在此基础上，提出了莎士比亚戏剧创作四个阶段的分期建议。

事实上，弗尼瓦尔只是列了一个图表，并没有对创作阶段做出更加明确的说明。具体情况如下：第一个阶段为1588—1594年，以《理查德二世》结束；第二个阶段为1595—1600年，从《约翰王》开始到《终成眷属》结束；第三个阶段为1601—1607年，从《朱利斯·凯撒》开始到《雅典的泰门》结束；第四个阶段为1608—1613年，从《配力克勒斯》开始到《亨利八世》结束。[2]

表1-2　莎士比亚戏剧顺序考证对比 [3]

Categories	Edition					
	John Hemminge and George Condell ed., 1623	Edmond Malone ed.,			Funivall ed., 1877	Stanley Wells ed., 2005
		1778	1790	1821		
Comedies	*The Tempest*	1612	1611	1612	1610	1610–1611
	The Two Gentlemen of Verona	1593	1595	1592	1591	1589–1591
	The Merry Wives of Windsor	1601	1600	1600	1598	1597–1598
	Measure for Measure	1603	1602	1601	1603	1603–1604

---

[1]　G. G. Gervinus, *Shakespeare Commentaries,* translated under the author's Superinterndence, by F. E. Bunnett, London: Smith, Elder, & Co. 15 Waterloo Place，pp. i-iii.

[2]　F.J. Furvinall, Introduction, in G. G. Gervinus, *Shakespeare Commentaries*, translated under the author's superinterndence, by F. E. Bunnett, London: Smith, Elder, & Co. 15 Waterloo Place，pp. xlix-l.

[3]　此表中的数据来源包括三部分，马隆的确定莎士比亚戏剧创作顺序的三个版本，1778年、1790年和1821年的版本。他在1790年确定《提特斯·安多尼克斯》不是莎士比亚的作品。另外两个部分是根据《牛津英语词典》的主编Furriness考证的顺序和2005年斯坦利·威尔斯（Stanly Wells）主编的《莎士比亚戏剧集》中的顺序。

Categories	Edition					
	John Hemminge and George Condell ed., 1623	Edmond Malone ed.,			Funivall ed., 1877	Stanley Wells ed., 2005
		1778	1790	1821		
Comedies	The Comedy of Errors	1596	1592	1592	1589	1598–1599
	Much Ado about Nothing	1600	1599	1599	1599	1598–1599
	Love's Labour's Lost	1591	1594	1594	1588	1595–1596
	A Midsummer Night's Dreame	1595	1592	1595	1590	1595
	The Merchant of Venice	1598	1598	1595	1596	1596–1597
	As You Like It	1600	1600	1598	1600	1599–1600
	The Taming of the Shrew	1606	1593	1597	1596	1590–1591
	All's Well that Ends Well	1598	1598	1606	1601	1606–1607
	Twelfth Night , or What you will	1614	1612	1607	1601	1601
	The Winter's Tale	1594	1603	1611	1611	1609–1610
Histories	The Life and Death of King John	1596	1596	1596	1595	1595
	The Life and Death of King Richard II	1597	1597	1592	1593	1595
	The Life and Death of King Henry IV	1597	1597	1597	1596	1595
	The Second part of King Henry IV	1598	1597	1598	1597	1596–1597
	The Life of King Henry V	1599	1598	1598	1599	1597–1598
	The First Part of King Henry VI	1591	1589	1589	1592	1592
	The Second Part of King Henry VI	1592	1591	1591	1593	1590–1591
	The Third Part of King Henry VI	1592	1591	1591	1593	1591
	The Tragedie of Richard III	1597	1593	1593	1594	1592–1593
	The Famous History of King VIII	1601	1601	1602	1613	1613
Tragedies	Troilus and Cressida	1602	1601	1601	1606	1602
	The Tragedy of Corionalans	1609	1609	1610	1607	1608
	Titus Andronicus *	1589			1589	1592
	Romeo and Juliet	1595	1595	1596	1592	1595
	Timon of Athens	1610	1608	1611	1607	1606
	Julius Caesar	1607	1606	1606	1601	1599

续表

Categories	Edition					
	John Hemminge and George Condell ed., 1623	Edmond Malone ed.,			Funivall ed., 1877	Stanley Wells ed., 2005
		1778	1790	1821		
Tragedies	*Macbeth*	1606	1606	1605	1605	1606
	Hamlet	1596	1596	1600	1602	1600–1601
	The Tragedy of King Lear	1605	1604	1604	1605	1610
	The Moore of Venice	1611	1610	1603	1604	1603–1604
	Antony and Cleopatra	1608	1607	1608	1606	1606
	The Tragedy of Cymbeline	1604	1605	1609	1611	1610–1611
	Pericles *	1592			1608	1607

事实上，盖尔维努斯的三个阶段论与佛尼尔的四个阶段论，都成为另一位爱尔兰学者埃德蒙·道顿对莎士比亚传记学研究的基础，他的《莎士比亚的智慧与艺术》成为这一领域的经典之作。道顿总结了一个学生较容易理解和记忆的方法，将莎士比亚二十五年的创作时间分成四个阶段。第一个阶段称为学徒期（In the Workshop），是戏剧创作的萌芽期或摹仿期，推定《提特斯·安多尼克斯》是摹仿"大学才子"基德《西班牙悲剧》（*The Spanish Tragedy*, 1594）的复仇悲剧。[1]第二个阶段称为辉煌期（In the World），第三个阶段是探索期（Out of Depths），第四个阶段是巅峰时期（On the Heights）。[2]辉煌期与巅峰期是意味着两个不同的阶段，辉煌期得到了世界的认可，而巅峰期则是戏剧艺术已经达到了炉火纯青的程度。

从道顿划分依据判断，莎士比亚的心灵与艺术一直不断发展提高，没有艺术衰退期。然而，从伊丽莎白时期留存下的历史文献来看，道顿提出莎士比亚的戏剧艺术日臻完美的观点与发展的历程并不相符而是出道即巅峰。如弗朗西斯·梅雷斯（Francis Meres, 1565/1566—1647）的

---

[1] Edward Dowden, *Shakespeare: A Critical Study of His Mind and Art*, London: Henry S. King & Co., 1875, p.45.

[2] Edward Dowden, *Introduction to Shakespeare*, London: Blackie & Son, 1893, pp.52-53.

《诗人必读》（*Commonplace Book*）中进行的比较文学史的研究，《英国诗人与希腊、拉丁、意大利诗人比较研究》（*A Comparative Discourse of our English Poets with the Greeke, Lantine, and Italian Poets*）指出莎士比亚在悲剧成就方面可以与马洛（Malowe）、基德（Kid）、《市长的镜子》的作者、德雷顿（Drayton）、查普曼（Chapman）和本·琼森（Beniamin Johnson）相媲美；在英国最好的喜剧诗人中，莎士比亚可以与约翰·黎里（John Lilly）、洛奇（Lodge）、格林（Greene）、纳什（Thomas Nashe）、托马斯·海伍德（Thomas Heywood）和查普曼（Chapman）等相提并论。[①]

因此，马隆对莎士比亚戏剧创作顺序的推定，尤其是他对莎士比亚戏剧特征变化规律的概括是富有远见的，汲取了约翰逊和史蒂文斯的研究精华，促进了作家传记批评的研究，影响了很多后来者，但是并没有被真正超越。

不仅如此，马隆考证莎士比亚戏剧的创作顺序促进了莎评史上一个新的领域的发展，研究《十四行诗》的传记特征。1790 年马隆编订的《莎士比亚全集》出版，为一个将诗性与理性的考证批评相结合的出版校勘时代，画上了一个完满的句号。

小　结

新古典主义时期莎士比亚批评充分体现了莎士比亚戏剧在不同时代的影响与时代的文学趣味有着密切的关系。德莱顿、蒲柏和约翰逊等批评家对于莎士比亚研究蕴含在改编或编订的作品附有的前言或者后记中，不仅被人们记得，还在文学史或批评史上占据重要的地位，为我们提供了了解批评范式的演变过程的窗口。

17 世纪后期莎士比亚的戏剧在王朝复辟时期的舞台上从边缘逐渐走向了舞台的中心，莎士比亚的批评与戏剧改编密切联系在一起。尤为

---

① Francis Meres & John Droeshout, eds., *Witts Academy: A Treasurie of Goulden Sentences Similies and Examples,* London: William Stansby,1636, p. 627.

重要的是，莎士比亚戏剧的改编与演出极大地促进了莎士比亚戏剧成为文学阅读经典的一个风向标。到了 18 世纪，莎士比亚批评则与出版和校勘密切联系在一起，吸引了越来越多的诗人、批评家、学者用毕生的精力从事这一事业。至此，编订或研究莎士比亚戏剧，不再是为了生存的权宜之计，成为一生为之乐道的事业。

18 世纪《莎士比亚戏剧集》除了蒲柏的 1723 年版与托马斯·汉默（Thomas Hammer）的 1740 年牛津版是四开本（The Quarto），主要是以八开本（The Octavo）形式出版的。此外，雅各布·汤森为了获取更多的利益，还出版了两种更适合读者便携式阅读的"十二开本"（The Duodecimo），即 1728 年的蒲柏版与 1740 年的西奥伯尔德版。

同时，蒲柏与西奥伯尔德关于编者责任与权利的论战，使"对开本"的权威性受到质疑，也促进了关于莎士比亚学识和创作方式的探讨，到底莎士比亚是"自然的诗人""独创性的诗人"，还是"摹仿古代作家的诗人"，以及莎士比亚的戏剧与古典诗人之间的互文成为论战的焦点。随着约翰逊采用语文学阐释方法编订《莎士比亚戏剧集》，这场论战逐渐落下了帷幕，取而代之的是对莎士比亚与同时代作家和文艺复兴时期英国历史文化背景之间关系的考证，从而促进了莎士比亚历史批评和传记批评的发展。自此之后，莎士比亚不仅是文艺复兴时期的杰出诗人，同时也成为认识那个时代历史文化的一个符号。

从莎士比亚戏剧校勘、出版史实践的角度来看，随着不断加入新的注释或者是更多关于作家、文本阐释和戏剧创作等相关研究，莎士比亚戏剧校勘批评史的脉络逐渐变得清晰可见，在 18 世纪成为一门专门的学问。在很大程度上，从不可移动的对开本到便携式的口袋版十二开本的阅读习惯的改变很大程度上源于编者的努力，莎士比亚戏剧校勘是继《圣经》校勘与阐释和希腊罗马古典作品的校勘之后，最为深远的文学作品校勘体系。

第二章　英国新古典主义时期莎士比亚批评的理论体系

　　当人们认为英国新古典主义批评家将"三一律"、"得体原则"或"纯文体论"作为评价莎士比亚戏剧理所当然的核心标准的时候，可能忽略了这些批评家散落在不同的作品前言或后记中的批评实践与原则之间的相互关系。事实上，英国新古典主义时期的莎评原则和方法，既有对古典规则的继承，也反映了时代思潮和历史背景。从文学批评史发展的角度来说，英国新古典主义时期的莎士比亚批评并非"照着说"，而是"接着说"，是古为今用的思辨态度。

　　在历时近一个半世纪的发展历程中，英国新古典主义批评家对莎士比亚的研究经历了从改编到校勘、从鉴赏到考证、从个别作品分析到整体作品注释的发展变化。他们在莎士比亚戏剧改编、校勘和批评的基础之上，构建出以亚里士多德和贺拉斯诗学思想为基础的莎士比亚批评理论体系。

　　从德莱顿的"寓教于乐原则"到蒲柏的"自然法则"，再到约翰逊的"普遍人性论"，融合了亚里士多德、贺拉斯、卢克莱修、锡德尼、布索和拉宾等不同时代批评家的思想，在探讨莎士比亚戏剧的悲喜情感杂糅、主从情节并存、复杂人物性格、自然纯洁语言的哲学表达力与戏剧的本质和艺术功用的过程中，逐渐形成了以人性论为核心的批评体系，对近四百年莎评史的发展产生了不可磨灭的影响。

　　因此，充分认识新古典主义时期莎士比亚批评理论体系中的"新"

与"古"，可以帮助人们认识英国新古典主义时期莎评思想形成的理论基础和历史背景，也能帮助人们理解、欣赏和认识莎士比亚戏剧的本质。

第一节　寓教于乐原则与人物论

德莱顿在 1668 年出版的《论戏剧诗》中，将悲剧、喜剧、历史剧、传奇剧等各种类型的戏剧融合在一起，阐释戏剧的目的是寓教于乐。德莱顿认为悲剧的目标就是通过人物的命运来实现情感净化，以实现悲剧特殊的教育作用，而不是像哲学一样通过抽象的概念来完成。他在《特洛伊罗斯与克瑞西达·前言》（又称为《悲剧批评的基础》）中做出了进一步的解释："寓教于乐是所有诗歌的总的目标，哲学可以教化，但是通过概念和原则完成的，这种方式不能够给人带来快感，或者是并不像具体的事例一样给人带来快感。通过个案净化情感，是属于悲剧的特别教化。"①

由此可见，寓教于乐原则与莎士比亚戏剧人物性格结合在一起，是对戏剧本质内涵的一种创新理解。在德莱顿的戏剧观中，戏剧的灵魂不是亚里士多德《诗学》中所说的情节，而是具有复杂性格系统的戏剧人物。也就是说，阐释戏剧的本质和社会功用，仅仅局限于通过摹仿单个的行动与人物命运的突转来实现情感净化，并不能充分理解作品的艺术魅力，而是要通过人物命运的变迁和性格、情感来塑造人物形象以实现

---

① John Dryden, Preface, *Troilus and Cressida, or Truth Found Too Late*, London: Printed for Jacob Tonson, 1679. 非常巧合的是，这篇文论受到了杨周翰先生和伍蠡甫先生的关注，分别收录于 1979 年出版的《莎士比亚评论汇编》和《西方文论选》，同样也被《莎士比亚：批评遗产》收录。国内外学者非常关注《悲剧批评的基础》中悲剧应该遵循的道德观和人物性格法则，以及如何理解莎士比亚戏剧艺术的真谛。

认识人性的多面性的目的。

因此，探讨诗人如何实现寓教于乐这个目的，是新古典主义时期莎士比亚批评的核心任务。

一　德莱顿寓教于乐原则的内涵

在文学批评史中，学者经常把德莱顿的"寓教于乐"与贺拉斯提出戏剧诗人创作目标"娱乐、教化，最好是两者兼而有之"联系在一起，认为两者似乎是完全一致的。事实上，并不如此。虽然德莱顿的寓教于乐原则蕴含着对贺拉斯"to delight and to instruct"诗学思想的继承，但是赋予了更加深刻的内涵，有了更加清晰的界定，大致具有以下三个特征。

（一）寓教于乐原则涵盖的道德观

德莱顿的寓教于乐原则是新古典主义莎评思想的重要组成部分，是将亚里士多德的"性格一致性"、贺拉斯的"性格典型性"和朗吉弩斯的"崇高的心灵"等相结合，提出人物性格不仅要有复杂性，还要符合行为规范的社会认知特征和善恶隐秀的道德属性。根据亚里士多德《诗学》第四章的观点，"每个人都能从摹仿的成果中得到快感"，所有的戏剧，都能够给人以快感，而这种快感并不在于是格律诗还是散文的形式，或者换句话说，只要对于人的摹仿就会让人产生快感。①

因此，戏剧带给人快感的差异在于摹仿的对象是比一般人品质好的人，还是比一般人品质坏的人，是从道德的范畴进行考量的。同样，悲剧通过"恐惧和怜悯"的方式，使用"以毒攻毒"的方法，进行治愈人类缺乏"骄傲和缺乏怜悯心"的缺点，也是提倡诗人的创作必须遵循一定的伦理原则，尤其是能够贯穿整部作品中的道德观。

至于什么是道德观，德莱顿借用了法国诗人布索（René Le Bossu, 1631—1680）的概念和自己的创作经验，进行举例说明。如，英雄诗《格拉纳达的征服》（*Conquest of Granada*）认为《荷马史诗》中的

---

①［古希腊］亚里士多德：《诗学》，陈中梅译注，商务印书馆1996年版，第47页。

"团结则国家存,分裂则国家毁灭"(Union preserves a Commonwealth and discord destroys it)是值得推崇的道德观。接着,德莱顿又以索福克勒斯的《俄狄浦斯王》为例,指出"文章的主旨大意在很大程度上来说,作为一个整体构思原则,而这个原则符合我们的经验认知",说明"所有活着的人都是痛苦的"(no man is to be accounted happy before his death)与情节发展之间的关系。[①] 经验认知也就是普遍的认知规律,如《三国演义》则体现了"合久必分,分久必合"的原则,是一种基于对社会、政治和生活的经验主义的认识,是人生观(the philosophy of life)的体现。换句话说,德莱顿所说的道德观就是诗歌或戏剧构思中体现的作者的哲学视野。

(二)寓教于乐原则蕴含卢克莱修的诗学思想

到底寓教于乐是指诗歌的形式,还是指诗歌的内容,一直是文学批评史探讨的问题。人们一直期望一种艺术形式,可以实现寓教于乐,展现人性的变迁,将社会不同阶层融合在一起。正因如此,玄学派诗人用生僻的社会意象或玄妙的自然意象表达人们耳濡目染的思想情感,作品立意深远,语言不流于平庸,但他们对英国语言发展做出的贡献不能与斯宾塞、莎士比亚或弗莱彻相比。甚至在德莱顿眼中同时代的诗人"在思想(wits)方面不及多恩,但远胜他们的诗意"。[②]

由此可见,德莱顿对寓教于乐原则的阐释在于诗意,而诗意的评价标准不仅如《诗学》第二十二章开篇明义所说"言语的美在于明晰而不至于流于平庸"。[③] 在德莱顿为英国戏剧背离法国诗人和批评家推崇"三一律"和"得体原则"等原则进行辩护的时候,还闪耀着卢克莱修《物

---

① John Dryden, Preface, *Troilus and Cressida, or Truth Found Too Late*, London: Printed for Jacob Tonson, 1679.

② Samuel Johnson, *Lives of the English Poets*, London: J. F. Dove, 1825, p.6.

③ [古希腊]亚里士多德:《诗学》,陈中梅译注,商务印书馆1996年版,第156页。

性论》中阐述诗歌与哲学关系的思想光辉。①

　　在德莱顿生活的时代，卢克莱修的著作陆续被翻译成法语或英语，他也被称为"罗马时期最伟大的诗人"。卢克莱修在《物性论》中倡导借助诗歌"女神柔和的语声，让你的心神留住在我的诗句上，直到你看透了万有事物的本性，以及那交织成的结构是怎么样的"。②这种类比不仅是可行的，而且古今中外都是如此。对于卢克莱修来说，诗歌是一种很好的哲学表达方式。在此之前，亚里士多德在《诗学》中将希腊用诗体来表达对医学或自然的探究人有过不同的界定："荷马与恩培多克勒除了都用音步之外，并无共同之处。由此，称前者为诗人是对的，至于后者，与其称为诗人，不如称为自然哲学家。"③但是，卢克莱修将诗人与哲学家的身份融合在一起。

　　德莱顿惊叹于一个诗人，可以把如此浩瀚的主题，用诗的形式表达出来，尤其是受到卢克莱修的"诗人和医生"类比的启迪，为寓教于乐

---

　　①《物性论》是用罗马语言把希腊伊壁鸠鲁派深奥的自然哲学思想完美地用罗马诗歌的形式表达出来，并且不是借助大量的从希腊语借鉴来的外来词，而是用人们熟悉的社会生活中的意象来表达，构建了自然哲学与伦理学的互通互融的隐喻类比思维体系。《物性论》中的每一卷开始，都有序诗讴歌赞美他的哲学缪斯伊壁鸠鲁，正文中论及社会学、哲学和形而上学、化学、物理学、人类学的故事，都是用抒情形象生动的语言进行阐述，也成为吸引文艺复兴时期诗人的原因（Austin, Norman. "Translation as Baptism: Dryden's Lucretius." *Arion: A Journal of Humanities and the Classics*, Vol. 7, No. 4, Winter, 1968, pp. 576-602, 579）。格力斯派（Stuart Gillespie）推测蒙田（Michel Eyquem de Montaigne, 1533—1592）喜爱卢克莱修是"他的语言和思想让他神往"，还有"当时卢克莱修的作品刚刚翻译为法语，还没有正式进入学校的教育传统"，是比较新奇的思想（Gillespie, Stuart. "Lucretius' Renaissance," *Renaissance Studies*, Vol. 27, No. 5, 2013, pp.765—769）。《物性论》第四卷，明确反对自然目的论，创造出了身体的器官，是为了相应的用途。如"舌头的发生远远早于语言和谈吐，而耳朵被创造也远比任何声音之被听见为早，而所有的器官，都是先于他们的使用而存在的"，诗的这种技艺的创作并不和绘画、雕塑一样具有目的的单一性，而是在使用中人们逐渐认识了诗歌的目的。详见［古罗马］卢克莱修《物性论》，方书春译，商务印书馆1981年版，第235—236页。
　　②［古罗马］卢克莱修：《物性论》，方书春译，商务印书馆1981年版，第51页。
　　③［古希腊］亚里士多德：《诗学》，陈中梅译注，商务印书馆1996年版，第28页。恩培多克勒（Empedocles, 495—435 B. C.），出生于古希腊西西里岛的自然哲学家。他在自然哲学宇宙论强调所有的事物都是由土、火、水和空气四种不同的元素组成，在毕达哥拉斯所说的爱与恨的两种力量之下相聚与分离。"四根说"是希波克拉底（Hippocratic, c. 460—370 B. C.）人体体液性论的基础，后来成为罗马哲学家的体液性格论的基础。恩培多克勒的哲学思想留存在世的残篇，法国罗曼·罗兰（Romain Rolland, 1866—1944）的随笔《恩培多克勒·斯宾诺莎的光芒》（赵英晖译，上海人民出版社2013年版）中有收录。

这个难题找到了美妙的答案。①卢克莱修将哲学家比作医生，用诗歌进行创作，就像为了给孩子治病而将杯子口抹上蜂蜜。创作的故事本身是痛苦的，却能帮助人们认识人的一生。他在《物性论》第二卷"无限多的世界"中明确否认了上帝是宇宙的制造者，而认为人类是天地融合的产物："我们都是由天的种子而来，万物共有同一个父亲，而那养育万物的大地的母亲，而当她从他取得湿润的雨滴的时候，就怀孕而生出它的雏类……因此，她正当地赢得了母亲的称号。"②对此，德莱顿毫不吝啬地赞美卢克莱修，认为他"即使不是处于罗马诗歌最伟大的时代，至少也是推动这个时代的前驱"，能够把"语言和思想都推到一个完美的程度，剩下的事情对于维吉尔来说就容易多了"。③

德莱顿受到卢克莱修诗学思想的影响，用一种更加开阔的心境，对待哲学与诗歌，强调诗歌这种文体本身带给人们的愉悦和幸福，对莎士比亚语言的魅力给予充分的重视，肯定与赞美人物的思想与语言的一致性。对此，约翰逊也高度赞誉，"除了斯宾塞可以与他相媲美之外，莎士比亚是第一个发现英语可以如此柔和，变得流畅而又具有韵律美"。④因为莎士比亚戏剧表达人物即时表达思想对话的语言形式多采用散文和无韵诗。散文和无韵诗是自然的语言的特征。韵文与无韵诗最大的区别并不仅仅在于是否押韵，而是诗行的格律没有严格的要求，字数可以随情况进行变动。这就在很大程度上使音韵变化成为可能，不像马洛的

---

① [古罗马]卢克莱修：《物性论》，方书春译，商务印书馆1981年版，第50—51页。卢克莱修的《物性论》只有到了1650年才有法语的全译本，而1656年埃尔文（John Evelyn, 1620—1672）的英译本翻译了第一卷，1677年的匿名法语译本和1682年托马斯·克里奇（Thomas Creech）的第一个英文全译本，1685年的法语译本和德莱顿的英译本。德莱顿在1685年出版《卢克莱修选集》（*The Selections of Lucretius*）的时候，在欧洲大陆已经有三个全译本，其中两个是法语译本。

② [古罗马]卢克莱修：《物性论》，方书春译，商务印书馆1981年版，第118—189页。这样的观点与柏拉图被视为宗教的精神背景不一样，属于异教徒中与基督教思想背道而驰的。作为宫廷桂冠诗人，对于这样的著作翻译的态度肯定是谨慎的，在科学家都认可的情况下，卢克莱修的作品才被翻译为英文。

③ John Dryden, Preface, *Fables: Ancient and Modern, translated into Verse, From Homer, Ovid, Boccace, & Chaucer*, With Original Poems by Mr. Dryden, London: Printed for Jacob Tonson, 1700.

④ Samuel Johnson, "Preface to Shakespeare", in Walter Raleigh ed., *Johnson on Shakespeare*, London: Henry Frowde, 1908, p.40.

"雄浑无韵体"，或者是乔叟的"双韵体"对思想产生制约。莎士比亚的无韵诗，经常以双音节词或三音节词为结尾而产生变化。莎士比亚的语言风格，不仅使普通人的身份引起人们的注意，而且更加适合行动和对话。

（三）寓教于乐原则蕴含的英语语言哲学表达力

作为桂冠诗人和查尔斯二世的御用历史学家，德莱顿对于英语语言的表达力表现出了空前的关注，对于英语作为诗歌的语言表现出的魅力尤为赞赏。

事实上，德莱顿致力于提高英语语言的哲学表达力，使其能够具有像拉丁语和法语一样可以表达哲学思想的努力，也契合了莎士比亚在《哈姆雷特》中表达的语言哲学思想。莎士比亚借用克劳底斯之口，阐释了语言和思想之间的关系，"没有思想的言语永远不会上升天界"，有了思想的语言则能够借助"诗歌女神柔和的语声"传达给读者。[①] 而德莱顿之所以产生这样的想法是因为在成为英国的桂冠诗人或是皇家历史学家之前，他曾在 1664 年拥有一个短暂的成为英国皇家学院英语语言促进会委员的机会。[②] 当时，被推举为英国皇家学院的成员是凭借纪念克伦威尔（Oliver Cromwell, 1599—1658）的作品，在文学界已经具有一定的名气。

事实上，一个诗人只有做到语言与思想的和谐一致，读者或观众的心神才能停留在他的诗句上，了解形形色色人物的本性。虽然德莱顿倾向于用时代的韵文表达古代的或者外国的思想，尤其是在翻译《维吉尔作品集》（*The Works of Virgil in English*, 1697）和《物性论》（*The Nature of Things*）时都采用韵文的方式进行表达，但是他对英语和拉丁语之间的差异非常敏感，提倡英语语言非韵文的哲学表达力，被蒂娜

---

① ［古罗马］卢克莱修:《物性论》，方书春译，商务印书馆 1981 年版，第 51 页。

② 1663 年 5 月 20 日，英国皇家学院公布的以无记名投票方式当选的学院成员中有德莱顿的名字，而在 1664 年英国皇家学院成员要成立英语语言促进委员会公布的候选人名单中，也有德莱顿的名字。这个语言委员促进成立的目的，是促进用英语进行哲学写作，也就是说旨在提高英语的哲学表达力（Birch 249, 499）。

（Skouen Tina）称为"英国批评家之父的声音智慧"。①因此，德莱顿不仅是在自己的作品中，并且在对文艺复兴时期的作家进行批评的时候，也将英语与拉丁语的使用作为评价作家的第一要素。

德莱顿认为莎士比亚的英语对英语语言的发展具有重要的作用。不精通拉丁语和希腊语不是莎士比亚的缺点，而是他无人可以比拟的优点。莎士比亚用英语进行创作，不需要在拉丁语和英语之间选择和犹豫"拉丁语还是英语"这个问题。因为在文艺复兴时期只有到了大学阶段才能深入学习希腊语与拉丁语，在文法学校的希腊和罗马，课程教育主要是阅读和修辞，莎士比亚的确不能像在牛津大学受过教育的人一样，熟练地阅读和借鉴拉丁语或希腊语的表达方式，甚至是用拉丁语进行写作，更达不到英国托马斯·莫尔（St. Thomas More, 1478—1535）用拉丁语完成《乌托邦》（*Utopia*, 1516）的水平。然而，他对拉丁语和希腊的作家或是诗人并不陌生，偶尔在他的作品中出现一两句拉丁文，也是很正常的现象。

在德莱顿看来，莎士比亚超越本·琼森对英国语言发展的贡献，符合语言史发展的基本规律。莎士比亚的修辞学知识和文学知识，并不是直接来自对荷马的模仿，或是希腊的悲剧，或是喜剧诗人，而是来自希腊罗马时期古典著作的英译本。②而与他同时代的本·琼森喜欢采用互文的创作方式，在自己的作品中旁征博引，以表达对古典的热爱和联系。他不借助自己的博学在英文中找到习惯用语，而是将熟悉的希腊和罗马古典诗人的作品的希腊语和拉丁语英译到自己的作品中。

用德莱顿的话来说，"琼森从他们的作品中勇敢地借鉴，作品的整体风格，似乎是罗马风俗呈现在我们的面前，把英语罗马化了，将他与维吉尔相提并论称为得体的诗人（the more correct poet），而莎士比

---

① Skouen Tina, "The Vocal Wit of John Dryden", *Rhetorica: A Journal of the History of Rhetoric*, Vol. 24, No. 4, 2006, p.371.

② 在英国第一个翻译《荷马史诗》的是乔治·查普曼（George Chapman, 1559—1634），他从1598年开始分期出版，直到1616年才出版了《荷马全集》（*The Whole Works of Homer: Iliad and Odyssey*, 1616）。当查普曼的译本出版完成的时候，莎士比亚已经回到了家乡斯特拉福（Stratford）。

亚则表现出了更大的智慧"。①因此，他将莎士比亚对英语的贡献置于琼森之上，可与荷马（Homer）、卢克莱修（Titus Lucretius Carus, c. 99—55 B. C.）、乔叟（Geoffrey Chaucer, 1343—1400）和但丁（Dante Alighieri, 1265—1321）等作家相媲美，用自己熟悉的生活中的语言进行创作，使自己熟悉的母语成为文学表达的语言。琼森的语言贡献可等同于希腊诗人普鲁塔克、罗马诗人维吉尔（Publius Vergilius Maro, 70—19 B. C.）和贺拉斯、意大利诗人薄伽丘（Giovanni Boccaccio, 1313—1375）以及英国诗人斯宾塞（Edmund Spenser, c.1553—1599）等，促进了母语的词汇和语音的发展和完善。

莎士比亚对于语言的最大贡献，就是像贺拉斯一样，能够赋予普通的词汇新的意义。按照贺拉斯给皮索（Piso）父子的建议，"已经懂得写什么的作家，去生活中到风俗习惯中寻找模型，从那里汲取生活的语言吧"，去体验生活。②因此，作为演员、剧场的股东和剧作家，莎士比亚的优势在于非常熟悉他生活的环境和观众的品位，他的语言来自生活而高于生活，"偶尔也会使用一些粗俗的语言，而戏剧中的大多数低俗的语言是演员们或者校对者添加的"。③他凭借博大的心灵创作的历史剧，使英国的历史和历史英雄"居庙堂之高则忧其民，处江湖之远则忧其君"的家国情怀，跃然在舞台之上。

因此，德莱顿的寓教于乐原则，不但具有伦理特质，而且是人物性格系统论的基础，蕴含着深刻的语言哲学思想，是新古典主义时期莎评思想的核心。

二　德莱顿的莎士比亚戏剧人物性格系统论

德莱顿在《论戏剧诗》中提出戏剧人物的塑造是英国戏剧家为世界

---

① John Dryden, *An Essay of Dramatic Poesy*, ed., with notes by Thomas Arnold, 2nd ed., Oxford: Clarendon Press, 1879, p.67.

② ［古罗马］贺拉斯：《诗艺》，杨周翰译，人民文学出版社1962年版，第154页。

③ Alexandrea Pope, "Preface to the Works of *Shakespeare*", in Pat Rogers ed., *Alexandrea Pope: Major Works*, London: Oxford University Press Inc., 1993, p.193.

戏剧的发展做出的重要贡献，更是莎士比亚超越英国其他作家，特别是现代作家的关键因素，并在改编的《特洛伊罗斯与克瑞西达》前言中，提出了几乎可以与亚里士多德的情节论相媲美的、有机的、动态的、综合的人物性格批评框架。①

德莱顿使用"manners"定义性格："人物身上先天或者是后天的某些倾向，那些倾向在戏剧中推动或者是带动我们去做好的、坏的或者不好不坏的行为；或者说，那种使得人物去做那种行为的东西。"②从德莱顿所做的论述来看，戏剧人物性格中有某种倾向的东西，包括自然和社会两个方面的多种因素。对于一个由多种因素决定人的性格，随时都在发生变化的人，尤其是对于人的性格的伦理纬度认识，还是处于一个动态变化的程度的时候。对于人的认识，其实都有其自身的局限性。具体体现在以下三个方面：人物性格的多样性；性格真实自然，如同镜子中的自己一样；性格的优缺点要得当。③

德莱顿在评价莎士比亚戏剧人物性格的时候，并没有将社会因素置于第一位。也就是说，德莱顿并没有强调人物的类型化，而是强调了自然因素中人类共性的激情，一种表现在人物身上的愤怒、爱情、野心、嫉妒、复仇等情绪。

由此可见，德莱顿所阐释性格的具体内涵包括三个方面的特征。第一，个性特征（Character），是个体的、是与生俱来的。是一种比较稳定的、由很多因素组成的富于变化的部分。第二，品格风尚（manners），是人物的社会中做出的普遍的反应，有时候会表现出一种民族和时代的特征。比如，在法国传奇文学中，骑士为了尊重女人的

---

① 两个世纪之后，最经典的著作就是浪漫主义时期布拉德雷（Andrew Cecil Bradley, 1851—1935）的《论莎士比亚的悲剧》（1905），该书内容莎士比亚戏剧人物研究的一种开始。在希腊戏剧中，一个人物与一种性格联系在一起，在《仙后》（The Faerie Queene, 1590—1595）中以十二种美德为骑士们起了名字，将一种品质命名为一个骑士的名字，一个人对应一种性格，使用了讽喻的手法创作了英国历史上最长的韵文和诗章。事实上，德莱顿和蒲柏都创作了戏剧，他们对于文学人物的个性化更加重视，而约翰逊则是散文家或词典学家，他对人物的普遍性更加关注。

② John Dryden, Preface, *Troilus and Cressida, or Truth Found Too Late*, London: Printed for Jacob Tonson, 1679.

③ [法] 布瓦洛：《诗的艺术》（修订本），任典译，人民文学出版社 2009 年版，第 54—56 页。

爱，奋不顾身地努力，就是一种高贵的品德，但如果进行道德评判，这种品德在其他的国家就不是正常的。第三，气质类型（temperament），是超越民族、年龄、身份的，但是，并不是约翰逊所说的一个人，就代表一个类型的人物。因此，性格来自遗传或者是生活环境等，也是人物个性化的体现。因此评价诗人模仿自然的社会因素，也就是人物与年龄、品质、国家或者社会地位等是否相适应，与亚里士多德所说的要一致原则或贺拉斯所说的得体原则基本是一致的。

由此可见，德莱顿在英国戏剧传统，尤其是莎士比亚的戏剧人物性格系统中找到了与希腊罗马文学批评思想中的人物论相一致的原则，其中蕴含着丰富的思想。虽然人物性格塑造不是亚里士多德诗学的第一要素，但是对于人物性格的研究，一直是希腊诗学的重要组成部分，尤其是他的学生、朋友泰奥弗拉斯托斯进行的描述性的研究，并没有对这些人物的善恶进行评价，而是对这些人物的行为进行了归类性的描述，如他塑造了爱蝇头小利的人，吃饭不吃饱、出门会跟朋友借钱、去看戏的时候会选择免费的演出等。这些人物生动形象，不是从他的一个行动，而是每一个行动中都有这样的共性。①

德莱顿的复杂的人物性格系统论，与荀子在《法行篇》中"子贡问玉"表达的思想是一致的，阐释了自然的醇厚与人工的单薄。荀子用君子比德的方式在玉中找到了各种丰富的内涵："夫玉者，君子比德焉。温润而泽，仁也；栗而理，知也；坚刚而不屈，义也；廉而不刿，行也；折而不挠，勇也；瑕适并见，情也；扣之，其声清扬而远闻，其止辍然，辞也。故虽有珉之雕雕，不若玉之章章"，从而阐释了德、情、辞三者共同存在的本质。②

---

① 英国小说家和批评家福斯特（E. M. Forster, 1879—1970）在《小说面面观》（*Aspects of the Novel*）中提出的圆形人物和扁形人物的基础，由多种因素影响的性格特征、天人相应的气质类型以及反映普遍人性的品行风尚。

Theophrastus, *Characters*, edited with introduction, translation and commentary by James Diggle，对三十种性格的人做了行为定义和举例。如，爱蝇头小利的人被称为 The Shabby Profiteer 的各种行为表现，第 64—157 页。

② 梁启雄:《荀子简释》，中华书局 1983 年版，第 398 页。

三　德莱顿的人物论与莎士比亚的命运观

在德莱顿的戏剧人物论中，悲剧人物的道德认知并不是推动情节发展的核心动力，而是人物性格外在的行为表现。也就是说，人物的性格和品格之间存在一种复杂的辩证关系。这种观点与亚里士多德的观点并不一致。在《诗学》中，悲剧主人公就是比一般人好的，他的命运的转折产生于他的过失，而不是人性中本质的恶。同样，性格和品格之间的关系并不需要刻意的区分。德莱顿充分认识到违背"三一律"而具有多重情节复杂的戏剧结构对于理解人物的性格、情感和命运的重要性，为此做了一个形象的比喻，认为这样的人物性格系统符合天体运行规律。

德莱顿对于莎士比亚戏剧人物命运的阐释，并没有依据善恶有报或性格决定命运的逻辑，而是将人物的命运置于一种"每个都有自己的轨道，虽然自转的方式不同，但是都围绕一个核心"的自然哲学观。[①]也就是说，在莎士比亚的作品中，悲剧、喜剧以及历史剧中主人公命运的转折，并不能用亚里士多德在《诗学》中所说的过失进行解释，而更多的来自人物性格这样的内在因素。这也是德莱顿戏剧人物论的最核心的思想，即性格决定命运。

人物的命运虽然由自己的性格决定，但是要在和周围人物的相互影响下逐渐表现出性格的多面性。因此，塑造复杂的性格与无常的命运需要多重情节，而不能像意大利或者法国戏剧那样简单的情节。尽管莎士比亚违背规则创作的戏剧，也吸引着法国新古典主义批评家，并从中发现了不规则的美，德莱顿找到了莎士比亚戏剧犹如天体运行的规律，具有多重的结构，对塑造人物性格具有重要的推动作用。因此，人物性格的复杂性使莎士比亚在创作中不可能保持一种定势的思维，要么是悲剧的严肃，要么是喜剧的谐谑，他将这两者有机地结合在一起，尤其是在那些注定是悲剧结局的作品中，写出了生命力和希望。

---

① John Dryden, *An Essay of Dramatic Poesy*, ed., with notes by Thomas Arnold, 2nd ed., Oxford: Clarendon Press, 1879, p.47.

由此可见，莎士比亚对于戏剧人物命运的态度认识是真实的，不是为了文体的纯洁性而像古希腊诗人塑造英雄或讽刺人性，而是将人性的多面性展现出来。

德莱顿与莎士比亚拥有的共鸣是对于死亡的认识。自亚里士多德以来，诗人一般将死亡置于叙事的部分，尽量不展现在舞台上，但是在莎士比亚的戏剧中，死亡主题在历史剧中与王朝更替的自然现象密不可分。帝王的更替是一种自然的过程，无论是明君还是暴君，都逃不过死亡的魔掌，亨利五世英年早逝，他浴血奋战打下的江山，瞬间成为国难的最大的推动力。还有像邓肯这样爱憎分明、礼贤下士的君王，被迷惑而失去了生命。再如，亨利六世答应在自己死后把王位传给格罗斯特公爵是不想让他重蹈覆辙，像兰开斯特家族一样背上谋权篡位的恶名，只是历史并没有按照他们预想的去发展。某一个人的一个行为就会使历史发展的车轮倾覆。面对死亡，无论是亨利四世还是亚瑟王子，好像没有任何的恐惧，这种能力好像如济慈（John Keats, 1795—1821）的"消极耐受力"（"negative capability, that is when that is capable of being in uncertainties, mysteries, doubts, without any irritable reaching after fact and reason"）。[1]

在莎士比亚的戏剧中，能够坦然面对死亡的，不仅仅是英雄的行为，就连一个个弱小的儿童也是如此。他们都在思考为什么而死亡，而死亡带来的是什么。只是在面对死亡的瞬间，人们的内心还是有一丝惶恐和忧郁，而这种忧郁，不仅哈姆雷特有，也是莎士比亚戏剧人物的点睛之作。在他们心中死亡并没有那么令人恐惧，而是更加提醒人们时间稍纵即逝，人生苦短。死亡主题的出现，往往是对于社会现实的一种思考和一种社会责任的感悟，苟且不是莎士比亚人物对于死亡的态度，勇敢地面对死亡才是他们拥有的态度，对他们来说，活得精彩、死得壮烈也是一种美。

---

[1] John Keats, *The Letters of John Keats*, ed., M. B. Forman, Oxford: Oxford University Press, 1931, p.193.

面对死亡，他们像伟大的思想家和诗人一样，具备在"混沌、神秘和疑惑之中，能够平静地探寻事实与理性的能力"。如，哈姆雷特在面对掘墓人高谈阔论的场景，无论是凯撒还是他的弄人，在死亡之后都是一样的命运，顿悟"该来的都要来的"话语。虽然不惧怕死亡，哈姆雷特依旧不能忘却身后的名声，要求朋友活下来为他向世界做个说明，最终得到了王子和战士一般葬礼的礼遇。同样，《亨利六世》中塔尔博特父子关于"死亡还是生存"的探讨，虽然没有哈姆雷特的那么富有哲学意味，但那是现实生活中需要真正面对的问题。他们用行动诠释死亡还有生命的延续的价值。生命应该以什么方式延续，这是一个值得深思的问题。

由此可推断，德莱顿基于莎士比亚的戏剧提出的人物论，具"情、事、理"三种特征。莎士比亚戏剧人物性格系统复杂，具有非凡的艺术感染力，戏剧人物与结构之间存在密切的关系。情节存在的意义不是依据遵守"三一律"这样的规则，而是通过命运变迁展现人物的情感和性格。通过情节，就会知道人物是一个什么样的性格。比如法国的戏剧情节简单一致，人物的性格也很容易推断出来。人们的性格是先天而成的，但是在后天中会随着环境的变化有相应的变化。在莎士比亚的悲剧中不是被神化了的英雄，也不是戴着理性面具的人，而是有着致命弱点的人类。因此，莎士比亚的悲剧和历史剧，直接剖析人性的弱点，不是古典戏剧的无心之过，而是有心为之。

德莱顿如此重视莎士比亚戏剧人物的艺术魅力，认为结构匀称的法国戏剧人物美丽而缺乏灵魂的原因，是法国戏剧人物形象与莎士比亚戏剧人物代表了人工艺术美与自然美多样性的对立，概而言之为"珉之雕雕不若玉之章章"。具体而言，法国戏剧模仿的人性不像结构复杂的英国戏剧那么全面，只是进行了某一个部位的特写，而不是通过复杂的性格系统，勾勒出人性的轮廓。他们塑造出的人物虽然美，更像是文艺复兴时期英国文学中的性格特写，而英国诗人通过错综复杂的故事情节和惟妙惟肖的心理描写，将人性的百态而不是性格特写搬上了伦敦大众剧场的舞台。虽然德莱顿认为英国戏剧，尤其是莎士比亚的戏剧，在塑造人物的情感和思想方面远远超越了结构规范、语言优美但是单调无味的法国戏剧，但是他关于莎士比亚戏剧人物性格系统的认识，在某种程度上，并没有超越布瓦洛关于喜剧诗人要想成名，需要钻研自然人性的观点。

总之，德莱顿基于寓教于乐原则形成的戏剧人物论，阐释了复杂的人物性格需要复杂的戏剧结构，对蒲柏的莎评思想产生了重要的影响。蒲柏在编订的《莎士比亚戏剧集》（1725）中再次提出莎士比亚的戏剧遵循自然法则，具有哥特式的庄严肃穆的审美特质。

第二节 自然法则与戏剧结构论

蒲柏在《莎士比亚戏剧集》序言开篇则明确表示，"虽然无意对莎士比亚进行评价，但是对于任何一位作家来说，可以借此了解我们的民族的判断力和趣味"。[①] 他在两年单调的编订过程中，通过莎士比亚的戏剧，对于伊丽莎白时期的文学趣味和民族特征有了深入的了解。

早在文艺复兴时期，菲利普·锡德尼（Philip Sidney, 1554—1586）的《诗辩》对英国戏剧创作中违背"三一律"等规则的普遍现象进行了探讨，提出英国的悲剧和喜剧既不遵循道德教化原则，也不遵循艺术原则，即使《高波德克》（Gorbuduc, or Ferrex and Porrex）充满了道德教训，但是在与戏剧情节密切相关的时间和地点方面是错误的，"本应该是在舞台上呈现一天一个地方一个故事，却出现了人为构思的很多天很多地方"[②]。此后，为违背"三一律"的作品进行辩护，成为英国批评家

---

① Alexandrea Pope, "Preface to the Works of *Shakespeare*", in Pat Rogers ed., *Alexandrea Pope: Major Works*, London: Oxford University Press Inc., 1993, p.183.

② Sidney, Philip, "An Apology for Poetry", in David H. Richer ed., *The Critical Tradition: Classic Texts and Contemporary Trends*, Boston and New York: Bedford/ST. Martin's, 2007, p.203.

的重要任务。探究背后产生的缘由则是仁者见仁，智者见智。

对于艺术法则的认识，新古典主义批评家既有传承也有创新。蒲柏探讨是否应该遵循艺术法则的时候提出遵循具有丰富内涵的自然法则。具体而言，就是一个作家的作品，是一个时代的写照，是一个民族的特征，同时还有个人的要素结合在一起。也就是说，所谓的自然法则，是由多种要素相结合形成的。

一 蒲柏自然法则形成的渊源

（一）时间法则

蒲柏关于自然法则与人为法则的区别，契合了莎士比亚的艺术本质论。因为宇宙万物，只有在时间面前，一切都会改变，或者春光灿烂，或者热情孤独，或者冷漠。蒲柏在《田园诗·冬季》最后的结尾，论述人、自然和诗歌之间的关系的时候，有这样的论述："凛冽的北风吹，自然都在衰落，时间征服一切，我们应该遵循时间的法则。"[①] 同样，莎士比亚在《冬天的故事》第四幕第三场中波力克希尼斯和潘狄塔的对话，对此有一个清晰的解释。在讨论自然界的花儿与人们的年龄和季节之间的关系时候，潘狄塔将康乃馨与斑石竹称为最美的花卉，因为其不是在乡村自然生长表露出的一种不屑一顾的态度。

> 即使是这样的话，那种改进天工的工具，正也是天工所造成的；因此，你所说的加于天工之上的人工，也就是天工的产物。你瞧，好姑娘，我们常把一枝善种的嫩枝接在野树上，使低劣的植物和优良的交配而感孕。这是一种改良天然的艺术，或者可说是改变天然，但那种艺术的本身正是出于天然。（《冬天的故事》第四幕第三场）

由此引发了关于人为艺术与自然之间关系的大讨论，能够被称为自

---

① Alexandrea Pope, "Winter the Fouth Pastoral or Daphne to the Memory of Mrs. Tempest", in Pat Rogers ed., *Alexandrea Pope: Major Works*, London: Oxford University Press Inc., 1993, p.17.

然的并不是完全的本真，而是经过了人为的艺术技巧。文学作品，本来就是人为的成就，就像是嫁接的花儿，其本质并没有发生变化。

（二）文化传统

进一步说，艺术规则也不仅仅受到时间和地点的制约，还受到诗人所处的文化传统的影响。蒲柏通过对比"英国与法国诗人对于规则的态度"，认为遵循规则对于法国诗人来说并不是一种刻意而为的行为，而是一种"印随行为"。也就是说，在法国成长的诗人对于这种行为是习得的，或者是天生就有的。因此，那种优雅的、有秩序的花园结构，是法国民族的一种集体无意识的审美，而并非个人行为。相比之下，英国的诗人对于规则，尤其是古代规则，或者是外来的规则，态度则截然不同，他们并不会盲从。

蒲柏通过对比英国诗人和法国诗人的特征，尤其是以莎士比亚为代表的文艺复兴时期的英国诗人，勾勒出了一种不拘小节、不囿于规则、具有开拓进取精神的诗人形象。这种豪放的文学风格与此后法国浪漫主义诗人斯达尔夫人（Madame de Stael, 1766—1817）在论《北方文学》中的忧郁沉静的形象截然相反。斯达尔夫人在割裂北方文学和南方文学传统的关联中，找到了理解莎士比亚和他所处时代的文学密码：国家地理和民族伤痛。她提出英国文学是从莪相为代表的北方文学的哲理睿思中汲取了营养，而不是像意大利文学，从希腊荷马为代表的南方文学的浪漫传统而来。① 她从文学地理学的角度，将莎士比亚作品中的忧郁作为英国文学传统的一部分来认识。

（三）文学传统

蒲柏在《莎士比亚戏剧集》的序言中，对使用希腊、罗马或是法国等外国的艺术规则评价英国文学作品的做法十分反对。他认为用外国规则来评价莎士比亚作品，犹如"使用外国的法律来约束本国的公民"既不可行，也无价值。

蒲柏认为莎士比亚"与其说是自然的摹仿者，不如说是自然的代言

---

① ［法］斯达尔夫人：《论文学》，徐继曾译，人民文学出版社 1986 年版，第 145—152 页。

人"，所以需要探讨他戏剧创作背后的影响因素和内在规律。他将那些把握着希腊规则不放而忽略自然的人比作假医生，"那些假医生，根据医生的方子就行使医生的职责，鲁莽地践行着错误的规则，结果开药、用药，竟然说他们的主人们愚蠢"。①

蒲柏所提及的规则就是法国布瓦洛提出创作要符合"一天一地一个行动"原则，增加了戏剧审美的时间和空间限制，成为一个封闭的三维立体结构。因此，剧作家既不能像古希腊戏剧家一样，在剧情清晰明朗的情况下进行长度的扩展，也不能用具有突转和发现的复杂结构进行布局，而是"要把情节的发展逐场地增高，在最高度的时候轻巧地解掉，开始不让观众了解主题，而是先设置各种谜团，然后把秘密突然揭破，创造一种惊奇的感觉"。②

"三一律"作为一种能够规范戏剧结构的法则，对戏剧情节结构肌理的审美标准也具有重要的意义，体现了文体美依赖的两个要素体积和安排标准的变化。莫里哀和高乃依一方面自觉依据规则进行创作，另一方面也承认存在的束缚，有时候也会违规破格。莫里哀尽可能遵守"三一律"，在题旨本身需要另一种安排的时候，他决不勉强自己，致使《熙德》受到法兰西学院的批评，被沙坡兰撰文《法兰西学院关于悲喜剧〈熙德〉对某方所提意见的感想》作为违背规则的代表，而高乃依的《论时间、地点和行动的整一》的发表则是公开对抗法兰西艺术学院武断要求作家遵守由希腊、罗马衍生的创作规则。

人们不仅可以发现"三一律"在英国戏剧传统中有破格现象，就连与莎士比亚同时期的西班牙戏剧诗人洛佩·德·维加（Lope de Vega, 1563—1635）和喀德隆（Calderon）也因创作了"一天演完的戏里可以包括许多年，在粗糙的演出里时常有剧中的英雄开场是黄口小儿终场是白发老翁"的戏剧，被称为"庇利牛斯山那边的诗匠"。③众所周知，莎

---

① Alexandrea Pope, "Preface to the Works of *Shakespeare*", in Pat Rogers ed., *Alexandrea Pope: Major Works*, London: Oxford University Press Inc., 1993, p.184.

② ［法］布瓦洛：《诗的艺术》（修订本），任典译，人民文学出版社 2009 年版，第 14—34 页。

③ ［法］布瓦洛：《诗的艺术》（修订本），任典译，人民文学出版社 2009 年版，第 32 页。

士比亚也创作类似的戏剧，比如《冬天的故事》《泰尔的亲王》的时间跨度长达十几年。也有一些作品，如《罗密欧与朱丽叶》将三年的时间缩微为三天的时间。

早在《论批评》中，蒲柏就对莎士比亚和琼森进行了对比，阐释遵守古典规则与艺术成就之间并不存在必然的联系，甚至是适得其反。虽然"莎士比亚只是为了挣钱而不是获得荣耀，放飞梦想，依据自己的心愿成为永恒的诗人，而琼森，贫穷与衰老相伴，没有获得生活的荣耀，最终贫困终老"。① 因此，只有遵循自然的时间法则，而不是自法国新古典主义批评家布瓦洛提出的严格遵照"三一律"的法则，才是艺术能够获得永恒魅力的真谛。

二　自然法则与莎士比亚的日晷时间哲学

蒲柏的"自然法则"之说，蕴含着莎士比亚的大历史时间观。莎士比亚对于"三一律"规则的态度，不能仅从英国诗人的民族身份来说，更应该从文艺复兴时期的计时器和时间哲学，即日晷时间哲学进行探讨。莎士比亚进行戏剧创作不遵循"三一律"的原则，有一个非常重要的因素，就是在他生活或者创作的时期，基于日晷时间哲学的长时段时间标尺，与由卡斯特尔维特罗制定"三一律"依据机械钟表的时间观形成鲜明对比，反映在文艺复兴时期戏剧诗人的作品中。此后，浪漫主义诗人在莎士比亚的戏剧中发现了契合 19 世纪关于过去、现在和未来思考的日晷时间哲学，人为理性审美原则不应该成为束缚诗人创作灵感的枷锁。

从 19 世纪末期开始，研究日晷计时器的学者逐渐关注文学作品中与日晷时间哲学相关的隐喻和典故。斯巴克曼·亨利·斯宾塞（Spackman Henry Spencer）在《影子计时器：日晷历史》（*The Timepiece of Shadows: A History of the Sundial*）中提道："文艺复兴时期日晷测时在众多领域都处于重要的地位……莎士比亚等诗人广泛运用关于日晷的典

---

① Alexandrea Pope, "Preface to the Works of *Shakespeare*", in Pat Rogers ed., *Alexandrea Pope: Major Works*, London: Oxford University Press Inc., 1993, p.60.

故。"① 半个世纪以后，哈里奥倾向于将《皆大欢喜》中的试金石视为时间哲学家的形象，在第三幕第二场当奥兰多为迟到辩解时说"森林中哪里来的钟"，以及罗瑟琳高谈阔论地发表了时间的脚步因人而异的观点，成为哈里奥（Jay L. Halio）论证莎士比亚时间观的依据。

后来到了 21 世纪，随着对戏剧中弄人或小丑研究的深入，有些英美学者将日晷作为试金石的弄人身份增加一点佐证，而伯明翰大学蒂芙尼·斯特恩（Tiffany Stern）则给出了另一种观点。杰奎斯讲述试金石探讨日晷时间，一方面是讽刺那些装模作样讨论时间的弄人，另一方面是取笑那些携带日晷来剧场的观众。② 日晷只有在阳光下才可以看到时间，而剧场内的光线暗淡或者是观众的遮挡，根本看不到太阳的影子。这种现象的产生源于日晷不仅远离现代人们的日常生活，而且在线开放数据库进行词频检索发现，"在莎士比亚的戏剧中 sundial 或者 dial 共出现 9 次，远远低于钟表 clock 的 33 次"。③ 由此可见，试金石不仅将严格的宫廷和城市时间意识带到了无时间意识的田园理想生活亚登森林，而且是"这部戏剧的计时器"。④

莎士比亚塑造的试金石，并非完全出于想象，而是根据托马斯·洛奇的传奇小说《罗瑟琳》（*Rosalynde*, 1590）开篇中老骑士给儿子们的教诲"时间是友谊的试金石"（let time be touchstone of friendship）塑造的讽喻人物。⑤ 他所持的日晷计时器，则来自盖尼米德（Ganymede）与罗萨德（Rosader）对话中提到的身体时钟："现在是太阳最温暖的时候，是正午时间，用我们牧羊人的话来说，这是吃饭的时间了，太阳

① Spencer, Spackman Henry, *The Timepiece of Shadows: A History of the Sundial*, New York: W.T. Comstock, 1895, p.41.

② Tiffany Stern, "Time for Shakespeare: Hourglasses, Sundials, Clocks, and Early Modern Theatre", *Journal of the British Academy*, No. 3, 2015, pp.12-13.

③ Paula S. Berggren, "Shakespeare and the Numbering Clock", *The Upstart Crow*, Vol. 29, 2010, p. 45.

④ See also Jay L. Halio, "'No Clock in the Forest': Time in *As You like It*", *Studies in English Literature, 1500-1900*, No. 2, 1962, pp.197-203.

⑤ W.W. Greg, ed., *Lodge's "Rosalynde": Being the Original of Shakespeare's "As You Like It"*, London: Chatto & Windus, 1907, p.4.

和胃就是牧羊人的时钟。"[1] 在这个对话中，太阳和胃都可以代表自然计时器。不仅如此，以太阳作为时钟的对话，在莎士比亚《冬天的故事》中也出现过。潘狄塔在波希米亚牧人村舍前的草地上对弗罗利泽所说："只要有太阳的地方，就会有同一的太阳照着他的宫殿，也不曾避过了我们的草屋；日光是一视同仁的。"（第四幕第三场）无论是在城市中的宫廷，还是在阿登森林这样的田园环境，日晷或太阳，都作为一种不可替代的计时器存在。

在《皆大欢喜》中，莎士比亚通过杰奎斯与老公爵的对话，用寥寥数语塑造了试金石这样一个时间哲学家的形象。杰奎斯，另一个哈姆雷特式的忧郁者和时间哲学家，把试金石叫作"傻子"，说他"对时间发挥一段玄理"，说他"有深刻的思想"，说他"高贵""可敬"，表面听来是调侃和笑话，事实上是剧作家暗示一个自然的人如何看待和把握时间（第二幕第七场）。从这个角度来看，试金石的种种思想中含有对时间的认识，自然他所用的日晷是有意义的。试金石携带的旅行者日晷通常是一种环形结构，一般放在口袋中，称为袖珍日晷（pocket dial）。[2] 这种日晷从形状来看，很容易与现代意义上的手表混淆。因此，朱生豪先生将 dial 译为"一只表"（"他从袋里掏出一只表来，用没有光彩的眼睛瞧着它"，第二幕第七场）。试金石沐浴着阳光，借助日晷上太阳影子的变化，探寻生命和宇宙的变化规律，看着日晷不无感慨地说："现在是十点钟了，我们现在从这里可以看出整个的世界是如何变迁的，一个小时前不过是九点，一个小时之后便是十一点钟了；照这样一小时一小时过去，我们越长越老，越老越不中用。"（《皆大欢喜》第二幕第七场）这种感叹，与其说是谐谑，不如说生动地表明了日晷作为一种文化符号，在社会生活中具有深邃的哲学意蕴。

---

① W.W. Greg, ed., *Lodge's "Rosalynde", Being the Original of Shakespeare's "As You Like It"*, London: Chatto & Windus, 1907, p.85.

② 参见 Claudia Kren, "The Traveler's Dial in the Late Middle Ages: The Chilinder", in *Technology and Culture*, 1977(3): 419—435. 旅行者日晷最大的优势就是可以确定纬度，而使用者不需要确定子午线，而是根据水平面上太阳的高度来确定时间和方向，这种日晷还有另外一个名字: "hanging dials for travelers"。

　　试金石推理生命和宇宙的变化规律的思考，不仅反映了文艺复兴时期的人生哲学，也是莎士比亚戏剧创作遵循的大历史时间的象征，一种与机械钟表象征的理性美德不同的时间哲学。从拉丁语词源的角度来说，时间是（tempus），而节制是（temperantia），那么钟表的出现使人们对人为理性的期望达到了一个更高的境界。在大约 15 世纪，基督教的绘画中，作为美德节制的女性形象身边机械钟表取代了沙漏或者是水罐。这种形象表明"节制是一种个人品质和情感的融合"。① 这种认识之下，比萨安（Christine de Pisan）在一首诗歌中做了钟表与人体的隐喻，"人的身体是由很多部分组成的，是由理性调节的，可以用由好几个圆圈和尺组成的钟表表达"。②

　　因此，从试金石的日晷意象着手，观察、探讨莎士比亚戏剧遵循的时间原则可以洞察蒲柏认同莎士比亚高度赞誉日晷代表的时间哲学，并质疑机械钟表象征的人为理性。虽然在莎士比亚的作品中，机械钟表也有时间美德的具体形象，如《终成眷属》中勃特拉姆去世的父亲，被公爵赞誉为"他的尊严就像一具时钟，正确地知道在哪一分钟为了特殊的理由，使他不能不侃侃而谈，那时候他的舌头就会听从他的指挥……这样的一个人可以作为现在年轻人的典范"（第一幕第二场）。不过，对于大多数人来说，一旦离开了机械钟表、离开了城市和宫廷计时器，以遵守时间秩序为美德的绅士就会失去理性，《皆大欢喜》中的奥兰多便是一个经典的例证。他在失去父亲之后，即使在危机重重的城市和宫廷中，也能获得尊严和爱情，可一旦到了亚登森林，没有了机械钟表的外力制约，他便成了一个陷入爱情忧郁的青年，变得莽撞、敏感与不自信。他为了给老亚当一口救命的食物，挥剑面对老公爵的美味佳肴；为了寻找心爱的罗瑟琳，把诗刻在了森林里的每一棵树上；最后竟然同意了盖尼米得的要求，以替身的形式与他结婚。

---

① Adam Max Cohen, *Shakespeare and Technology: Dramatizing Early Modern Technological Revolutions*, New York: Palgrave Macmillan, 2006, p.28.

② See also Adam Max Cohen, *Shakespeare and Technology: Dramatizing Early Modern Technological Revolutions*, New York: Palgrave Macmillan, 2006, pp.38-39.

　　莎士比亚之所以对机械钟表持有讽刺的态度，是因为受制于制作技术，机械钟表的报时不那么准确，在有阳光的时候参照日晷进行校对成为钟楼看护人的日常工作。① 关于钟表校对一事，《爱的徒劳》中有一段精彩的对话。俾隆与国王一起立下只读书不恋爱的誓言之后，陷入爱情的迷茫，面对考斯塔德的质问，他将自己与桀骜不驯的罗瑟琳之间的爱情作了一个贴切的比喻："什么，我恋爱！我追求！我找寻妻子！一个像德国时钟一样的女人，永远要修理，永远出毛病，永远走不准，除非受到关注，才能走得准准当当。"（第三幕第一场）虽然俾隆的话是一种调侃，但反映了机械钟表需要通过日晷进行校对的真实情况。这种情况随着钟表制作技术的发展，"在 1650 年之后变得更加复杂"。②

　　《皆大欢喜》中对于日晷的赞美和对机械钟表的不屑一顾，也成为英国浪漫主义诗人批评法国新古典主义奉为圭臬的"三一律"的佐证。从他们的角度来看，日晷是自然的节奏，是一种大历史的时间哲学；机械表与新古典主义者刻板的教条一样，如钉钉木，不能有任何弹性和余地。在他们的作品中，对日晷、太阳和自然不惜溢美之词，而对机械钟表则深恶痛绝。兰姆指责"机械钟表是没有生命的东西"③，而罗伯特·骚赛（Robert Southey）则通过国家和日晷运行的自然秩类比，得出了试金石的日晷"是最完美的计时器"的结论。④ 在浪漫主义诗人看来，心之所至，则时间之所至，而不受机械钟表的呆板制约。莎评学者威廉·赫兹利特引用亨利六世坐在战场边上，幻想自己成为一个农夫，

---

　　① 事实上，在文艺复兴时期便携式日晷与机械钟表一起，成为保证社会生活正常运行的重要组成部分，准时是一种普遍认同的社会责任和美德观念。保罗·格莱尼和尼格尔·斯瑞福特对 14—19 世纪英格兰和威尔士的计时器做出的研究表明，在中世纪机械钟表出现之前，教堂、宫廷和政府能够依据日晷、沙漏和水钟的时间秩序运行。人们可以根据教堂不同的钟声，确定时间与活动的类型。See also Paul Glennie & Nigel Thrift, *Shaping the Day: A History of Timekeeping in England and Wales 1300–1800*, London: Oxford University Press Inc., 2009, p.144.

　　② Paul Glennie & Nigel Thrift, *Shaping the Day: A History of Timekeeping in England and Wales 1300–1800*, London: Oxford University Press Inc., 2009, p.140.

　　③ Charles Lamb, *The Essays of Elia*, London: Oxford University Press,1893, p.192.

　　④ See also Marcus Tomalin, "The Most Perfect Instrument: Reassessing Sundials in Romantic Literature", *Romanticism*, Vol. 21, 2015, p.85.

一边牧羊，一边镌刻着日晷的舞台场景作为阐释浪漫主义时期自然时间哲学的佐证。如果从一个贵族刻制日晷场景的现实可能性来判断，的确如斯特恩所说，亨利六世幻想自己作为最下层的农民制作精美的、能够读出分钟数来的日晷是不可能的，因为"当时计时器是不能读出分钟来的"①。

不过，现实和文学之间存在步调不一致的地方。文学不仅仅描述已经发生的，还会描述应该发生的和可能发生的事情。按照亚里士多德的说法，文学是对可能性的描述。莎士比亚描绘的国王亨利六世镌刻日晷的场景，不仅是可能的，而且具有一定的前瞻性和预言性质。这个帝王在自己的国土上，幻想镌刻真正意义上的日晷地图的场景，在大约半个世纪之后得以实现。1610年，英国地图史上出现了一幅没有命名的日晷地图（*Ritter's outstanding "Sundial Map" linking time and geography*）。对此，地图史学家悉尼德（John P. Snyder）给予了高度评价："这个日晷地图，既可以读出准确的时间，也可以确定地理位置，而且还有经度和纬度的标注，可以精准地读出时差。"②从文学史的角度来说，这幅日晷地图可以与浪漫主义诗人济慈的《古瓮颂》相媲美，都属于无声的时间地图。除此之外，1872年有学者发现，英国主教罗伯特·赫奇（Robert Hedge）在1630年的手稿中将有声的人生图景幻化为天穹，一切开始变得安静与沉寂，日晷变成了永恒的时间地图，成为天穹的缩影：

> 日晷就是时间的可视地图，因此人们认为在阳光下与影子玩耍是愚蠢的。日晷，就是对白天的解剖，是太阳旅程的刻度尺。是时间无声的表达，没有日晷，白天就是哑口无言的……日晷是太阳讲述白天故事

① Tiffany Stern, "Time for Shakespeare: Hourglasses, Sundials, Clocks, and Early Modern Theatre", *Journal of the British Academy*, No. 3, 2015, p.3.

② John P. Snyder, "Map Projections in the Renaissance", in J. B. Harley and David Woodward eds. *The History of Cartography: Cartography in the European Renaissance,* Vol. Ⅲ. Chicago: University of Chicago Press, 2007, pp.379-380.

的一部书……最后，天穹就是一个巨大的日晷，而日晷只是天穹的一个缩影。①

另外，但丁也将太阳、人生和宇宙的变化规律融为一体："自然界的最大试着把天的力量传递到世界上，用它的光为我们计算时间……正在沿着螺旋形的路线上升，一天比一天出现的早一些。"②无论是亨利六世还是试金石，当他们描绘太阳影子轨迹的时候，既可以看到宇宙的运动规律，也可以看到个人和国家命运在世界大舞台上的运动轨迹，自然的时间运动也同步包含了人的运行轨迹。

如果说因远离钟表而失去理性的奥兰多，给观众和读者带来了更多对爱情的惊喜和崇敬，那么在历史剧《理查二世》和《理查三世》中，他则将机械钟表作为讽刺的对象，用钟表上的敲钟人和报时的钟声表达落魄的帝王或焦灼的心境。理查三世在拥有王位之后，傲慢地发起了一个关于时间的对话，把一心求赏赐、焦灼不安的勃金汉公爵比作钟表里敲钟的自动小人儿杰克（Jack）。理查三世傲慢地说："因为一面你在祈求，一面我要默想，而你却像那钟里的小人儿一样叮叮当当敲个不停，我今天无心封赏。"（《理查三世》第四幕第三场，方重译）

由此可见，莎士比亚戏剧遵循的时间法则是日晷时间哲学，而不是机械钟表的"三一律"；莎士比亚的独创性，与其说是借助自然意象表达思想，不若说他是自然的代言人，反映了伊丽莎白时期忧郁诗学的时代特征。换句话说，日晷时间哲学与伊丽莎白时期的忧郁诗学的融合，是莎士比亚戏剧超越其他诗人的根本原因。从某种程度上说，浪漫主义诗人对于莎士比亚大历史时间观的赞誉，是对蒲柏在《论批评》（1711）和《莎士比亚戏剧集序言》（1725）中提到的诗人应该遵循自然法则而不是人为法则的注释。这一点说明，从新古典主义到浪漫主义思潮的转换不是突兀的，日晷时间哲学可视为英国莎士比亚批评史上的纽带。

---

① Robert Hegge, "Heliotropum Sciothericum", in Alfred Gatty ed., *The Book of Sundials*, London: Bell and Daldy, 1872, p.116.

② ［意］但丁：《神曲：天国篇》，田德望译，人民文学出版社 2001 年版，第 78 页。

三 莎士比亚戏剧结构的哥特审美特征

蒲柏在《论批评》中对于遵守规则的戏剧进行了指责，因为有的诗人从"主题、情节、风格、情感和一致性"等都尽力符合规则，结果因为缺少一个战争的场面，"遭到了一个骑士的讽刺"。① 因为任何戏剧，并不是简单的一加一等于二的结果，每一部分的完美，代表着整个戏剧的感染力或者是效果。蒲柏强调规则不是人为设计的，间接否定了"三一律"——卡斯特尔维特罗基于亚里士多德的《诗学》中的情节"整一律"扩展出的一种规则。

蒲柏的看法与德莱顿在《论戏剧诗》中的"亚里士多德生活在他们的时代，也会有不同的想法"的观点基本一致。蒲柏认为莎士比亚戏剧时间和地点的转换根本不是问题，因为他不需要为"规则而实现规则"，更多的是能够吸引观众的注意力和取悦观众。对于蒲柏来说，英国诗人向来重视整体的艺术感染力，偶尔会忽略细节的部分。像莎士比亚的戏剧一样，在结构中有"恢弘的多样性"，同样也有一些无足轻重的部分。整体来说，美玉不可能无瑕。瑕不掩瑜，莎士比亚戏剧中的缺点并不能遮掩它的霞光。

按照严格意义上的时间规则来说，莎士比亚的作品中只有《温莎的风流女人》和《暴风雨》是遵循"三一律"的，而这两部戏剧，恰巧没有明确的来源，可以说属于作者的原创性作品。整体来看，《温莎的风流女人》与《暴风雨》之外，莎士比亚都采用长时段、大历史叙事的创作方法，将爱情故事置于广阔的历史背景之下，为观众展现将爱情、婚姻、家庭、国家和伦理融合在一起带来的更多、更为细致、更有深度的

---

① Alexandrea Pope, "On Criticism", in Pat Rogers ed., *Alexandrea Pope: Major Works*, London: Oxford University Press, Inc., 1993, p.26.

思考。① 当莎士比亚创作这种戏剧的时候，也不断地给观众一种审美引导。他在《亨利五世》中，以致辞者的口吻，呼吁观众需要发挥想象力才能跟上场景转换的速度。

莎士比亚的戏剧形散神聚，与遵守"三一律"的法国戏剧以及古希腊戏剧相比，富于穿插和多时空变化，多条线索交织在一起推动情节发展，介于《俄狄浦斯王》戏剧与《俄狄浦斯在科罗诺斯》之间。既不像索福克勒斯的《俄狄浦斯王》那样结构紧密，每个穿插都是自然而然发生的，符合可然律和必然律；也不像《俄狄浦斯在科罗诺斯》那样穿插式样的，每个穿插的故事之间是平行的，只能从人物之间的血缘关系和对权力的争夺来判断情节是否前后呼应。

莎士比亚的戏剧就像迷宫一样，尽管看到名字就能推知故事的结局，却不能清晰地预测故事的发展脉络，当你觉得迷失在其中的时候，结果又找到了终点。这种体验对于观众来说，增加了审美期待。如《哈姆雷特》，从挪威王子福丁布拉斯要为父复仇，到哈姆雷特为父复仇误杀大臣波洛涅斯，再到雷欧提斯为父复仇与克劳底斯合谋，完成了复仇的愿望，最终挪威王子替父亲收回了丹麦的君权，共有三条复仇线索，使情节扑朔迷离。

多线索交织也使故事的时空很难限制在一天一个地方一个故事的封闭框架中，而时空的变化也使多条线索的存在成为可能，莎士比亚的剧情的时间、地点和情节实现在更加恢宏的时空之中：

> 他的剧情活动地点是整个世界，与世界夸张的整一便是他的地点整
> 一；他的剧情活动的时间是永恒，与永恒相整一便是他的时间整一；而处

---

① 美国学者古德（Stephen Jay Gould）在他的《时间之箭，时间的年轮：地质年代时间发现的神话与隐喻》（*Time's Arrow, Time's Cycle: Myth and Metaphor in the Discovery of Geological Time*）一书中提出，地质年代的概念使人们对于"地球是年轻的，而人类是地球的主宰者"的观念面临巨大的调整，面对不可计数的地质时间，将"去除人类在地球的中心和巨人的成分"。这种去人类中心主义的研究，将人类的历史置于宇宙起源发展中，人们对历史的研究，也实现了从具体事件到超越民族、种族等个性特征普遍性特征的大历史观，而达尔文的生物进化论也是将人类的历史置于一种变化的过程中，才取得了历史性突破。

身于此二者之中的，即是那体现情节发展与戏剧动作的整一的、作为散发光辉的中心的他剧中的主角……他的主角是人类，这位主角……更多是两者兼备——伟大的侏儒，渺小的巨人；神样儿的人，人味儿的神。①

伏尔泰说莎士比亚的戏剧是"光华四射的怪物"，不过比循规蹈矩的法国戏剧可爱千倍，并且这种现象的产生有民族文化根源，英国人的诗歌禀赋，"就像大自然栽培下一株浓荫匝地的巨树，千枝万叶不择地而伸展、粗细不均匀却生机盎然地成长着。若悖其天性，硬要将它修剪成马尔里花园式的林木，它就会失去生命"。②

文艺复兴时期的英国舞台，不仅可以呈现古典主义和新古典主义奉行的一天二十四小时的叙述模式，也能够容纳莎士比亚的艺术风格。莎士比亚敏锐地发现了这一点，这也正是他的艺术的生命力所在，否则他不可能成为"永远的"（for all time）莎士比亚。

虽然伊丽莎白时期公共剧场演出时间，并没有非常严格地限制在两个小时以内，但是在狭小的舞台上即使呈现一天的真实场景也是不可能的，更何况改编自编年史、名人传和传奇小说等长时段复杂故事情节的戏剧。为了保证在两个小时左右的舞台表演情节的完整性，跳跃式的场景转换，还需要有一定的时间跨度，才能够呈现人物命运的过去、现在和未来，从而形成一个环形的、周而复始的运动轨迹。就像蒲柏在日夜研读荷马作品之后，发现了荷马、自然和规则之间的关系，他也基于莎士比亚的作品，找到了这种"形而上者为道"的创作原则在莎士比亚的作品中，不仅有个人的因素，更有时代和民族的特征。

具体说来，是莎士比亚为了适应英国观众的趣味而沿袭了英国戏剧传统，通过平衡历史与传记题材故事的完整性和舞台演出时间制约之间的矛盾，从而在大历史背景下勾勒出戏剧舞台上人物的性格和命运。事实上，把剧场可以看成一个圆圈的隐喻，在《皆大欢喜》之前的历史剧

---

① ［德］海涅：《莎士比亚笔下的女角》，温健译，上海译文出版社 1981 年版，第 8 页。
② ［法］伏尔泰：《哲学通信》，高达观等译，上海人民出版社 1961 年版，第 318 页。

《亨利五世》（1598）中出现过。这个漂亮的"木头圈子"可以在致辞者
的帮助下，飞越千山万水，纵览千军万马的恢宏战争场面。也就是说，
环球剧场的舞台是可以移动或飞翔的。致辞者一直在呼吁观众运用想象
力，才可以实现骏马奔腾，品味多年的事在短短的时间内完成的快感。
这种审美引导并不仅仅体现在历史剧中，试金石和杰奎斯的日晷和舞台
的隐喻也是给予观众、读者的引导。

　　莎士比亚并非不通晓"三一律"的时间制约，他更愿意为了观众的
趣味，冲破时间的束缚，让观众不会无聊。同样，在《冬天的故事》第
四幕引子中，时间作为致辞者讲述了莎士比亚戏剧不遵守时间的原因，
是为了能够讲新故事。

> 我令少数人欢欣，我给一切人磨难，
>
> 善善恶恶把喜乐和惊扰一一宣展；
>
> 让我如今用时间的名义驾起双翮，
>
> 把一段悠长的岁月跳过请莫指斥：
>
> 十六个春秋早已默无声息地过渡，
>
> 这其间白发红颜人事有几多变故；
>
> 我既有能力推翻一切世间的习俗，
>
> 又何必俯就古往今来规则的束缚？
>
> 这一段不小的空白就此搁在一旁
>
> …………
>
> 时间的消息到时候自会一一揭晓；
>
> 现在她认一个牧羊人做她的父亲，
>
> 她此后的运命不久时间便会显明。
>
> 诸君倘嫌这本戏无聊请不要心焦，
>
> 希望你们以后再不受同样的无聊！

　　因此，杰奎斯的"世界是个大舞台"的隐喻，是试金石通过回忆过
去、面对现在和展望未来，用两个小时来描绘宇宙和人生从成长到衰退

的变化规律。

不知道是否巧合，21世纪英国伦敦"伙伴"设计公司（The Part-ners）为环球剧院设计的新标识，一个颜色鲜艳的具有二十个边的多边形的圆圈，既是16世纪建成的原剧场的模拟，也是莎士比亚的大舞台剧场的一个模拟。一个是太阳的运动轨迹，一个是人生的运动轨迹，代表着生命和宇宙无限循环的周而复始，环形运动的轨迹。太阳落山，然后依旧升起，人生从出生到死亡，新的生命又开始周而复始地运动。

对蒲柏来说，戏剧本身也是人为的作品。只是"与那些规范的现代建筑相比，不规范的哥特风格的建筑带给人们的美和震撼才更加触动心灵，从而才能持久"。亚里士多德说，穿插的长短是区别史诗和悲剧的一个特征。根据钱伯斯的统计，从戏剧的长度来说，莎士比亚最短的是《错误的喜剧》，1777行，最长的是《哈姆雷特》，3929行；悲剧中最短的是《麦克白》，2106行，喜剧中最长的是《辛白林》，3339行，一般的戏剧都在2000行以上，远远超越了希腊戏剧的长度，即使是被称为穿插式的《俄狄浦斯王在科罗诺斯》也都有1779行，而《俄狄浦斯王》1530行、《安提戈涅》1353行。①

在伊丽莎白时期，戏剧创作作为文学的重要形式，除了消遣功能，寓教于乐、以史为镜的创作理念，并不罕见改编编年史、希腊罗马的名人传，以及流行小说和传奇等。从鸿篇巨制的编年史到大约只有两个小时的舞台演出，作者的取舍与选择，一般情况下，都会选择故事的完整性，通过"旁白"的方式实现跳转。

从莎士比亚戏剧创作的整体特征来说，改编材料的来源有三类：英国的编年史和君王传奇，普鲁塔克撰写的希腊罗马人物传记和"大学才子"等创作的传奇故事。如果将莎士比亚的创作历程以环球剧场建成作为一个分水岭，那么他早期震撼伦敦舞台的成名之作《亨利六世》三部曲的故事是以爱德华·霍尔（Edward Hall, 1497—1547）的《兰开

---

① E. K. Chambers, *William Shakespeare: A Study of Facts and Problems*, Vols. 2, London: Oxford University Press, 1988, Vol.2, p.398.

斯特和约克两大贵族的统一》（*The Union of the Two Noble and Illustre Families of Lancaster and York*, 1548）和拉斐尔·霍林希德负责编纂的《霍林希德编年史》（*Holinshed's Chronicles, also known as Holinshed's Chronicles of England, Scotland, and Ireland*, 1577）为蓝本创作的。

　　这种由长篇巨著改写为大约两个小时左右舞台故事的过程，对于一个刚刚涉足戏剧创作的莎士比亚来说，根本不可能拘泥于一天一个地点一个故事的写作框架。他早期创作的历史剧多以 *The Life and Death of King XXX* 或 *The Tragic History of King XXX* 命名，也预示着他创作的历史剧是一种纵观人物一生的长时段大历史叙事。环球剧场建成之后，早已经是演员和环球剧场股东兼作剧作家的莎士比亚，事业如日中天，不再拘泥于改编英国历史剧，而是以普鲁塔克的《希腊罗马名人传》为基础塑造了泰尔的亲王配力克勒斯、科利奥纳兰斯、雅典的泰门、凯撒、安东尼与克利奥特佩特拉等希腊罗马人物形象，同样也是以超越一天二十四小时的长时段叙述人物跌宕起伏的命运吸引观众注意力。

　　同样，从传奇小说改编的《辛白林》《冬天的故事》《皆大欢喜》《罗密欧与朱丽叶》与《特洛伊罗斯与克瑞西达》等，也是以大的历史背景为基础透视人物命运的变迁的。杰奎斯的"世界是个大舞台"的人生七个阶段论，不仅描述了人生各个阶段的特性，也展现了命运的共性。对于莎士比亚来说，舞台是一个既可以洞察人性之微，也可以刻画为线性的、充满艰辛的、布满百味人生影子的计时器，使多个充满悲欢离合的爱情故事交织在一起，表达了文艺复兴时期的另一种时间观。

　　德莱顿曾经在《论戏剧诗》中，将莎士比亚的历史剧排除出戏剧的行列，并且将他们称为对于"历史的可笑的缩微"，后来约翰逊也曾经为了论说的方便，指出"莎士比亚的历史剧可以另行考虑"。在这三位批评家中，只有蒲柏，将历史剧与悲剧的界限打破，根据改编材料的来源，将《李尔王》作为莎士比亚历史剧的开篇之作。这种写作方式与亚里士多德的《诗学》中所说的故事略有不同。在《诗学》中，在有了故事概念之后，作者要通过添加各种穿插，使他们联系在一起。这是一种将小故事，通过扩写的方式，添加人物，寻找突转或者是发现。

第三节　普遍人性论与悲喜杂糅体

　　普遍人性论，是约翰逊将法国批评家推崇的理性原则与德莱顿的戏剧人物论相结合提出的一种具有哲学范畴的批评术语。约翰逊研究莎士比亚戏剧中形而上的部分，即人的普遍行动原则，而浪漫主义诗人则研究形而下的部分，即人物的个性特征，两者的代表作分别是约翰逊的《序言》和赫兹利特的《莎士比亚戏剧人物》。由此可见，对于普遍人性与人物个性化的研究，是区别新古典主义时期和浪漫主义时期莎士比亚思想的主要特征，两者的关系可以借用中国古代哲学《易经·系辞》中的一句话来概括："形而上者谓之道，形而下者谓之器。"

　　人性，作为阐释莎士比亚及其戏剧艺术的核心内容，自英国新古典主义时期莎士比亚批评之始，在德莱顿的《论戏剧诗》（*An Essay of Dramatic Poesy*, 1668）与蒲柏的《论批评》（"On Criticism", 1711）和《论人》（"Essay on Man", 1734）中都有深刻系统的论述。不过，哲学家的论述更为精妙，各有不同。英国经验主义哲学家大卫·休谟（David Hume, 1711—1776）关于人性的探讨与法国哲学家笛卡尔的理性哲学有着根本的差别，并不将理性作为最高原则，而是将情感、知性与道德作为三个并列的结构存在。

　　因此，人性论，尤其是约翰逊时代的人性哲学的认识，是了解18世纪后期莎士比亚批评发展的要因。

一　约翰逊普遍人性论的内涵

　　关于约翰逊的普遍人性论的内涵，一直是学术研究的热点与难点，也存在很多争议。有些学者将对普遍人性的理解经常与人物类型化混淆，也有人将二者等同视之。

　　事实上，约翰逊的普遍人性论与休谟的人性论一样，都属于三元结构，主要蕴含着三个特征：情感与行动、善与恶、理智与情感的对话力，都将情感作为人性的组成部分。①但是研究的视角不同，休谟从哲学的角度研究人性的普遍规律，而约翰逊则在莎士比亚的戏剧中找到了英国文学家对于人性的探究和洞察力。

　　约翰逊认为人类对于人性的研究具有一定的阶段特征。在伊丽莎白时期，人们还没有深入研究人性的善恶，没有对于"人的心智、追求情感的根源、阐释善行和恶行的原动力，推测情感对于行动究竟有多大的推动作用"。②尤其是像莎士比亚这样仅仅受过文法学校教育的人，缺乏古典教育，致使他只能通过英语阅读获取知识。这也是他对于人性的习得，通过经验的积累，而不是通过阅读，增加对于人性的了解。

　　莎士比亚不具备罗伯特·波义耳（Robert Boyle, 1627—1691）那样的贵族身份，可以"两耳不闻窗外事，一心只读圣贤书"，醉心于从历史和同时代的著作中获取知识，完成《人性的探索》。③他只能勤奋地工作，从现实生活中，通过观察和判断探讨人性。尽管莎士比亚像一个"狮子甩掉鬃毛上的露珠一样"遇到了很多的困难，他最终仍旧成为一个出色博学的诗人。④

　　约翰逊在《序言》中多次使用"情感"一词探讨莎士比亚的过人之处，但并没有像亚里士多德的《修辞学》（Rhetoric）和《尼各马可伦理学》（The Nicomachean Ethics）中对于情感进行细致分类，而是将其笼

---

　　①　尽管没有任何证据证明，普遍人性论与休谟的人性哲学之间存在借鉴关系，却不可否认他们对于人性的理解具有共同之处，都将情感作为人性的组成部分。

　　②　Samuel Johnson, "Preface to Shakespeare", in Walter Raleigh ed., *Johnson on Shakespeare*, London: Henry Frowde, 1908, pp.37-38.

　　③　波义耳（Robert Boyle, 1627—1691），英国著名的化学家，近代化学的开拓者，他的《怀疑派化学家》（*The Skeptical Chemist*, 1661）关于气体体积、容量和压力的定律被称为波义耳定律（Boyle's Law，有时又称 Mariottes Law，在定量定温下，理想气体的体积与气体的压力成反比）。在二十多年之后，波义耳又以一个生理学家的身份研究宇宙的规则，撰写《人性的探究》（*A Free Enquiry of Vulgarly Received Notion of Nature*, 1685/6）。

　　④　Samuel Johnson, "Preface to Shakespeare", in Walter Raleigh ed., *Johnson on Shakespeare*, London: Henry Frowde, 1908, p.38.

统地分为悲和喜两大类型。得之喜，失之悲，因身份、种族、时代等的差异，人们的表现各不相同而已。在莎士比亚的戏剧中推动情节发展的是人性的弱点和诗性主义。

（一）人性弱点

人性的弱点并不等同于人性的恶，而是人性中容易被别人利用的一种对于美德的追求。这种弱点并不是自然而然流露出来的，而是在某一种场合下，容易被激发或改变。"仅仅凭借这一句话，就可以使莎士比亚名垂千古"，"这是莎士比亚精通人性知识的真正的证据"。① 这段解释充分证明了普遍人性，超越民族、种族和时代，是一种普遍认同的观点。那就是勇气，是军人最崇高的智慧和尊严。

莎士比亚利用人性的弱点，作为推动情节发展的方式，超越英国诗人之父杰弗雷·乔叟（Geoffrey Chaucer，1340 年或 1343—1400 年）将希腊希波克拉底—盖伦的体液医学术语在文学中的使用效果，促使人们对人物的情感剖析从外部到内心，寻找情感产生的根源更加深刻。莎士比亚戏剧这些耳熟能详的人物，不是一般的平民百姓，而是贵为王公贵族，他们都是精英阶层，在治理国家、战场征战方面都是贤君勇士，是普通人眼中的英雄。对于这些人物的品格人们都已经有了先入之见，而且贺拉斯和布瓦洛提出人物塑造的要求的时候，都曾提出要符合传统的认知，也就是不能把人物塑造成另一种模样。这些真实的人物占据了莎士比亚戏剧至少一半以上，还有一半则从人们耳熟能详的故事而来，他的喜剧的创作也都是有一定的人物原型，人们对这些人物的故事有一定的了解。

莎士比亚在塑造这类人物的时候，非常重视人物的身份标志。国王的形象，尤其是历史剧中的国王的形象，是英国民族的集体记忆，一个民族的认识和伦理文化都融入其中。在一个国家中，国王的地位是极其尊贵、至高无上的，在国家中承担的责任是无与伦比的。作为一个人，

① Samuel Johnson, *Miscellaneous Observations on the Tragedy of Macbeth*, with remarks on Sir T.H.'s Edition of Shakespeare, London: Printed for E. Cave, 1745, p.22. 约翰逊采用了蒲柏的场景划分标准，在《麦克白》第一幕第十场注释 16 中作了充分的解释。第一幕不是七个场景，而是十个场景。

国王的责任除了国家的，还有家庭的以及个人的。悲剧《李尔王》中的父女关系与国王的分封行为，是国王的身份与家庭财产继承与养老相关的事件组合，拿地图和用言语表达爱作为衡量的天平成为阐释人性弱点的着眼点。

李尔王既是国王的形象，更是父亲的角色，对他进行家庭伦理学的批评是约翰逊的一种探索。就像黄金一样，不同的金属会融合在一起，人物经历的事件也会结合在一起，国王也不例外。《李尔王》中年老的父亲分封财产，想安享晚年，这既是国王也是任何一位父亲都会经历的事情。李尔王分封国土，充其量就是像每个老人，期盼能够通过处理财产颐养天年一样具有典型性。这种典型性家庭继承行为与希腊罗马的作品中典型人物的英雄行为一样，都是期待着正义的结局出现。在个人、家庭与国家之间的关系博弈中，不仅突出国家层面的考虑，如《安提戈涅》中的安提戈涅葬哥哥这样的事件，也要阐释每个人家庭的伦理选择行为是与国家密切相关的。

在《麦克白》中，莎士比亚运用心理分析的方式，充分阐释了人性的弱点之后，让麦克白夫人采用诡辩术激发丈夫黑暗的心，最后说出了"只要是男子汉敢做的事情我都敢做，没有人比我更勇敢"这句话。莎士比亚在《麦克白》中，通过人性的弱点来推进情节的发展，或者引导悲剧的结局，是与中国战国时期思想家荀子在《非相篇》中提出的"相形不如论心，论心不如择术。形不胜心，心不胜术。则形相虽恶而心术善，无害为君子也"相似的艺术。[①] 这种艺术，是一种能够读懂人性，然后又能够用于无形之心的方式。

由此可见，莎士比亚使用了典型的身份与普遍的事件的组合，增加故事的可信度，从而实现了对于人性的深刻剖析。用典型的人物身份使普遍发生的事件具有震撼力，是为了方便起见，人们熟知的名字使故事有更多的可信度。典型人物经历的普遍的事件，是指一些事件不仅是他一个人会经历的，还是很多人都会经历的。这种因小失大造成的恐惧，对人们的心

---

① 梁启雄:《荀子简释》，中华书局 1983 年版，第 47 页。

理产生的震撼会更甚，这种写法好似"小题大做"。一方面人们会觉得不可思议，另一方面也是这种可能性的存在。

（二）诗性正义

在莎士比亚的戏剧中，主从情节存在的价值，可以增加悲剧性和情节的真实性。在约翰逊看来，通过主从情节，延缓满足观众对"诗性"的心理需求，体现了日常生活中"正义可以迟到，但是不会缺席"的信念，表明这个不受时间地点制约的诗性正义来之不易。例如，李尔王小女儿考迪利亚的死亡让他心碎，但贪婪的埃德蒙·格罗斯特复仇这条线索"通过增加多样性从而增加道德教化的程度，使人们认识到狼狈为奸，一丘之貉，邪恶的人最终在毁灭之前从来不会停止犯罪行为"。[①]

这种"恶人当道，善良受难，真实地反映了普通人生活的艰辛"。因为李尔王的小女儿在"正义的事业"中消失，让很多人都觉得都难以接受这样的结局，所以在王朝复辟时期戏剧诗人纳姆·泰特（Nahum Tate, 1652—1715）对《李尔王》进行了改编。改编的结局，又让人觉得失去了悲剧的意义。同样，约翰逊赞美《哈姆雷特》为最出色的悲剧之一的原因，是情感的多样性，以及雷欧提斯和挪威王子的情节体现了惩恶扬善过程的艰辛，而不是浪漫主义批评家布拉雷德在《莎士比亚的悲剧人物》中将悲惨的结局归于哈姆雷特忧郁性格造成的延宕。

约翰逊对于《李尔王》的诗性正义的强调，还体现在他校勘补正莎士比亚戏剧集的过程中对于文本补阙的思考。以《李尔王》第四幕为例，为了突出考迪利亚的优美形象，他将肯特与信使之间的关于考迪利亚读信的对话场景补正出来，以实现第四幕第三场和第四场之间的衔接。这种为了情景的完整性或者是突出人物的个性的校勘方法，力求把在"第一对开本"为了演出的便宜被他人删除而"四开本"中保留的很多段落补充出来。这种做法，似乎与约翰逊认为莎士比亚的戏剧结构有

---

① Samuel Johnson, "Notes on King Lear", in Walter Raleigh ed., *Johnson on Shakespeare*, London: Henry Frowde, 1908, p.159.

些松散，有些情节稍加用心就可以删掉，从而变得紧凑的观点背道而驰。

面对同一件事情，有人欢喜有人忧。《理查德二世》最后的六十六行独白最能体现这种心情对比，博林布鲁克获得王位，与理查德二世之间鲜明的对比，他们两个就像天平两端的砝码，一个升起，另一个落下。莎士比亚将命运女神作为一个命运变迁的符号，就像太阳一样，白天人们可以看到，而夜晚则可以看到月亮一样。命运女神随意转动着她的车轮，上一刻主人公是万人朝拜的人，瞬间就变得一无所有，开始憎恨世界。在莎士比亚戏剧中，命运变迁最典型的就是哈姆雷特，前一刻还是文艺复兴时期完人的形象，瞬间就失去了父亲，不久之后同时失去了母亲、爱情和快乐，剩下的只有霍拉旭的友谊。再如朱丽叶，当她知道罗密欧是她家族的敌人的时候，她的内心充满了困惑，但又不想向命运低头，用抗争与思考诠释爱情的悲壮。同样的命运悲剧也发生在勇敢贪婪的麦克白身上。虽然根据女巫的预言他可以获得王位，但是最终是班科的后代，所以他受到欲望的驱动，造成了悲剧。因此，他们都在追求的荣誉，就像太阳也会落山一样，也会消失，而不会永恒，人们会同情悲剧人物的遭遇，也会觉得悲剧人物是罪有应得。

对于个人行为的"因果报应"论，是莎士比亚戏剧中命运观的自然逻辑。以《理查德二世》作为一个经典的例子，他一直在谈论命运，殊不知，他的命运仅仅是他自己的无德造成的。他高高在上的时候颐指气使，而坠入低谷的时候则楚楚可怜。根据雷蒙德·查普曼（Raymond Chapman）对莎士比亚的戏剧，尤其是历史剧中的命运主题进行的追溯，发现文艺复兴的命运观与中世纪文学传统的关联。如《仙后》第七卷《断章》中的命运无常与宙斯想争夺王位，要回合法继承权，最终代表秩序的宙斯取得了胜利。莎士比亚对于命运主题的把握超越了他同时代的作家，将中世纪的命运主题传统充分利用，给他的戏剧艺术增色不少。

二　约翰逊的莎士比亚戏剧悲喜杂糅体论

莎士比亚戏剧的悲喜杂糅，是他始终如一坚持的创作方法，但并不意味着他的戏剧都是悲喜剧。悲喜剧在文艺复兴时期是一种特殊类型的戏剧，而且有着明确的定义。按照 17 世纪初英国戏剧诗人约翰·弗莱彻（John Fletcher, 1579—1625）在创作的《忠实的牧羊女》（*The Faithful Shepherdess*, 1608）中的解释，悲喜剧的定义与死亡密切相关，而无关情感杂糅：

> 悲喜剧并不是所谓的悲喜情感杂糅，而是没有死亡的场景，因此不足以称为悲剧，但又处于濒临死亡的边缘，也不足以称为喜剧，呈现的普通人普通生活中遇到的困难，作为神，处于此种境地，则是悲剧，如果是普通人身处此种境地则是喜剧。①

如果仅以主人公是否与死亡有关来判断，莎士比亚戏剧中能够称得上悲喜剧的是《特洛伊罗斯与克瑞西达》《冬天的故事》《终成眷属》和《辛白林》。②但在本书中所说的是悲喜场景杂糅与真实人性的关系，与艺术生命力持久的原因是一脉相承的。

（一）悲喜杂糅的普遍性

事实上，悲喜杂糅不仅在莎士比亚的戏剧中非常突出，也是当时英国舞台的普遍特征，甚至德莱顿认为能够创作这样的戏剧被认为是作家才能的体现，否则"不能两者兼备的人，只是半个舞台作家"。③因为一个作家能够同时兼备喜剧和悲剧的创作能力，则需要清晰的判断力。这种判断力就是笛卡尔（René Descartes, 1596—1650）所说的理性，是"能正确地做出判断和辨别是非的能力，人生来均而有之"。④在英国，这个作家就是被德莱顿称为"英国戏剧诗人之父"的莎士比亚，在文学

---

① Francis Beaumont & John Fletcher, *Works*, Arnold Glover and A. R. Waller, Vol. 2. ed., Cambridge: at the University Press, 1906, p.522.

② 《特洛伊罗斯与克瑞西达》被很多学者称为典范，尤其是德国浪漫主义诗人提出理解这部作品，需要新的美学出现。

③ Samuel Johnson, *Lives of the English Poets*, London: J. F. Dove, 1825, p.45.

④ Rene Descartes, *Discourse on Method and Meditations on First Philosophy*, 4th edition, trans. Donald A. Cress, Indianapolis /Cambridge: Hackett Publishing Company, Inc., 1998, p.1.

史上与荷马比肩。用本·琼森的话来讲："我的不列颠，你可以拿出一个人，他可以折服欧罗巴全部的戏文。"①

（二）悲喜杂糅体的发展历程

德莱顿认为悲喜因素混合的现象是英国诗人的创造。这种戏剧的主要特征是情感的跌宕起伏，呈现斗牛的原创文明的戏剧与滑稽剧的表演，让人觉得经历了疯人院的情感，开始是快乐，接着是悲伤与激情，然后是荣耀，最后是决斗。②德莱顿对于英国戏剧不遵循纯文体原则宽容的态度与贺拉斯的观点截然相反。贺拉斯认为一旦文体式样混合，文体式样引起快感就会改变，结果就像画家创新的奇特画像：

> 上面是个美女的头，长在马颈上，四肢是由各种动物的肢体拼凑起来的，四肢上又覆盖着各色羽毛，下面长着一条又黑又丑的鱼尾巴，朋友们，如果你们有缘看见这幅图画，能不捧腹大笑么？皮索呀，请你们相信我，有的书就像这种画，书中的形象就如同病人的梦魇，是胡乱构成的，头和脚可以属于不同的族类。③

虽然诗人和画家同时享有这种大胆创作的权利，但贺拉斯对文学创作中文体类型的混合充满了恐惧，担心会产生一种如斯芬克斯一样的怪物，以不和谐的艺术突兀吸引人们的注意力。贺拉斯对文体式样结合的异样视觉审美的担心，是由悲剧和喜剧文体式样的形态差异和固有本质差异引起的。通过比较希腊三大悲剧诗人埃斯库罗斯（Aeschylus, c. 525—456 B. C.）、欧里庇得斯（Euripides, 480—406 B.

---

① Ben Jonson, "To the Memory of My Beloved the Author, Mr. William Shakespeare and What He Hath Left Us", in Brain Vickers ed., *William Shakespeare: The Critical Heritage*, Vols. 6, London and New York: Routledge the Taylor & Francis e-Library, 2005, Vol. 1, p. 21. 本书中琼森（Jonson）、西奥伯尔德（Theobald）、沃伯顿（Warburton）和史蒂文斯（Steevens），共四位新古典主义时期莎士比亚批评家。他们为《莎士比亚戏剧集》撰写的颂诗、序言和编订建议，都引用自威克斯（Brian Vickers）编订的六卷本《莎士比亚：批评遗产》（*William Shakespeare: A Critical Heritage*, 2005）。

② John Dryden, *An Essay of Dramatic Poesy*. ed., with notes by Thomas Arnold, 2nd ed., Oxford: Clarendon Press, 1879, p.67.

③ ［古罗马］贺拉斯：《诗艺》，杨周翰译，人民文学出版社 1962 年版，第 137 页。

C.）、索福克勒斯（Sophocle, c. 496—406 B. C.）和喜剧诗人阿里斯托芬（Aristophanes, c. 446—385 B. C.）的作品，就会发现悲剧和喜剧在形式上都具有亚里士多德在《诗学》第 13 章中提到开场、进场、场和退场共四部分结构，但歌队合唱与场次规模存在着很大的不同。

本书根据罗念生（1904—1990）先生翻译的古希腊诗人的悲剧和喜剧作品的结构进行分析，发现悲剧和喜剧的结构有着很大的不同，歌队存在其根本的差异。一般来说，悲剧的场次变化很大，有的是三场，也有四场和五场。每一场由场和歌队合唱组成，一般的戏剧可以分为九、十一或者十三部分，偶尔也有例外，如《阿加门农》的第四场之后没有合唱曲。与悲剧相比，在喜剧中歌队合唱不是戏剧场的必要组成部分，场次也很灵活，一般是六场，也有三场或者四场的，即使有歌队合唱，也在场后面的部分，如《阿卡奈人》《骑士》和《云》有六场，而《马蜂》《地姆节》和《云》中则没有歌队合唱只有插曲。① 也许是因为戏剧结构的不同，在古希腊，即使最出色的喜剧诗人阿里斯托芬从来不写悲剧，而悲剧诗人埃斯库罗斯、欧里庇得斯、索福克勒斯都不涉足喜剧，"喜剧和悲剧不能同时由一个诗人创作（the sock and buskin were not worn by the same poet），每个人都在自己的领域追求卓越，有一点错误都不能被原谅"。②

到了文艺复兴时期，悲剧和喜剧的结构已经趋同，不再像古希腊时期的戏剧由开场、进场、场和退场共四部分组成，而是变成幕（act），歌队合唱随着场环节的消失而消失，所以从外部形态结构区分文体式样也变成了一件比较难的事情。然而，莎士比亚就像炼金士，不是努力在原矿中发现纯金，而是用两种不同的物质炼出超越单一物质的特性的第三种事物，如黄铜和锡在经过化合反应后会变成青铜，寡头政体和大众政体的结合出现了共和政体，快乐和悲伤融合在一起，兼具两种功能的

---

① 详见《罗念生全集》第二卷《埃斯库罗斯悲剧三种、索福克勒斯悲剧四种》、第三卷《欧里庇得斯》、第四卷《阿里斯托芬喜剧六种》，上海人民出版社 2004 年版。

② John Dryden, *An Essay of Dramatic Poesy*. ed., with notes by Thomas Arnold, 2nd ed., Oxford: Clarendon Press, 1879, p.34.

戏剧，甚至将取代单纯的悲剧和喜剧能迎合各种性情。①

从植物学的角度来说，嫁接不会改变原来树木的性质，桃树还是桃树，但桃子比以前的品质好了。由此可推断，莎士比亚就像一个神奇的园艺师，在悲剧中植入一点点喜剧元素，在喜剧中植入一点点悲剧的情感，在历史剧中加入田园场景，在田园剧中加入喜剧场景，不会改变戏剧的本质。因此，莎士比亚的同事贺明奇（John Heminges, 1556—1630）和康德尔（Henry Condell, died in 1627）在编订《莎士比亚的喜剧、历史剧和悲剧》时，根据故事的结局或者是创作材料的来源进行分类，对于熟悉伦敦舞台的戏剧演员来说是合理的选择，也是对伊丽莎白时期英国戏剧发展类型的一种概括性的认知。因为在戏剧创作中，莎士比亚借波洛涅斯之口提到多达 10 种的戏剧文体式样，包括"悲剧、喜剧、历史剧、田园剧、田园喜剧、田园历史剧、历史悲喜剧、历史田园悲喜剧、不分场的古典剧，或是近代的自由诗剧"（《哈姆雷特》第二幕第二场）。②但是，他没有像希腊罗马的戏剧家一样术业有专攻，而是在创作生涯之初，就是悲剧、喜剧和历史剧三者交替创作，一直到最后一部历史剧《亨利八世》完成。

因此，在莎士比亚戏剧中人性结构与戏剧结构是相适应的，是一种多层次的人性对话。比如《威尼斯商人》中，从情感的角度鲍西亚为了安东尼奥和巴萨尼奥，使用一磅不带血的肉的方法。从理智的角度来说，她和她的朋友们所有的一切则是缺乏正义的，在戏剧中，理性服从情感，情感战胜了理性，理性与情感交相辉映。再如莎士比亚在表达悲伤的时候，丹麦王子哈姆雷特经常使用独白或沉思的方式，来抒发自己的抑郁。同样，理解《李尔王》的行为和情感，不仅可以从国家的角

---

①　瓜里尼（Battista Guarini, 1538—1612），意大利剧作家，他的《悲喜混杂体剧体诗的纲领》（1601）与西班牙维加和莎士比亚的戏剧创作实践非常一致，并不追求纯文体原则，而是将不同社会层次的人物融合在一起。这种转变，标志着古希腊戏剧中的传统英雄形象向人文主义英雄形象的转变。原文选自《世界文学》1961 年 8、9 月号，由朱光潜先生翻译，辑录于伍蠡甫先生编订的《西方文论选》（上卷），上海译文出版社 1982 年版，第 196—198 页。

②　莎士比亚戏剧译文都引自朱生豪先生主译的《莎士比亚全集》，人民文学出版社 1978 年版，在文中标注场次和卷号。

度，也可以从一个年迈的父亲的角度。当老王要分封土地的时候，他因没有得到小女儿的尊重和崇敬而勃然大怒，由此产生了恨。

综上所述，约翰逊承袭了德莱顿通过人物的性格来透视作者思想的原则，角度却截然不同。德莱顿试图从人性中找到有价值的属于民族的精神，而约翰逊要找到属于所有人的本质的内涵。不过，无论是约翰逊，还是德莱顿，他们都更加强调戏剧的情感效果，并没有将"三一律"中的时间、空间和情节因素与悲喜场景融合的因素分开来讲，而是将戏剧结构与戏剧的场景之间的关系与寓教于乐的原则融合在一起，阐释莎士比亚戏剧结构与主题之间的关系，对人性有了更为真切的认识。

从英国新古典主义莎评史可见，悲喜场景杂糅现象的存在并不是为了取悦观众，而是由人性的真实状态决定的，表达世界福祸相依、得失共存、悲喜同在的一种真实的人生进程。

悲喜场景杂糅，并不仅仅表现为从宏观的角度阐释情感的多样性，其典型代表有《哈姆雷特》《科利奥纳兰斯》或《亨利四世》，而且包括戏剧人物心理活动的情景对照。也就是说，莎士比亚戏剧中的悲喜杂糅，并不是外界因素造成的，也不是以死亡的危险来提高悲剧性，而是人们自然情感的真实表达。正如在现实生活中，悲伤和喜悦都是相伴而生的。

按照《诗学》所说，"一旦悲剧中具有主从情节，就不能够因恐惧和怜悯而产生快感。像《奥德赛》那样的好人和坏人分别受到奖赏和惩罚的结构，不是悲剧的快感，反而是喜剧式的快感"。[①]与此相反，莎士比亚的戏剧不落窠臼，采用了一种令人心碎的、让善恶人物都玉石俱焚的结局。约翰逊对《李尔王》的评注不惜溢美之词。《李尔王》这部戏剧能够激发人的情感，唤醒观众的好奇心，每一个环节都与主要的行动密切联系，主从情节并存实现了善恶各有其悲的结局。因此，除了怜悯和恐惧，观众或者读者，都会因为考迪利亚的结局而生出一种悲愤之情。

---

① ［古希腊］亚里士多德：《诗学》，陈中梅译注，商务印书馆1996年版，第98页。

　　事实上，英国戏剧舞台上变化多端的主从情节并存现象，并不是独创，而是在罗马戏剧家特伦斯（Publius Terentius Afer, c. 195—159 B. C.）创作中早已有之。按照德莱顿的说法，特伦斯的喜剧是"将从希腊喜剧中翻译过来的两个剧本融合成为一个剧本，这样一个行动是主要的，另外一个是次要或是从属的，为人们带来了更多的乐趣"。① 从留存下来的罗马戏剧来看，可能是出于对古希腊传统英雄的尊重，罗马诗人铭记贺拉斯在《诗艺》中提出的从现有题材，尤其是历史和神话中取材的戏剧，人物应该符合社会约定俗成的认知，但是将不同故事融合在一起创作的悲剧的方式并不多见。不过到了文艺复兴时期，从不同背景故事中改编的主从情节，将不同的故事融合在一起，尤其是在悲剧中使用到了炉火纯青的地步。

　　用约翰逊的话来说："莎士比亚取材高远，把神奇变为日常，他描述的适应不会发生。一旦发生，就会跟他预想的一样，他不仅可以在真实的语境中表现人性，还揭示了人性中的细微之处以见真情。"② 他的戏剧大多数故事来自普鲁塔克的《名人传》、薄伽丘的《十日谈》、何林塞的《编年史》、乔叟的《坎特伯雷故事集》，甚至同时代非常受人欢迎的人们熟悉的小说，如约翰·黎里的《罗瑟琳》和罗伯特·格林的田园传奇剧《潘朵斯托》（Pandosto）等。不过，自希腊神话的《特洛伊罗斯与克瑞西达》经过了多次的辗转。莎士比亚可能接触的故事一个是来自乔治·查普曼（George Chapman, 1559—1634）翻译的《荷马史诗》。查普曼从 1598 年开始分期出版，1616 年出版了《荷马全集》（The Whole Works of Homer: Iliad and Odyssey, 1616）。另一个则是乔叟（Geoffrey Chaucer, 1340—1400）改编自意大利的诗人乔万尼·薄伽丘（Giovanni Boccaccio, 1313—1375）的《十日谈》的长诗《特洛伊罗斯与克瑞西达》。在薄伽丘与乔叟两位诗人的笔下，荷马神话中男女主

---

① John Dryden, *An Essay of Dramatic Poesy*. ed., with notes by Thomas Arnold, 2nd ed., Oxford: Clarendon Press, 1879, p.36.

② Samuel Johnson, "Preface to Shakespeare", in Walter Raleigh ed., *Johnson on Shakespeare*, London: Henry Frowde, 1908, p.14.

人公的命运和性格都发生了根本的改变，以至于在两个世纪之后，他将这个故事改编成了普通生活中的爱情故事，尽管背后还有德莱顿所说的刚毅的友情。

三 莎士比亚戏剧的悲喜杂糅体与人性对话

莎士比亚对于普遍人性的认识，不仅体现在人性的三重结构，还体现在约翰逊用一句话概括莎士比亚戏剧的场景结构，"既不是严格意义上的悲剧也不是严格意义上的喜剧，而是一种特殊类型的戏剧，表现了人性善、恶、悲、喜最真实的状态"。[1] 因此，约翰逊将反映普遍人性作为认识莎士比亚戏剧能够超越时空界限、种族、性别等差异成为经典的根本原则，具有循环性、复杂性和稳定性三个特征。

（一）循环性

莫比乌斯带（Mobius strip），在拓扑学中是一个古老而又崭新的话题，是德国数学家、天文学家莫比乌斯（August Ferdinand Mobius，1790—1868）和约翰·李斯丁（Johhan Benedict Listing）在一次偶然的尝试中提出的数学拓扑学结构。莫比乌斯带又称为立体单侧曲面，曲面只有一个。因此，同样一张纸条，不同的页面顶端粘贴在一起，就将周长增加了一倍，形成了回旋空间。

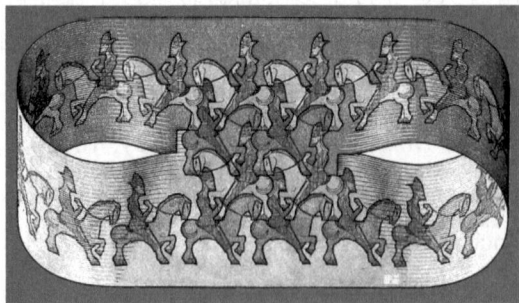

图 2-1 带人马的莫比乌斯带

---

① Samuel Johnson, "Preface to Shakespeare", in Walter Raleigh ed., *Johnson on Shakespeare*, London: Henry Frowde, 1908, p.15.

　　莫比乌斯带就是经过翻转，最终不同的侧面衔接在一起，也就是正面与反面结合在一起，与罗马塞提弩姆（Sentinum）在一座别墅中发现的大约公元 200—250 年的马赛克中的伊恩和黄道一样，是一种连续的、稳定的空间结构的具有单侧立体曲面性质的莫比乌斯带（原件现在慕尼黑的 Glyptothek 博物馆中）。莫比乌斯带在罗马文学中有过应用，只是喜剧人物和悲剧人物的融合，与传统的希腊悲剧和喜剧的精神所背离，并没有真正引起人们的关注。

图 2-2　公元 200—250 年罗马塞提弩姆的马赛克

　　根据拉里森（L. L. Larison）在《美国科学家》杂志上对罗马帝国时期马赛克中的莫比乌斯带进行描述，图 2-2 中呈现了伊恩和黄道的关系。[1] 这可能是最早的莫比乌斯带的原型。伊恩是永恒的时间之神，站在绿树和枯树（夏天和冬天）之间有黄道符号缺失的天体的带子上，在他面前的是罗马的盖亚，大地母亲泰勒努斯和她的四个孩子，四个季节的拟人化。[2]

　　约翰逊对于莎士比亚戏剧结构特征的分析，恰好契合了莫比乌斯带的拓扑学特性。第一，悲剧场景和喜剧场景交替出现，在本质上是将悲剧的情感和喜剧的情感拼接在一起，戏剧中的人物在一部戏剧中就可以

---

　　① Lorraine L. Larison, "The Möbius Band in Roman Mosaics: In solving the practical problems of providing floors for the Roman Empire, mosaicists apparently stumbled on-and may have understood-the Möbius band", *American Scientist,* Vol. 61, No. 5, 1973, pp. 544-547.

　　② Julyan H. E. Cartwright & Diego L. Gonzalez, "Möbius Strips Before Möbius: Topological Hints in Ancient Representations", *The Mathematical Intelligencer*, No.3, 2016, p.70.

同时经历两种不同的情感。第二，如将纸条沿其中线剪开，它不会分成两个环，仍然是一个。

（二）复杂性

莎士比亚戏剧结构复杂，一般都有两条线索，甚至是三条或者多条人物命运交织的情节，而这些情节的悲喜场景交织，则是一种更为复杂的场景。在莎士比亚的莫比乌斯带上，站立的不是永恒的时间之神，而是人。在这个带上，点缀着各种人生的悲喜场景。每个人出发的地点不一样，有人从悲剧场景出发，有人从喜剧场景出发，他们最终都会经历悲喜，然后相遇，没有人知道事情发展的方向。为此借助荷兰版画家莫里茨·科内利斯·埃舍尔（Maurits Cornelis Escher, 1898—1972）的莫比乌斯带做进一步的说明。这是一个从莫比乌斯带中间剪断的结构，经过再次翻转组成了一个三维立体的图形，一个动态的无限循环的空间。

图 2-3　荷兰版画家莫里茨·科内利斯·埃舍尔的莫比乌斯带 ①

无论戏剧中有多少条线索，它们都奇妙地交织在一起，这种无限循环空间的性质就是莎士比亚戏剧的基本特征，"他通过严谨的开场白为你准备了一个非常合乎逻辑的故事情节，然而当你认真的按照他指引的方向沿路而上时，却突然发现你走进了迷宫，面前展现的一切在瞬间发生了奇妙的变化"。② 这样的结构，不仅可以实现惩恶扬善的社会道德教化作用，还可以吸引读者的好奇心和注意力。由此可见，在莎士比亚的

---

①　埃舍尔因其绘画中的数学性而闻名，被誉为在平面版画中有设计感的艺术家，在 1960 年应英国数学家之邀，为这个莫比乌斯带创作了一幅木刻画。

②　战捷：《论"矛盾空间"的审美特征》，《南京艺术学院学报》（美术与设计）2017 年第 3 期。

戏剧中，人性的对话，是一个永恒的动态的无限循环的状态。

（三）稳定性

莎士比亚就像罗马的艺术家一样，当他们在设计马赛克的装饰壁毯的时候，并没有拓扑学的意识。他只是依据自然法则，为大众舞台创作了很多戏剧。这些戏剧是一种典型的空间结构的变形。这种空间变形成为一种具有神奇魅力的事物，具有包容性、多样性和连续性，也成为戏剧结构突破亚里士多德的"情节整一律"的线性平面逻辑结构的原因。当戏剧中的人性对话与悲喜场景的融合结合在一起，就会出现一个单侧立体曲面往复循环。这种结构并不会随着编者的校勘或者戏剧诗人的改编或者删减，因某一点的增加或者减少而发生本质的变化。因此莎士比亚戏剧结构，不仅具有复杂性，而且具有稳定性。在经历了四百年之后，这种复杂的、不规则的戏剧，依然得到了人们的认可。

小　结

英国新古典主义时期在近一个半世纪的莎士比亚戏剧改编、校勘、阐释和批评的过程中逐渐形成了人物论、结构论和文体论为核心框架的批评体系。这一理论体系是以亚里士多德的批评思想为理论基础，以德莱顿的寓教于乐原则、蒲柏的自然法则和约翰逊的普遍人性论作为基本原则，既有对传统的继承，也有时代的特征，经历了三个阶段的发展变化的。

首先，德莱顿以亚里士多德、贺拉斯和锡德尼的寓教于乐原则为基础，结合罗马哲学家卢克莱修《物性论》中"用诗歌的蜜汁包裹思想的苦艾"的诗学思想，将人性、语言与思想作为评价诗人在文学史上地位与影响的重要因素，形成了以人物论为核心的戏剧观。一方面，主从交织的戏剧情节遵循天体运行法则，既相互独立又相互影响，其目的是充分反映复杂的人性，而不是法国戏剧塑造的美丽而没有灵魂的人物形象。另一方面，英国戏剧中的无韵诗，或者是自然的生活对话，也是为了使戏剧人物能够充分表达深邃、得体的思想，而不仅仅追求语言的音韵美。

在德莱顿的诗学思想中，戏剧的灵魂不再是情节，而是戏剧人物。德莱顿的寓教于乐原则并不是为了阐释悲剧应该模仿一个逻辑清晰的英雄人物的故事，而是要为了使观众或者读者能够从不同的角度认识人性的复杂性、真实性和多样性，并在此基础上形成人性哲学，得出了莎士比亚是英国的荷马、戏剧诗人之父的评价。

莎士比亚戏剧中主从情节的存在是一种最高级的秩序，就像天上的星座一样，有自己的独立的轨迹，也有相互之间的关系。次要情节的发展看似与主要情节的发展有背离的形象，他们之间并不是那种密不可分的结构，而是一种相互独立又相互依存的方式。每一个部分都不是多余的，都可以展现人性的一个角度，是塑造复杂真实的人物性格必不可少的艺术手段。在某种程度上，德莱顿关于戏剧人物的性格塑造与情节布局之间的论述，奠定了小说家 E. M. 福斯特《小说面面观》中扁平人物（Flat character）与圆形人物（Found character）的理论基础。福斯特的扁平人物就是具有意大利建筑风格的一眼可以看到底的人物性格，而他的圆型人物则是英国戏剧中具有情感和性格诗魂的英国戏剧人物。因此，从认识人物性格多样性的角度来说，主从情节的存在是符合自然规则的。

此后，认识人性成为 18 世纪英国莎士比亚批评家的共识，也是 18 世纪蒲柏和约翰逊莎士比亚批评思想的核心，也使英国戏剧诗学思想的核心进一步偏离以"三一律"为原则的批评范式，从而呈现出对人物个性化、典型性和普遍性的认识。

与德莱顿不同，蒲柏将戏剧人物的个性化、独创性和真实性与人物的语言结合在一起，从而得出莎士比亚的戏剧不仅有真实自然的情感流露，还有在冷静中的思考与智慧，使人性的优点和缺点都能够栩栩如生。蒲柏认为对于戏剧的审美与创作应该是整体观照，而不是部分的数学相加。英国的戏剧，尤其是莎士比亚的戏剧结构，遵循的时间法则不是机械钟表的匀称的规则，而是文艺复兴时期的日晷时间哲学。在这种自然时间哲学的观照之下，莎士比亚戏剧结构的复杂性，呈现的哥特式建筑的多样性和雄浑之美，超越了结构上的瑕疵与不足。与法国批评家坚持的"三一律"原则相比，蒲柏以认识人性为基础，融合了自然语言、自然结构和自然人物的批评思想对 18 世纪后期莎评思想的形成产生了重要的影响。

虽然约翰逊没有将蒲柏关于莎士比亚人物个性化和独创性的观点进一步传承，但是他从某种程度上将蒲柏关于莎士比亚在情感与理智、善与恶、大人物与小人物等不同方面都能够取得平衡、展现智慧的评价进行了升华，提出了从普遍人性论的角度认识莎士比亚在语言、人物和文体类型的角度取得的成就。

其中，约翰逊认为莎士比亚戏剧悲喜场景杂糅体的成因不是外力，而是自然的人性的对话，是情感、理智和道德三者相结合的产物，与同时代哲学家休谟的人性三元结构论相吻合。从人性对话的角度来看，莎士比亚的戏剧不是线性的开始、发展和结局的三点一线的简单结构，而是一种悲喜场景杂糅、复杂、多变而又稳定的莫比乌斯带结构，道德教化蕴含在戏剧人物跌宕起伏的命运变革中，从而实现了寓教于乐的诗学目的。

主从情节并存的戏剧同时增加了人物和事件的多样性，使莎士比亚的戏剧规模变得巨大。从结构上来说，莎士比亚戏剧符合亚里士多德提出的戏剧结构必须包括开头、中间和结尾三个部分的要求，情节是整一的。然而事件之间的联系并非符合严格的逻辑关系，并非不能删除一个字，或者变动一部分的位置，而是一种松散的链状结构。

莎士比亚的戏剧结构与严格遵守"三一律"的戏剧相比，每一个事件产生的时间分配并不均衡，出现了"花园"和"森林"意象的对比，"一个事件和另一个事件好像用链条一样连接起来，而结尾就像自然而然的后果那样紧接下去"。[①] 莎士比亚戏剧结构与法国戏剧结构的对比，反映了戏剧情节"一"与"多"之间的对话。这种对话"作为对自然的虔诚的摹仿，就应当而且自然会去如实地反映存在于客观世界和主观世

---

① Samuel Johnson, "Preface to Shakespeare", in Walter Raleigh ed., *Johnson on Shakespeare*, London: Henry Frowde, 1908, p.25.

界中的一多现象，而另一方面，艺术要求有平衡对称整齐一律之美"。①
约翰逊将莎士比亚的主从情节比作森林和宝石矿藏的意象，在某种程
度上与德莱顿的宇宙天体意象之间有着共鸣之处。这两个意象产生的
本质，都是以自然规则来理解艺术的法则，只是给读者提供了不同的
视角。

---

① 程千帆：《闲堂诗学》，辽海出版社 2002 年版，第 25 页。

第三章　英国新古典主义时期莎士比亚身份与形象的演变

英国新古典主义时期莎士比亚的身份与形象的动态变化，是批评理论体系与英国文学史发展相结合的产物。莎士比亚的戏剧，作为一种古老而又具有重要文学史地位的文学样式，对于英国文学尤其是语言发展产生的影响是不可低估的。无论是舞台演出，还是文本阅读，对读者或者观众来说，莎士比亚戏剧都是不可或缺的文化产品，两者之间并不能相互取代。

从 17 世纪后期，英国批评家德莱顿并不是以盲人摸象的态度片面强调莎士比亚的某一部分的优点或者缺点，而是采用历史比较和归纳总结的方法，将莎士比亚戏剧置于文艺复兴时期的历史背景中，试图建立一种整体的、概括式的评价体系，从而确立莎士比亚在同时代的诗人、在英国文学史以及在世界文学史中的地位。

此后，18 世纪，汤森将莎士比亚戏剧集作为文学经典系列出版，改变了校勘编订传统用易于携带阅读的"四开本"取代了表明作者身份的不易阅读也不方便携带的"对开本"。在这个过程中，尼克拉斯·罗和亚历山大·蒲柏的影响最为深远。他们通过戏剧五幕化结构划分和场次、场景和人物的前景化，以及对于莎士比亚语言的校勘补阙，努力进行文本构建，使莎士比亚的戏剧结构和语言变得易于读者阅读，从而成为文学经典，受到读者喜爱。

因此，本章结合新古典主义批评理论和英国历史文化背景，从偶像化、经典化和大众化三个方面，对莎士比亚在 17 世纪后期到 18 世纪末身份与形象的演变进行探讨。

第一节　莎士比亚的偶像化

尽管有一些诗人或批评家指责莎士比亚的作品违背了诗学正义（Poetic Justice）或者是"三一律"、得体原则，但从 17 世纪后期到 18 世纪末，莎士比亚对英国文学史和英国语言史发展的影响并没有被低估。在这一时期，莎士比亚的性格与生平逐渐清晰，对莎士比亚的崇拜逐渐形成，即戏剧诗人的崇拜。具体而言，从 1668 年德莱顿在《论戏剧诗》中尊莎士比亚为"英国的荷马"，到约翰逊的《莎士比亚戏剧集》出版之后，英国戏剧诗人大卫·加里克（David Garrick, 1717—1779）在泰晤士河边别墅中修建莎士比亚神庙，以及在莎士比亚故乡举行纪念活动，使这位诗人逐渐成为国家文化符号的一部分。

由此可见，将对莎士比亚诗人崇拜的形成归因于德国的狂飙运动，并不正确。虽然奥古斯特·威廉·冯·施莱格尔（August Wilhelm von Schlegel, 1767—1845）和弗里德里希·冯·施莱格尔（Friedrich August Schlegel, 1772—1829）对莎士比亚戏剧的翻译与出版，成为莎评史上的美谈，但德国诗人对莎士比亚的崇拜和赞誉深受大卫·加里克的影响。因为加里克视莎士比亚如心中的缪斯，激发了他创作的源泉，促使他在欧洲进行莎士比亚戏剧巡回演出，此后才出现了歌德（Johann Wolfgang von Goethe, 1749—1832）到海涅（Heinrich Heine, 1797—1856）等德国诗人批评家对莎士比亚的赞誉。他们一改英国批评家瑕不掩瑜的辩证原则，不再一面为莎士比亚辩护，又一面指责他的缺点，而是不惜溢美之词，表达了对于这位英国戏剧诗人的崇敬之心，

同样，深受德莱顿以来戏剧诗人将莎士比亚偶像化的影响，英国历

史学家与散文作家托马斯·卡莱尔（Thomas Carlyle, 1795—1881）在《论英雄、英雄崇拜和历史上的英雄精神》（*On Heroes, Hero-Worship, and the Heroic in History*）中将莎士比与约翰逊分别归为诗人英雄（The Hero as Poet）和文人英雄（The Hero as Men of Letters）。卡莱尔对莎士比亚豪迈的赞誉"我宁可失去印度，也不失去莎士比亚"，被很多人误以为是英国首相丘吉尔（Winston Leonard Spencer Churchill, 1874—1965）的至理名言。按照常识来说，当面临印度与莎士比亚之间的抉择的时候，一个政治家会放弃印度选择莎士比亚，具有感人的情怀，更加令人信服。不过，对于政治家来说，印度重要，但是对于诗人来说，莎士比亚更重要，所以才有了"印度早晚有一天会独立，而莎士比亚会永远跟我们在一起。因此，我们不能放弃莎士比亚"的浪漫情怀。①

一　德莱顿的"莎士比亚英国戏剧诗人之父"说

德莱顿将莎士比亚视为"英国戏剧诗人之父"，并不是亦步亦趋地将本·琼森对莎士比亚的赞美又一次重复，而是沿袭了亚里士多德的文如其人原则，通过作品来推定作者的人格特征。具体而言，是继承了亚里士多德在《诗学》中通过模仿对象的高尚和低劣之分来推断诗人性格的方法，超越了悲剧诗人因模仿英雄人物的行动所以高尚，而喜剧诗人模仿低劣人物的行动所以不能与悲剧诗人相提并论的观点。

文如其人原则仍旧是一个非常重要的探讨诗人、作品及其历史影响之间的关系的基本原则，只是随着时代的发展，内涵发生了变化，从探讨诗人的品质到分析诗人的性格与作品的风格。在《诗学》中，古希腊的三大悲剧诗人埃斯库罗斯、索福克勒斯和欧里庇得斯在文学史上具有崇高的社会地位，而喜剧诗人阿里斯托芬（Aristophanes, c. 446—385 B. C.）则另外探讨，并不在《诗学》的范畴之内。在亚里士多德（Aristotle, 384—322 B. C.）之后，雅典贵族米南德（Menander, 341—

---

① Thomas Carlyle, *On Heroes and Hero-worship*, Longmans, Green and Co., 1905, p. 110.

290 B. C.）的出现，使新喜剧成为刻画人物性格的一种重要的方式，创作的新喜剧改变了讽刺谐谑的风格，从而也改变了喜剧诗人的历史地位。米南德是亚里士多德的吕刻昂学院（Lykeion，或者是 Peripatetic School）的继承人泰奥弗拉斯托斯（Theophrastus, 371—287 B. C.）的弟子。米南德深知亚里士多德的戏剧理论，读过泰奥弗拉斯托斯的《性格种种》，他在欧里庇得斯的现实主义悲剧基础上，将喜剧的政治讽刺转向日常人物性格的塑造。新喜剧的出现对罗马诗人的戏剧创作和诗人观都产生了影响，诗人打破了悲剧和喜剧的界限，在两个领域都能够取得成就，也使通过作品推断作者的人格变得有一定的局限性。

虽然通过作品判断诗人品质的做法，对创作同一主题、使用同一种文学形式的作家进行性格分析有一定的局限性，但是德莱顿运用此原则将莎士比亚与荷马类比，确立了英国的戏剧传统和审美特征，探讨了本·琼森、莎士比亚和弗莱彻将英国语言变得优雅的三位诗人在英国戏剧史上的地位，从而改变王朝复辟时期伦敦戏剧舞台演出的剧目以风尚戏剧为主（play of manners）的现象。

（一）德莱顿的体液性格论文学史观

德莱顿作为王朝复辟时期的戏剧诗人、皇家历史学家和宫廷桂冠诗人，将莎士比亚置于世界文学史的视域中，借鉴希波克拉底—盖伦的体液性格论，寻找作品背后的作者，促进了新古典主义时期文学批评思想的发展。

对于德莱顿来说，纵观文学史，文学作品的风格主要由诗人的先天的性格决定的。因此，不同国家和历史时期的诗人，可能具有相似的思维模式或者特征，而开拓者和追随者之间，有着明显的性格差异。

例如，德莱顿根据作品的风格，以及在文学史上的贡献来确定作者的性格。比如，在《古今故事集》的前言为关于荷马和维吉尔的对比，据此可以推断莎士比亚的性格和文学风格："荷马是感情强烈、敏锐而热情的性格，而维吉尔则是耐心、沉稳；维吉尔的思想得体、语言瑰丽，而荷马则是思维敏捷，格律自由奔放，创造多姿多彩，相比之下，维吉尔则蹑手蹑脚。如果没有荷马开辟史诗的领域，维吉尔就不会走上这条创作的道路。"① 言外之意，说明英国戏剧诗人之父也与荷马一样，属于多血胆汁质性格（Choleric and Sanguine）。② 多血胆汁质性格，与黏液抑郁质（Phlegmatick and Melancholick）一起，是德莱顿在希波克拉底—盖伦的四种气质类型基础之上，总结出的两种诗人气质类型。③ 只有像莎士比亚那样性格刚毅的多血胆汁质的人才有足够的力量冲破时代的束缚，开创一代新的文风，而像本·琼森这样能够遵守原则，行文规范的人可以稳健地前进。德莱顿喜欢胸中有激情的诗人，他们的诗歌就像爆发的火山一样，能够在瞬间就感染到读者，而不需要循序渐进，而莎士比亚的魅力就是如此。

尽管这种性格二分法并不十分科学，从某种程度上也能够帮助人们勾勒出欧洲文学史的发展脉络。从欧洲文学史的角度，分析判断他们对于文学的贡献，荷马开创了史诗，维吉尔则紧随其后，让史诗这种文学形式完善。因此，根据德莱顿将本·琼森与维吉尔的类比，可以推断本·琼森的性格属于黏液抑郁质。本·琼森的戏剧可以做得很完美，但缺少了一些锐气或者朝气，不具有开拓精神，在他的作品中没有恢宏的爱情，一切都井然有序，不越雷池半步。就德莱顿个人而言，翻译完成了维吉尔的史诗之后，被赞誉为"英国的维吉尔"，但他更喜欢将自己的性格与荷马的多血胆汁质相比。

从创作方式上来说，莎士比亚与琼森的写作方式截然不同，一个是思如泉涌，另一个精雕细琢。显然，"珉之雕雕不若玉之章章"，结果优

---

① John Dryden, Preface. *Fables: Ancient and Modern, translated into Verse, From Homer, Ovid, Boccace, & Chaucer*, With Original Poems by Mr. Dryden, London: Printed for Jacob Tonson, 1700.

② 人的行为方式不仅决定于气质，也决定于周围环境。罗马医生盖伦（C. Galen），从希波克利特的体液说出发，将人体内的体液的混合"比例"用拉丁语命名为"Temperamentum"——近代"气质"（temperament）概念的来源。他在生理和心理特性之外，还加进了人的道德品行，这些因素组成13种气质类型。后来，简化为4种气质类型，即流行于今的多血质、胆汁质、黏液质和抑郁质。每一种气质类型的特点都是某种体液占优势的结果，并有特定的心理表现。

③ 古希腊学者恩培多克勒（Empedokles）提出人体"四根说"。人体由四根构成，血液是火根，呼吸是空气根，液体部分是水根，固体部分是土根。在此基础之上，古希腊著名医生希波克利特（Hippocrates）提出人体内有四种性质不同的体液：血液、黄胆汁、黑胆汁和黏液。血液出自心脏（相当于火根）；黄胆汁生于肝脏（相当于空气根）；黑胆汁生于胃部（相当于土根）；黏液生于脑部（相当于水根），机体的状态就决定于四种体液的混合比例。

劣一目了然。

（二）莎士比亚的多血胆汁质性格与刚毅的风格

通过德莱顿在《论戏剧诗》中将莎士比亚与荷马的类比，可推定莎士比亚的性格也是多血胆汁质性格，也可在作者与戏剧中主要人物的性格之间找到相似之处。如《荷马史诗》中的英雄埃加斯（Ajax）与《埃涅阿斯纪》（The Aeneid）中的英雄埃涅阿斯（Aeneas）分别是作者性格的写照。从个人生平来说，莎士比亚有着很清醒的理智和行动力，绝不是哈姆雷特那样面对生死抉择犹豫不定的人。在生活中，尤其是老年的莎士比亚，很像胆汁质性格的李尔王，做事甚至有些武断。在莎士比亚回到斯特拉福（Stratford）之前，环球剧场被上演《亨利八世》时的烛光点燃，付之一炬。此后，他毅然抛弃了剧场合伙人的身份离开了伦敦，退隐乡间。在面对小女儿择偶对象不符合父亲的标准和期望的时候，修改遗嘱把大部分的财产都留给了大女儿，而二女儿只得到了很小的一部分。

胆汁质是暴躁型人格。一般情况下，莎士比亚塑造的这一类人物大都是命运的宠儿，拥有权力、富贵、爱情、荣誉、家庭等。他们出场时都勇敢无比，而一旦受到误解或者伤害，会将勇敢这把利剑对准自己最亲近的人，进而反目成仇，酿成弥天大祸，或者悔恨终身。[①]冲动是魔鬼，看似是命运女神把他们的一切剥夺了，实际上是性格让他们失去了理智，是胆汁质性格的人的普遍特征。他们往往是站得越高摔得越惨的人：是最幸运的，也是最悲惨的。

多血胆汁质与胆汁质性格的最大的差异，并非睚眦必报，而是很热心、很温暖的人。多血质与胆汁质结合之后的品质具有男性的魅力。德莱顿认为莎士比亚擅长"男人与男人的友情，有阳刚之气（masculine fancy），而弗莱彻则擅长写男女之间的爱情，具有阴柔之美（feminine

---

① 参见孙法理《二谈莎翁的轮子》，《西南师范大学学报》（人文社会科学版）1989 年第 1 期。孙法理先生以《亨利五世》《皆大欢喜》《雅典的泰门》中的 wheel 的翻译各不相同，进而考证了命运女神的形象和命运车轮的意象，从而得出命运女神在莎士比亚的戏剧中代表着非理性和愚昧。因此，人们不能听从命运女神的摆布。

spirits)"。① 他在《论戏剧诗》中非常自豪地说:"英国戏剧对于戏剧发展史来说做出的最大的贡献就是'激情'(passions),还有'爱的主题'。"② 莎士比亚戏剧中爱的主题,不是俗世的爱情,而是一种自然的宇宙之间存在的大爱。杨周翰先生认他像维吉尔一样歌颂赞美"爱",因为"爱能征服一切"。③ 除了爱的主题外,"刚毅"还表现在充满激情的演讲。在莎士比亚的戏剧中,有很多具有雄辩能力的大篇幅演说。这种充满雄浑力量的演说,既表达了戏剧人物的情感和思想,也表达了作者深邃的思想。如在《特洛伊罗斯与克瑞斯达》俄底修斯中关于人类秩序的演讲,《亨利五世》中,出发去征服法国的军队,在寡不敌众的情况下,发出的爱国誓言,充满了道德教诲。莎士比亚戏剧中的演讲,在某种程度上与荷马的风格有些相似。虽然罗马哲学家和诗人西塞罗(Marcus Tullius Cicero, 106—43 B. C.)通过模仿柏拉图《斐多篇》中四人对话方式,认为苏格拉底把修辞和文学分开讨论,而在荷马作品中这两者是合二为一的。根据柯图思(Ernst Robert Curtius)对《荷马史诗》进行的统计可知,演讲是人物表达思想的最直接的方式,如在"《伊利亚特》中有一半的篇幅和《奥德赛》中有三分之二的内容都是人物的演讲,经常是特别长的演讲"。④ 荷马有一句关于修辞的经典阐释:"教会你这些事情,会说话也会做事。"(《伊利亚特》第九卷)后世的很多学者都引用这句话,将荷马称为"修辞学之父"。⑤ 对于荷马的演讲艺术,罗马诗人通过模仿希腊文学不仅能够获得文学的知识,也获得了修辞学演讲知识。

---

① John Dryden, Preface, *Troilus and Cressida, or Truth Found Too Late*, London: Printed for Jacob Tonson, 1679.

② John Dryden, *An Essay of Dramatic Poesy*. ed., with notes by Thomas Arnold, 2nd ed., Oxford: Clarendon Press, 1879, p. 35.

③ 杨周翰:《威廉·莎士比亚》,《外国文学研究》1979 年第 1 期。

④ Ernst Robert Curtius, *European Literature and Latin Middle Ages*, Trans. willard R. Trask. with a New Introduction by Colin Burrow, Princeton and Oxford: Princeton University Press, 2013, p. 64.

⑤ See also Ernst Robert Curtius, *European Literature and Latin Middle Ages*, Trans. Willard R. Trask. with a New Introduction by Colin Burrow, Princeton and Oxford: Princeton University Press, 2013, p. 64.

莎士比亚经常把胆汁质的气质类型与其他因素结合在一起，塑造人物的性格和推动情节的发展。这种人物性格塑造的方式，生动地刻画出了胆汁质性格中的冲动与盲目。即使一个很小的事件，与几种因素结合在一起，犹如化学反应，如年老、君权两者结合在一起，就犹如催化剂的作用，如《李尔王》中一句"把地图拿来"；一句"父亲，我没有话说"；一句"注意你的言词，否则你会一无所获"；一句"永远和你断绝一切父女之情和血缘亲属的关系，把你当作一个路人看待"（《李尔王》第一幕第一场）。简短的几句话，就将一个年迈渴望拥有爱的老人和一个虚荣心受到挑战的父亲的形象刻画得栩栩如生，由此事情的结局不再按照理智和逻辑发展，而是展现了性格决定命运的偶然性和必然性。

德莱顿关于莎士比亚与荷马的类比，也可表明莎士比亚的多血胆汁质与"博大的心灵"（Comprehensive mind）之间是一脉相承的，是亚里士多德文如其人原则的复归，也是贺拉斯个人禀赋论的升华。[1]莎士比亚的创作不是借助外界的知识，而是直接通过博大的心灵，审视内心，创造出形形色色的人物。因为"文学并不仅仅限于博学的学者，或者属于那些地位高的男性与女性。公众蒙昧无知，能够阅读和写作依然是凤毛麟角，值得珍惜"。[2]

对于伟大的诗人来说，胸襟成为诗歌这座大厦的根本要素，是诗人创作的根本。如果没有胸襟，那就是一个典型的会走的两脚书橱。博大的心灵是诗人的创作之本，对于东西方诗人来说，是一致的。纵观中外文学史，广阔的胸襟，不仅对于像莎士比亚这样没有丰富古典知识的戏

---

① 2005 年谈瀛州先生将 *Shakespeare: A Critical Study of His Mind and Art*（1875）翻译为《莎士比亚：对他的心灵与艺术的研究》（参见《莎评简史》，复旦大学出版社 2005 年版，第 113 页）。对此，罗益民教授将《四百年莎士比亚的身份与形象》翻译为《莎士比亚的智慧与艺术》（参见《外国文学研究》2016 年第 6 期，第 30 页）。将 mind 翻译为胸襟是根据清朝诗人叶燮在《原诗》中提出诗人创作的根本是胸襟，胸襟决定了作品的气势和品质，胸襟是诗人创作的根本。没有这个根基，建造的房子就会像海市蜃楼，虚无缥缈。

② John Dryden, *An Essay of Dramatic Poesy*. ed., with notes by Thomas Arnold, 2nd ed., Oxford: Clarendon Press, 1879, p.67.

剧诗人，而且对于像杜甫这样家学深厚、自幼聪颖、广交贤士、饱读诗书、处于盛唐时期的诗人来说，胸襟是他们能够自成一家之体的立足之本。几乎与德莱顿（1631—1700）生卒年月相似的中国清朝诗人叶燮（1627—1703），用胸襟阐释"诗圣"杜甫取得文学成就的原因。①叶燮对杜甫的文学创作过程做了详细的阐释："皆因甫有其胸襟以为基。如星宿之海，万源从出；如钻隧之火，无处不发；如肥土沃壤，时雨一过，夭矫百物，随类而兴，生意各别，而无不具足。"②胸襟外化在作品中，则体现为才、胆、识、力，就是德莱顿所说的另外两个关键词，胆识和才力，或者想象力和判断力。一旦诗人有胸襟，则下笔不踌躇，洋洋洒洒数万言，一切都奔涌而出。在莎士比亚则为博大的心灵，使他的戏剧自成一家，自成一体，正如叶燮所说："志高则其言洁，志大则其辞弘，志远则其旨永，如是者，其诗必传。"③一个人的天赋，可以成就一种传统——语言、人物、主题、文体、情感。

因此，莎士比亚的创作过程可以概括为"有胸襟，然后能载其性情、智慧、聪明、才辨以出，随遇发生，随生即盛"。④因为拥有博大的心灵，莎士比亚则能够将悲剧和喜剧同时做好，弥合了悲剧作家和喜剧作家之间的界限，成为文学史上的传奇人物，也成为德莱顿心中的"英国戏剧诗人之父"，被后世的诗人追随、模仿与崇拜，直到18世纪才有了清晰的生平脉络。

因此，借助希波克拉底—盖伦的体液性格论将作家分为开拓者和

---

① 叶燮（1627—1703）清代诗论家。字星期，号己畦。嘉兴（今属浙江）人。叶燮与德莱顿生活的时代基本是一致的，只是他比德莱顿的生命绵长一些。与《论戏剧诗》相比，叶燮的《原诗》在中国文学批评史上的地位是继刘勰的《文心雕龙》之后最具逻辑性和系统性的著作。他从文学传统的角度认识中国文学史的发展脉络，对于创作研究得多，关于诗人的论述比较少。与叶燮同时代的李渔（1611—1680）撰写的《闲情偶寄》是中国第一部系统研究戏剧创作的文学批评著作。

② 叶燮：《原诗》，载《原诗·一瓢诗话·说诗晬语》，霍松林校注，人民文学出版社1979年版，第17页。

③ 叶燮：《原诗》，载《原诗·一瓢诗话·说诗晬语》，霍松林校注，人民文学出版社1979年版，第47页。

④ 叶燮：《原诗》，载《原诗·一瓢诗话·说诗晬语》，霍松林校注，人民文学出版社1979年版，第17页。

完善者的推断，与德莱顿的"莎士比亚拥有博大的心灵"相结合，有助于理解一个成长于伦敦公共剧场的诗人超越于其他作家成就的背后的缘由。也可以推定，德莱顿之所以崇拜莎士比亚，是因为他经常自比于荷马，喜欢他们作品的雄健风格和"爱"与"荣誉"的英雄主题，并且在十年之后将《安东尼与克利奥特佩特拉》和《特洛伊罗斯与克瑞西达》改编为英雄剧，确立了莎士比亚在英国戏剧史上的地位和基于戏剧人物性格的寓教于乐原则。

二 蒲柏的"莎士比亚自然代言人"论

蒲柏是 18 世纪第一位肯定莎士比亚有知识且是非常渊博的知识的批评家。无论是内心的知识，还是书本的知识，知识对于一个诗人来说都是必不可少的。蒲柏根据戏剧创作素材的来源判断，莎士比亚从普鲁塔克的传记、意大利的小说、奥维德的作品、乔叟的作品中汲取了很多的营养。

在蒲柏看来，没有一个人像莎士比亚一样是一个诗学大师，对各个领域都精通，具有那么广博的知识。[①] 他的《科利奥纳兰斯》与《朱利斯·凯撒》中的罗马习俗还是有明显的差异。莎士比亚了解自然哲学、机械、古今历史、诗学知识和神话，精通习俗、礼仪和古代风尚。他是触类旁通的，可以找到事物之间的那种必然的联系，他常常把一个复杂的内容用简单易懂的方式表达出来，如"蜜蜂和政府""宇宙和军队"。莎士比亚对自然和科学的对象的描述非常准确，尤其是他的隐喻非常得体地找到了每一个主体的真正的本性和特有的品质。

虽然知识是一个作家创作的基础，但是这样的基础并不一定来自正规的学历教育经历，或者直接阅读古希腊罗马著作的能力，而是源于诗人的母语阅读与直觉。在《牛津英语词典》的解释中，"直觉是一种思维的能力，对一种事物的解释则是不需要推理或者是论证"。 这些知

---

① Alexandrea Pope, "Preface to the Works of *Shakespeare*", in Pat Rogers ed., *Alexandrea Pope: Major Works*, London: Oxford University Press Inc., 1993, p.187.

识不是来自他的学校教育，而是来自借助书商朋友的便利的英语著作阅读。莎士比亚清晰地诠释了"书非借不能读也"的古语。事实上，文艺复兴时期的戏剧诗人，除了"大学才子"之外，不仅莎士比亚没有受过大学教育，就连琼森也没有完成大学教育。^①不过，琼森是一个读书有方的人，在经历了一些波折之后，走上了自学之路。琼森有自己的图书馆，他买的每一本书都写上了自己的名字，据说在他的图书馆中，拥有200多本古典著作。琼森持续的学习，为他的创作奠定了雄厚的基础，成为英国第一个桂冠诗人，并且形成了自己的文学门派，这些追随者自称为本的家族（the tribe of Ben）。

莎士比亚既没有受到高等教育，也没有像琼森一样清晰的阅读历程，却取得了超越同时代人的成就。他对于语言的理解是凭着直觉。如果从卢克莱修和霍布斯对于感官的认识来说，这是一种不能从别人之处学来的，并不是来自阅读知识，而是来自经验的生成，来自感知。这种能力，属于霍布斯的《利维坦》（Leviathanon）的第二章《论人》中的想象力。想象力，在希腊语中是 fancy，在拉丁语中是 imagination。霍布斯所说的意象的产生是运动的观点与卢克莱修的论述极为相似，"各种感觉及心灵的图画"中所提出的"一切的东西都有各种东西流出来"，物体的运动产生的影响不断刺激人们的感官。^②由此可见，隐喻是一个诗人的天赋与知识。

从某种程度上来说，蒲柏为莎士比亚的知识、学历和成就做出的辩护，同时也是为自己的辩护，对于自己创作经历的认同。从蒲柏个人的经历来说，因为宗教信仰和身体的原因，他没有办法接受正规的大学教育，而是依靠阅读古典诗人的著作，如荷马、维吉尔、贺拉斯、朱维纳利斯（Decimus Junius Juvenalis, c. 60—140），以及英国诗人乔叟、莎士比亚和德莱顿的作品。蒲柏摹仿维吉尔的田园诗集完成了第一部诗集《田园》（1709），摹仿贺拉斯《诗艺》创作了诗歌体《论批评》，融合史

---

① 他所在的威斯特敏公学的校长威廉·卡姆登（William Camden, 1551—1632）是一个历史学家，第一位撰写《大不列颠》（Britannica）和《伊丽莎白历史》的人。

② ［古罗马］卢克莱修：《物性论》，方书春译，商务印书馆1981年版，第201页。

诗、讽刺诗和乔叟、德莱顿采用的英雄对句体（Heroic Cuplet），创作了英雄滑稽史诗《劫发记》（1712）。作为一个摹仿古典作家的诗人，蒲柏最不喜欢的是卖弄学问的人，他和斯威夫特组成的"涂鸦社"，以讽刺滥用学问的人为己任，1728年的《群愚记》是他们最高的成就。

诗哲融合，是蒲柏在研究莎士比亚戏剧中提出的一个标签。莎士比亚的戏剧是用想象力构建的意象世界，天平的左边是真实和虚构，右边是意象，作家依靠想象力谱写的音乐之声，读者或者是观众，即使不用看表演，在柔和寂静的夜色中，看着文字，宇宙的琴弦就能流淌进心扉。博林布鲁克回复蒲柏的《论人》信件中说：

> 诗人是否应该使用韵文进行逻辑推理，或者是在教化的风格中进行比较长的论证过程，他肯定认为从整体来说，会让他的读者像卢克莱修一样，尽管他比其他的罗马诗人做得好，在很多部分还有诗歌的火花。他肯定一开始想写哲学主题，想用自己的方法。他因此会缩略，或者是压缩，他把不符合诗歌的部分都删除掉了，当他不能教化的时候，他希望可以让人高兴……总之，对我来说，哲学的事业应该详述，去推论，去证明，去说服，而诗人则只是暗示……用简短有力的笔触，去唤起人们的感情，去谈论真理。①

蒲柏的《论批评》和《论人》也进一步证实了诗人不仅可以使用韵文进行逻辑推理，而且即使觉得内容不适合教化，诗歌本身的美也可以带给人愉悦。在英国文学史上，这一点做得最好的诗人就是莎士比亚。

从尼克拉斯·罗到蒲柏的莎士比亚生平脉络考订，不仅使诗人的形象清晰，更为重要的是对莎士比亚的学识的考订，不再以"粗通拉丁语略知希腊文"作为天才诗人的另一种标签。此后，随着莎士比亚戏剧出版与校勘的发展，莎士比亚在英国戏剧史上的地位逐渐被神化，变成一种国家文化符号。在经历了王朝复辟时期、奥古斯都时代和约翰逊

---

① See also George sherburn, "Pope's Letters and the Harleian Library", *ELH*, Vol.7, No.3, 1940, p.183.

的《莎士比亚戏剧集》出版之后，莎士比亚在英国文学史上的地位日趋重要。

三 加里克的"莎士比亚诗人缪斯"说

从德莱顿的"英国戏剧诗人之父说"到蒲柏的"莎士比亚是自然的代言人"，再到约翰逊的"莎士比亚是人性的诗人"，莎士比亚作为民族诗人的形象得到了认可，但是真正推动莎士比亚偶像化（Bardoltary）的关键人物是 18 世纪后期的戏剧诗人、演员和剧场管理者大卫·加里克（David Garrick, 1717—1779）。

与德莱顿克制而又长久的崇拜不同，加里克对莎士比亚的崇拜从模拟其精神，转变为一种可见的、物化的方式。在他眼中，莎士比亚不仅是"英国戏剧诗人之父"，更为重要的是他不是平凡的人，而是神一般的存在。他在 1744 年撰写的剧评谈论演出《麦克白》心得的时候，对莎士比亚的天赋和能力给予了很高的评价，甚至出现神化的现象："莎士比亚是一个不受规则制约的诗人，他对于世间所有的一切都有至高无上的权力，规则是对他的特权的侵犯，他的神笔可以管控所有的情感与性格，他的高贵的语言不仅是独特的，而且是创作的，思想、语言和情感都是他的努力，受到他的天赋的束缚，他应该进入名誉殿堂，成为永恒的诗人。"①

在伦敦的演艺事业取得成功之后，加里克于 1755 年在泰晤士河岸边南安普敦的别墅中修建了莎士比亚神殿纪念他的偶像，朗读了他 1750 年 9 月 8 日德鲁里巷剧院（Dury Lane Theater）开业时的开场白（Occasional Prologue, Spoken by Mr Garrick at the Opening of Drury Lane Theatre, 8 Sept. 1750）。事实上，德鲁里巷剧院是为了莎士比亚创建的，是为了"动人心弦，颐养心智"（"Sacred to Shakespeare was this spot design'd, to pierce the heart, and humanize the mind"）。

---

① David Garrick, *An Essay on Acting: In which will be Consider'd the Mimical Behaviour of a Certain Fashionable Faulty Actor, and the Laudableness of Such Unmannerly, as well as Inhumane Proceedings. To which will be Added, A Short Criticism on His acting Macbeth*, London: W. Bickerton, 1744, p.12.

加里克的朋友和邻居，诗人霍勒斯·沃波尔（Horace Walpole，1717—1797）用加里克的口气写道："我的精神我的性情，我的理智，如果我有，那都是来自莎士比亚。"

THOU art my living monument; in THEE

I see the best inscription that my soul

Could wish: perish, vain pageantry, despis'd!

SHAKESPEAR revives! in GARRICK breathes again![1]

随着剧场事业发展进入鼎盛时期，加里克对莎士比亚的崇拜与日俱增，开始收藏与莎士比亚相关的物品，如手稿、日用品或者旧居的家具等，莎士比亚神殿不仅是加里克汲取灵感的地方，而且是英国历史上第一个莎士比亚博物馆。十年之后，1769 年 10 月，加里克在莎士比亚故乡的斯特拉福举办了为期三天的纪念活动，后来又在剧场（Drury Lane）举办了连续 92 天的莎剧演出。加拿大麦吉尔大学英国戏剧研究专家菲奥娜·里奇（Fiona Ritchie）认为这个事件标志着英国对莎士比亚诗人地位的确认。[2] 此外，1741 年莎士比亚在威斯特敏大教堂诗人角才有了一席之地。虽然琼森在 1623 年的"第一对开本"的《颂诗》中声称莎士比亚是不需要墓碑的，并深情地寄托自己的崇敬之情：

> 我的莎士比亚，起来吧；
> 我不想把你安放在乔叟或者斯宾塞的身旁，
> 或者是要求博蒙特挪开一点点，为你留出地方：
> 没有墓碑，你就是一座丰碑，
> 只要你的书永存，你就依然活着，

---

① Cathy Curry, "Garrick's Villa and Temple to Sharespeare", http://www.readkong.com/page/garrick-s-villa-and -temple-to-sharespeare-5711777, 2019.

② Ritchie Fionsa and Peter Sabor, eds. *Shakespeare in the Eighteenth Century*, Cambridge: Cambridge University Press, 2012, pp.1154-1155.

我们会深思熟虑地阅读，也会给予你赞美。①

　　但是在英国诗人的纪念地威斯特敏大教堂为莎士比亚竖立一块纪念碑，是后人们对于这位诗人的一种心灵寄托，并不可能将他真正地安葬在这里。因为在莎士比亚去世之前，写下的"朋友，以耶稣的名义起誓，不要挖我的尸骨！赐福保护碑石者，诅咒移我尸骨者"这句话，被家人刻在教堂圣坛边上的石碑上，成为人们确定莎士比亚安息地的标志。不过，人们在威斯特敏大教堂为莎士比亚修建纪念碑的影响依旧是深远的，也对伦敦公共剧场莎士比亚戏剧演出产生了影响。

　　加里克从戏剧改编、修建神殿和举行家乡庆典，用戏剧诗人和演员的态度，表达着自己的崇拜。加里克对莎士比亚戏剧的改编方式，与德莱顿时期诗人的改编原则不同，而是使其符合 18 世纪的道德和意识形态的需求。他通过自然的方式进行戏剧表演，不再拘泥于人物的服装或者类型，实现了演艺事业的突破。莎士比亚的艺术世界，让加里克打破了他自己的演出生活的角色制约。他因为演出莎士比亚的《理查德三世》而跻身伦敦剧场，并且随着演出的成功和戏剧改编的影响逐渐增加，成为皇家剧场的管理者，加里克并不把自己的演出局限于悲剧、喜剧或者丑角，直到 1779 年离开伦敦舞台，他扮演了形形色色的人物。

　　尽管人们对 1769 年加里克在斯特拉福举行的纪念活动褒贬不一，但是这次纪念活动对于以后纪念出生在埃文河畔的民族诗人产生了深远的影响，促进了 1830 年庆典（Gala）在莎士比亚的生日举行。这两次活动在罗伯特的《从纪念活动到庆典》中得到了关注，两次间隔近五十年的活动各有影响。②

　　虽然第二次庆典的规模和形式都超越了 1769 年，但是缺少加里克

―――――――――――

　　① Ben Jonson, "To the Memory of My Beloved the Author, Mr. William Shakespeare and What He Hath Left Us", in Brain Vickers ed., *William Shakespeare: The Critical Heritage*, Vols 6, London and New York: Routledge the Taylor & Francis e-Library, 2005, Vol. 1, p.22.

　　② Robert Sawyer, "From Jubilee to Gala: Remembrance and Ritual Commemoration", *Critical Survey*, No.2, 2010, p. 26,

撰写的《颂诗》，味道也就缺少了很多。由加里克朗诵的《颂诗》[An Ode upon Dedicating a building and Erecting a Statue, to Shakespeare, at Stratford Upon Avon（1769）]中，莎士比亚再次被神化（demi-god），成为诗人崇拜（Bardolatry）这个词的渊源之一。在这短短的诗行中，大卫·加里克对于莎士比亚的崇拜之情溢于言表，"是他，就是他！我们崇拜的神！我们为他唱赞歌，修神庙，他值得我们所有的崇敬，所有的赞美！"（"Tis he! 'tis he! / 'The god of our idolatry!'/ To him the song, the Edifice we raise, /He merits all our wonder, all our praise!"）① 对此，有的人认为这是令人欣慰的事件，也有的人认为这是愚蠢者的狂欢。②

不仅如此，加里克对莎士比亚戏剧在欧洲的接受也产生了重要的影响，哈里曼·史密斯与迈克尔·多布森（Michael Dobson）一样，证实加里克对莎士比亚成为民族的偶像所起的作用，不一样的是他要探讨"从1750年到十九世纪初，莎士比亚在欧洲的传播其实就是加里克的演出在欧洲产生的影响是一样的"。③ 虽然这些学者对加里克对莎士比亚的偶像化做出的贡献的评价并不一定客观，但是从另一个侧面反映了莎士比亚在18世纪戏剧诗人心中的地位是无可比拟的。从此，莎士比亚成为戏剧诗人无法超越的巨人，高山仰止的偶像。他们为莎士比亚辩护，并且开始在他的家乡举行纪念活动，这成为英国历史文化的组成部分。

在英国戏剧诗人对莎士比亚的崇拜与狂热中，出现了蒲柏和约翰逊用辩证的方法认识莎士比亚戏剧中的优劣之处的批评家。他们在编订戏剧集的过程中走近莎士比亚，凭借着天赋、知识与智慧，试图为读者建立一套可供借鉴的标准，发掘戏剧的文学与社会历史价值，促进了莎士比亚戏剧的经典化历程。

---

① Ben Jonson, "To the Memory of My Beloved the Author, Mr. William Shakespeare and What He Hath Left Us," in Brain Vickers ed., *William Shakespeare: The Critical Heritage*, Vols. 6, London and New York: Routledge the Taylor & Francis e-Library, 2005, Vol. 5, p.257.

② Robert Sawyer, "From Jubilee to Gala: Remembrance and Ritual Commemoration", *Critical Survey*, Vol. 22, Iss. 2, 2010, pp.26.

③ James Harriman-Smith, "Garrick and Shakespeare in Europe", *Journal for Eighteenth-Century Studies*, Vol. 43, No. 3, 2020, p.386.

综上所述，在经历了一个半世纪的演变，莎士比亚在英国诗人中的地位与形象，与他职业生涯早期的形象已经截然不同，完成了从一个被"大学才子"罗伯特·格林羡慕嫉妒的剧场新人到英国戏剧诗人的偶像的演变过程。

第二节 莎士比亚的经典化

1623 年的"第一对开本"的出版，标志着莎士比亚戏剧在英国文学史上占据了一席之地，但是随着时代的发展，语言习惯或者各种原因造成的错误，使校勘"对开本"成为 18 世纪批评家的重要职责。尽管莎士比亚的戏剧在生前没有结集出版，但他的演员同事为了让舞台的经典能够成为阅读经典，将剧本编订成集，并将之献给伯爵。

从莎士比亚批评史的角度来说，17 世纪后期到 18 世纪，代表诗人身份的"对开本"转变为促进大众阅读的英国文学经典系列的"八开本"，标志着莎士比亚戏剧作为文学经典的地位得到了巩固与升华。诚如约翰逊所说："编者并不会改变诗人的文学史地位，只能让读者与作者的距离更近一点。"[1]

因此，莎士比亚的经典化并不是指诗人在戏剧校勘与编辑的过程中，从默默无闻到声名大振。因为莎士比亚戏剧作为舞台经典的地位，在 1623 年出版的"第一对开本"的《颂诗》中本·琼森已经肯定过，莎士比亚是无冕之王，不需要挤在代表诗人身份的威斯特敏大教堂的诗人角，通过拥有一席之地来证明身份，他的戏剧就是最好的纪念碑。同样，莎士比亚的经典化，也不是指戏剧从一种小的文体式样演变成具有

---

① Samuel Johnson, "Preface to Shakespeare", in Walter Raleigh ed., *Johnson on Shakespeare*, London: Henry Frowde, 1908, p.31.

影响力的文体。因为早在古希腊时期，戏剧在古典诗学著作中，一直与史诗这种古老的、恢宏的文体相提并论，难分伯仲。如亚里士多德在《诗学》中将悲剧置于史诗之上，缘由是悲剧中的音乐和短时间内能够震撼心灵的艺术魅力超越了史诗。后来，在布瓦洛的《诗艺》中史诗是超越悲剧的，是一种恢宏的可以充分反映作者想象力和宏大历史场面的文体。虽然悲剧居于史诗之后，但是至少是第二重要的文学体裁。

综上所述，莎士比亚经典化是指从 17 世纪后期到 18 世纪末，新古典主义批评家与编者通过对文本的勘误补阙、文化阐释的文本构建，探讨莎士比亚戏剧的"永恒价值"和"时代风采"的辩证关系的过程。在此过程中，莎士比亚戏剧校勘方法得到了完善与发展，丰富了西方校勘体系的内涵。

一 莎士比亚戏剧校勘方法的经典化

在四百年的莎士比亚批评史上，没有一个时代像 18 世纪一样，从事莎士比亚戏剧编订事业的人身份如此多元化。从戏剧诗人、讽刺诗人、古典著作的译者、学者、宗教人员、词典学家到律师或者商人，似乎只要打开莎士比亚戏剧，就会不由自主地与他成为一生的朋友，都会为了心目中的诗人形象，不辞辛苦、夜以继日地努力，从事着现代很多学者都不曾涉及的领域。他们在编订莎士比亚戏剧的过程中，做出了各种努力，包括勘误补阙、文化阐释，使莎士比亚戏剧经历了近一个世纪的文本构建过程，成为西方校勘史上的三大流派之一。

因此，后文以《哈姆雷特》的校勘为例，借鉴陈垣先生《校勘学释例》（卷六）的《校法四例》中对古典著作校勘体系概括出的对校、本校、他校和理校的内涵，阐释新古典主义时期莎士比亚戏剧的校勘方法的经典化过程。

（一）对校

在莎士比亚戏剧校勘的过程中，对校始于蒲柏，但约翰逊使用得最多。对校，"即以同书之祖本或别本对读，遇不同之处，则注其于旁。刘向《别录》所谓'一人持本，一人读书，若怨家相对'者，即此法也"。① 换句话说，就是采用不同的版本进行对照。蒲柏认为在莎士比亚生前或者他生活的时代出版的版本，比较可靠、具有权威性，提出使用四开本（Quartos）或者手稿（Manuscript）来校对莎士比亚的"对开本"，以实现勘误补阙。

用"四开本"校"对开本"是 18 世纪莎士比亚戏剧校勘的一个基本方法。用约翰逊的话来说，"是蒲柏找到了提高文本的办法，他做得不够好，只是在提醒让别人做得更加准确"。② 对校的出现，使人们不再迷信"第一对开本"的权威性，对于莎士比亚戏剧校勘事业的发展影响非常深远。

约翰逊将对校的方法从"对开本"与"四开本"的对校，扩大到同时代编者的版本。约翰逊在编订莎士比亚的每一部戏剧中，都标明参考了哪些版本，并且将同时代出版的《莎士比亚戏剧集》的编者注释收录其中。结果，约翰逊编订的《莎士比亚戏剧集》像艳丽的七巧板，拼接了很多他人的颜色，但注释的内容对于普通读者来说，有一些困难和累赘。

除了比较不同的版本外，约翰逊还将对校与理校方法相结合，阐述莎士比亚的语言魅力，以及其他编者勘正语言所依据的材料和推理过程。如，在校注《哈姆雷特》第五幕第四场霍拉旭和哈姆雷特关于死亡的对话时，约翰逊则面临选择沃伯顿的"Since no man knows aught of what he leaves, what is't to leave betimes ?"还是"第一对开本"和尼克拉斯·罗与蒲柏版本中的"Since no man knows ought of what he leaves, what is't to leave betimes ?"的困惑。最终，约翰逊采用了沃伯顿（Warburton）的版本，而不是"对开本"。这句话的语境如下：

Ham. Not a whit, we defy augury; there is a special providence in the fall of a sparrow. If it be now, 'tis not to come , if it be not to conae, it will

---

① 陈垣：《校勘学释例》，中华书局 1959 年版，第 144 页。

② Samuel Johnson, *Lives of the English Poets*, London: J. F. Dove, 1825, p.280.

be now; if it be not now, yet it will come; the readinefs is all. Since no man knows aught of what he leaves, what is't to leave betimes? (Hamlet, 5.4.)[①]

在这段话中，哈姆雷特认为麻雀的掉落是天意，该来的总归要来的，所以需要坦然面对。对此，威廉·沃伯顿依据"四开本"的解释，将"对开本"中的"ought"修改为"aught"，使整段的逻辑关系变得清晰起来。

约翰逊基于沃伯顿的修改对莎士比亚的语义做了推理，做出了生命虚无悲观的解释，因为既然不知道明天是什么样的，所以现在和未来离开这个世界都不足为恐惧的结论。

因为没有人知道自己离开的时候，生命的状态是什么，因为他也不知道未来的生活是什么样的，所以为什么会恐惧马上离开呢？他不能确定未来是否是缺少幸福或者这是充满灾难。我不会遵循天意或者是先兆，因为这些没有理性或者是信仰，我不会因为天意而死亡。[②]

从约翰逊的阐释来看，哈姆雷特的心理活动属于时代的特征，反映了文艺复兴时期忧郁的时代特征。哈姆雷特将霍拉旭（Horatio）作为心灵的挚友，期望像他一样"能够辨别是非、察择贤愚"，"不为感情所奴役"，"经历一切的颠沛，都不曾受到一点伤害，命运的虐待和恩宠，都能受之泰然；能够把感情和理智调整得那么适当"（《哈姆雷特》第三幕第二场）。其次，只是造化弄人，哈姆雷特不能仅仅成为需要以智慧探求真相的哲学家，还要作出行动的抉择。因此，来自各种世俗的恶势力产生的巨大压力，使他不能像霍拉旭（Horatio）一样，作为一个旁观者置身事外，也不能像古典主义哲学家一样，身边伴有梯子、天平、

---

① 本节中引用的《哈姆雷特》的英文出自 1765 年约翰逊编订的《莎士比亚戏剧集》（八卷本），在正文中标注幕与场次，但是不标注行号。

② Samuel Johnson, ed., *The Plays of William Shakespeare, with the Correction and Illustrations of Various Commentators*, London: Printed for Jacob Tonson and Richard Tonson, 1765, Vol. 8, pp. 303-304.

记载着时光流失的沙漏，还有数学魔方和翅膀上写着 Melancholia 的蝙蝠陪伴，在静谧的书斋里，双手托腮、沉思永恒的宇宙与时间主题，也不能像经验主义哲学家那样，仅仅在安静的墓地里捧起人类的骷髅，就可参透今生和来世；而要像战士一样，手中握着复仇的宝剑，一个人面对像监狱一样、秩序混沌的丹麦，思考行动与秩序。

对校，除了能够勘正错误，还有一个重要的作用，就是补阙。约翰逊根据"对开本"与"四开本"的差异，增补不同版本缺失的文本内容。如在"第一对开本"中并没有《哈姆雷特》第一幕第一场鬼魂进来之前，勃那多与霍拉旭探讨老王鬼魂出现的警示预兆的一段话，但是在尼克拉斯·罗和蒲柏的版本中都赫然存在，并没有说明出处。这也就是说约翰逊所说的，编者做出了勘正，但是没有给出理由，不能让人信服。对此，在1765年的版本中，补充了对照"第一对开本"没有的部分，约翰逊都采用了斜体字的方式，对这些省略的部分进行了说明，"有的好，有的效果不好，整体看来是为简略一些"。[①] 因此，除了注释外，补阙的部分似乎也使18世纪莎士比亚戏剧长度增加了一些。

（二）本校

本校法在18世纪莎士比亚戏剧的编订中是解决校勘过程中疑难问题的核心要素，也是编者对莎士比亚戏剧风格和意图了解程度的标志。本校，与西方文学研究中的互文相似，"本校法者，以本书前后互证，而抉摘其异同，则知其中之谬误"。[②]

18世纪莎士比亚戏剧集的编者使用本校法有两种情况：根据某一部戏剧的上下文，来确定词语的拼写，或者根据不同戏剧进行校勘或者是确认文本。根据约翰逊编订的《哈姆雷特》版本中根据莎士比亚的语言习惯和风格勘误的阐述，使用本校法比较多的是沃伯顿与蒲柏。除了校勘文字，本校法还被尼克拉斯·罗和蒲柏应用于戏剧结构布局与划分。

---

① Samuel Johnson, ed., *The Plays of William Shakespeare, with the Correction and Illustrations of Various Commentators*, London: Printed for Jacob Tonson and Richard Tonson, 1765, Vol. 8, p. 135.

② 陈垣：《校勘学释例》，中华书局1959年版，第145页。

蒲柏根据莎士比亚戏剧的复杂结构、独创性的语言和个性化人物三个内部特征，参照"第一对开本"编者身份的权威性，将自 1664 年"第三对开本"的第二个版本出版以来的 43 部戏剧，恢复到第一对开本的 36 部。通过对戏剧结构、人物和语言三要素进行的分析，蒲柏虽然怀疑《爱的徒劳》《冬天的故事》和《泰特斯·安多尼克斯》中只有部分场景或者语言是作者的真迹，但整体结构具有莎士比亚戏剧的基本特征，遂将莎士比亚戏剧数量复原为 36 部，彰显了他作为批评家的智慧和魄力，并在 18 世纪保持不变。

如果仅从收录作品的数量来看，1725 年的《戏剧集》与 1623 年的"第一对开本"都是 36 部，但从百年莎士比亚戏剧出版史的角度来看，蒲柏打破了自 1664 年"第三对开本"出版以来到 1709 年的"八开本"都收录 43 部作品的传统。在 1664 年的"第三对开本"中，编者没有将这七部戏剧归类到悲剧、喜剧和历史剧的行列中，而是在之后另起编号（1—100）排版，而且在 1685 年的出版说明中，这 7 部戏剧被标注为在"第一对开本"中没有印刷的。此后，尼克拉斯·罗将这七部戏剧等同视之，进行了戏剧结构的划分。

（三）他校

他校法始于蒲柏，盛于西奥伯尔德。西奥伯尔德参照希腊罗马作家的作品与莎士比亚同时代人的作品，对莎士比亚的戏剧进行了修改校勘。自此之后，他校法成为 18 世纪莎士比亚戏剧校勘、研究与批评的基本方法，也是莎士比亚文本的语言校勘补阙最为重要的方法。

他校法要求编者不仅要具有批评家的天赋和判断力，更需要精通莎士比亚生活的时代、莎士比亚的阅读以及莎士比亚与同时代作家之间的互文等方面的知识，才能给读者更多的启迪和帮助。这种方式，在沃伯顿注释莎士比亚戏剧的过程中使用得最为突出，而在沃伯顿之前，西奥伯尔德 1733 年的版本中：

He digs, and fings.

In youth when I did love, did love,

Methought, it was very sweet ;

To contract, O, the time for my behove,

Oh, methought, there was nothing fo meet.（ *Hamlet*, 5.1 ）[①]

西奥伯尔德对掘墓人哼出的小诗"In youth…meet"进行了考证，约翰逊之后，他校法成为爱德华·卡佩尔、乔治·史蒂文斯和埃德蒙·马隆的主要校勘方法。他们将莎士比亚的相关研究领域逐渐扩大，不仅研究他的作品、他生活的时代，还有他同时代的作家。换句话说，任何与莎士比亚相关的要素，都有可能是打开伊丽莎白时期英国历史文化的一把钥匙。

（四）理校

约翰逊认为主观臆测的方式在编订过程中会产生各种错误，但是又是必不可少的。在《戏剧集》的校勘过程中，编者们遇到的像约翰逊所说"comma 虽然不是常用的表达方式，但极有可能是属于莎士比亚的独特方式"的情况，多如繁星。[②]因此，从文献资料匮乏到书的海洋，编者不仅需要知识，还需要判断力和选择能力。这种判断力和选择能力，就是段玉裁（1735—1815）所说的"校书之难，非照本改字不讹不漏之难，定其是非之难"的理校法，也是校勘的最终目标。

理校，在没有权威的古本或者多个版本存在无所适从的时候，编者就使用本法定是非，去伪存真。这种方法需要推理判断，与前面提到的对校、本校和他校相比，具有更大的主观性。在约翰逊校勘之前，莎士比亚除了"对开本"和"四开本"，18 世纪还有多个版本，如何定是非是一件任重而道远的事情。在他之前，编者们并不能相互借鉴，各自为政。为了改变这种局面，约翰逊则是集众人之长，将不同编者合理有价值的注释保存下来，并且对他们的解释做出了评价。

---

① Samuel Johnson, ed., *The Plays of William Shakespeare, with the Correction and Illustrations of Various Commentators*, London: Printed for Jacob Tonson and Richard Tonson, 1765, Vol. 8, p. 280.

② Samuel Johnson, ed., *The Plays of William Shakespeare, with the Correction and Illustrations of Various Commentators*, London: Printed for Jacob Tonson and Richard Tonson, 1765, Vol. 8, p. 294.

他将蒲柏、西奥伯尔德、沃伯顿和哈默的注释，尤其是沃伯顿的"以史证诗"的恢宏论述整合在一起，成为 1765 年版《戏剧集》丰富注释的重要组成部分。因此，阐释、认同或者反驳其他编者的缘由，成为约翰逊校勘工作的重中之重。如，《哈姆雷特》第五幕第三场，哈姆雷特讲述他如何在克劳底斯谋划的海难中幸存下来，得到英国帮助除掉两名谋杀他的信使的过程中，使用了一系列的比喻。从"第一对开本"到蒲柏的版本都是沿用了 comma，强调盖有父亲印章的这封信是丹麦和英国的和平使者。

> An earneft conjuration from the King,
>
> As England was his faithful tributary,
>
> As love between them, like the palm, might flourilh,
>
> As Peace mouldstill her wheaten garland wear,
>
> And stand a Comma 'tween their amities; (*Hamlet*, 5.3)

然而，沃伯顿根据奥维德的作品中 Peace 的用法，认为 Peace 女神是两个国家的和平使者，不能使用标点符号"Comma"的隐喻，而应该使用表达爱情使者的"commer"。对此，约翰逊作出了反驳，因为就英语标点符号的使用来说，comma 是代表着连接，句子的延续，而 period 代表戛然而止。[①]

随着 18 世纪出版业的发展，以及对文艺复兴时期历史和文学相关研究的发展，这些默默无闻的编者"灵魂在杰作中冒险"，使《莎士比亚戏剧集》成为莎士比亚批评史上最为重要的历史文献资料，也确立了一套完整的校勘体系，促进了莎士比亚戏剧文本的经典化。

---

① Samuel Johnson, ed., *The Plays of William Shakespeare, with the Correction and Illustrations of Various Commentators*, London: Printed for Jacob Tonson and Richard Tonson, 1765, Vol. 8, p. 293.

二　莎士比亚戏剧文本的经典化

除了版本大小的变化，18 世纪出版的《莎士比亚戏剧集》具有三个重要的特征：语言规范化、结构五幕化、注释与批评鉴赏结合，是18 世纪文学经典体例结构中的重要组成部分。

（一）拼写符合 18 世纪的语言习惯

18 世纪的《莎士比亚戏剧集》在语言上趋于符合 18 世纪的语言习惯。因为除了在对开本流通和传播的过程中，最初编者的谬误、排字或者校对者产生的错误，莎士比亚戏剧的语言与 18 世纪初英语语言的拼写或者标点的使用有一定的差异。

《暴风雨》第四幕第一场的普罗斯洛与费迪南德关于米兰达的对话中，尼克拉斯·罗做了三处改动。首先，幕与场次的表达方式从拉丁语的 Actus Quartus, Scena Prima, 改为英文的 Act Ⅳ, Scene Ⅰ。虽然语言发生了改变，但这并不是严格意义上的翻译，而是改变了戏剧诗人创作中的表达习惯。接着，规范英文单词拼写习惯，如 For you shall finde the will out-strip all praise and it halt behind her，以及 owne 中的 own 的拼写习惯的 e 都不存在。最后，句子停顿标点符号的改变。对于行内断句，他将停顿删除，使其能够一气呵成地说出来。如在"第一对开本"中，for I have give you here，a third of my owne life，变成了 for I have give you here a third of my owne life。[①]

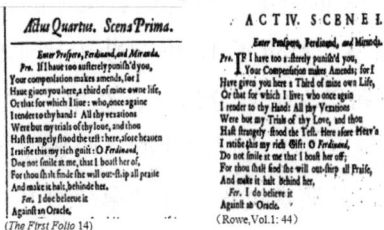

图 3-1　尼克拉斯·罗校勘《暴风雨》第四幕第一场的对照

---

① 以上图片是从"第一对开本"的影印本与 1709 年尼克拉斯·罗编订"第一八开本"的《暴风雨》中引用的文字，这样是为了看到最初版本的形式，以期形成对照，利于发现校勘过程中的变化。

尼克拉斯·罗的这种校勘方法得到了蒲柏的认可，在蒲柏 1725 年的版本中，延续了 1709 年的校勘方法，并且到了约翰逊 1765 年的版本中也保持不变。由此可见，对于莎士比亚戏剧语言的规范化，18 世纪《莎士比亚戏剧集》的第一任编者做出了重要贡献。①

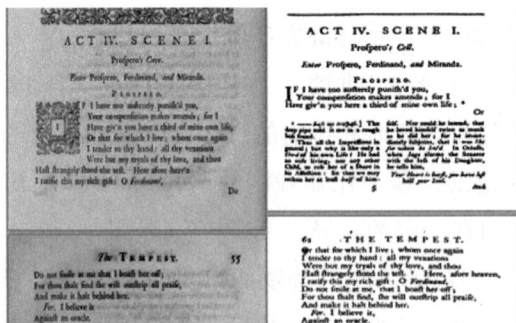

图 3-2 《暴风雨》第四幕第一场蒲柏版与约翰逊版的文本对照

（二）结构调整符合五幕化的舞台风格

在现代读者眼中，莎士比亚的戏剧都是五幕化的结构。对比 18 世纪的对开本与 18 世纪之后的版本，就会发现事实并非如此。促使这一变化发生的是出版商雅各布·汤森，他将莎士比亚戏剧作为文学经典系列，对编者提出了一系列编订要求。在这样的背景下，尼克拉斯·罗和蒲柏对于莎士比亚戏剧幕和场次划分做出的调整，在莎评史上产生了深远的影响。

尼克拉斯·罗是 18 世纪第一位现代意义上的编者。他对莎士比亚戏剧结构和布局的调整，奠定了 18 世纪莎士比亚校勘史的重要基础。关于莎士比亚戏剧幕和场次的划分情况，在第一章第二节中已有论述，在此不再展开。后文仅以莎士比亚的悲剧《哈姆雷特》为例，探讨莎士比亚戏剧幕和场次划分的演变过程。在"第一对开本"中《丹麦王子哈

① 图 3-2 为《莎士比亚戏剧集》1725 年蒲柏编订的版本和 1765 年约翰逊编订的版本。在四个版本中，蒲柏的版本格式优雅，每一幕的开始都有标志，并且每一场的结束也有图形标志，而在约翰逊的版本中则注释很多，两者的不同在于故事发生的地点的表达方式，山洞是 cave 还是 cell。

姆雷特的悲剧》(*The Tragedie of Hamlet, Prince of Denmark*)，根据钱伯斯的统计数据是莎士比亚戏剧中最长的一部，共有 3929 行。

从出版史的角度来看，在 17 世纪的贺明奇与康德尔（Heminges and Condell）编订的"第一对开本"中，《哈姆雷特》只有两幕。第一幕中分为三场，第二幕的开启从波洛涅斯及雷奈尔多（Polonius and Reynaldo）登场开始，分为两场。在此后 18 世纪尼克拉斯·罗（Rowe）、蒲柏（Pope）和约翰逊（Johnson），20 世纪的牛津（Oxford）版和 21 世纪的诺顿（Norton）版中，《哈姆雷特》都是典型的五幕剧结构。每一幕都有场次划分，但是场次的划分变化很多，经历了从无到有、从少到多，再从多到少的变化历程。

从幕和场次的划分来说，无论是尼克拉斯·罗还是蒲柏和约翰逊，都是为了让读者易于阅读。但是编者的身份不同，他们划分的原则也不尽相同。作为戏剧诗人，罗对于场次的划分并不细致，但是作为诗人，蒲柏的场次划分却略显不同，除了情节的变化，还要参照人物情绪的变化，或者场地发生变化，将场次进行了划分。大约半个世纪之后，约翰逊在校勘《莎士比亚戏剧集》的过程中，《哈姆雷特》沿用了尼克拉斯·罗关于幕的划分和蒲柏的场次划分，偶尔略有调整，整体基本一致。相比之下，20 世纪的牛津版则在两者之间取中，整体数量没有蒲柏划分得那么零碎，具体划分情况参见表 3-1。

表 3-1　《哈姆雷特》幕与场次划分的演变

The First Folio Edtion (1623) :152–280	Act I Scene I- III	Act II Scene I- II			
Rowe Edition (1709) Vol. 5: 2365–2466	Act I Scene I-III	Act II Scene I- II	Act III Scene I- II	Act IV Scene I-III	Act V Scene I- II
Pope Edition (1723) Vol.6: 343–471	Act I Scene I-IX	Act II Scene I-VIII	Act III Scene I-XI	Act IV Scene I-X	Act V Scene I-VI
Johnson Edition(1765), Vol. 8: 126–316	Act I Scene I-IX	Act II Scene I-VIII	Act III Scene I-X	Act IV Scene I-X	Act V Scene I-VI
Oxford Edition (1905): 870–907	Act I Scene I-V	Act II Scene I- II	Act III Scene I-IV	Act IV Scene I-VII	Act V Scene I- II

The First Folio Edtion (1623) :152–280	Act I Scene I-III	Act II Scene I-II			
Norton Edition (2005): 696–1784	Act I Scene I-V	Act II Scene I-II	Act III Scene I-IV	Act IV Scene I-VII	Act V Scene I-II

（三）注释与批评鉴赏相结合

注释与批评结合是 18 世纪《莎士比亚戏剧集》编订与校勘的基本特征。虽然 1709 年尼克拉斯·罗编订的版本似乎没有注释，但是他的《莎士比亚传略》是第一部将诗人的生平与对作品的欣赏相结合的传记学研究作品。接着，蒲柏编订的《戏剧集》版本中确立了注释和批评结合的编订校勘原则。

蒲柏采用了对校、本校、他校和理校，四种方法结合，对莎士比亚戏剧文本勘误补阙，并且对于作品的优劣之处使用符号进行标注，"†"是注释，"'"是选定的精彩段落。蒲柏用批评家的方式作出批注，不另外列出篇幅，而是在文中标注出来。不过这种批注的方式也带来了很多的负面评价，被现代学者约瑟夫·阚迪铎讽刺。他做出了一个形象但并不客观的比喻，"蒲柏的《戏剧集》就像奥古斯都时代被批改的学生作文，而罗的版本则是'第四对开本'的重现"。[1]这种看法，意味着在现代学者眼中，批评家不能够对一个伟大的作家——尤其是莎士比亚指手画脚。

其实，在蒲柏校勘的《戏剧集》中，注释和选定的精彩段落并不多。以《哈姆雷特》第一幕为例，蒲柏的注释非常简洁，只是为了释义"recks not his own reed, that is, heeds not his own lessions"。[2]

---

[1] Joseph Candido, "Prefatory Matter(s) in the Shakespeare Editions of Nicholas Rowe and Alexander Pope," *Studies in Philology*, No. 2, 2000, p.213.

[2] Anlexder Pope, ed., *The Plays of William Shakespeare*, London: Printed for Jacob Tonson and Richard Tonson, 1723, Vol. 6, p. 262.

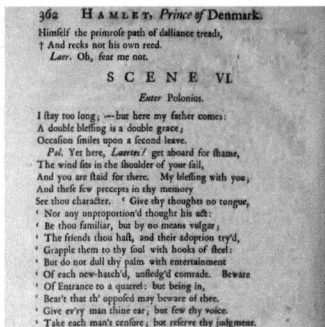

图 3-3　蒲柏标注《哈姆雷特》使用的符号

　　蒲柏标注的精彩段落是波洛涅斯在儿子临行前的嘱托，振振有词地教育儿子关于人生、友情、金钱等论述，以及第三幕克劳底斯在阴谋败露之后，他在上帝面前忏悔的那一部分。也正是因为这段没有灵魂的忏悔，哈姆雷特错失了第一次可以复仇的机会。蒲柏选择《哈姆雷特》中两个反面人物的台词作为精彩段落，对他的朋友沃伯顿以及约翰逊产生了影响。

　　沃伯顿与约翰逊关于波洛涅斯的性格的认识并不相同，在沃伯顿看来，"波洛涅斯的性格属于谨慎而又迂腐的国家内阁大臣的形象"（"Polonius's charafter is that of a weak, pedant, minister of state"），①这种形象在语言与行为上有很多不一致的地方，所以也就是一个具有讽刺意味的人物形象而已。对此，约翰逊的观点则大不相同。他从人性的普遍性与特殊性角度指出，波洛涅斯是"莎士比亚塑造的一个风尚与自然相融合的性格（a mixed character of manners and nature）。他在宫廷生存、管理着国家事务，具有丰富的经验，对自己的知识充满自信，对口才引以为傲，并且老当益壮"。②这个人物整体非常优秀，但是他们也会在某些特殊情况下失去理智、犯下错误。这种错误并不是他们的本

---

　　① William Warburton, "Notes to *Hamlet*", in Samuel Johnson, ed., *The Plays of William Shakespeare, with the Correction and Illustrations of Various Commentators*, London: Printed for Jacob Tonson and Richard Tonson, 1765, Vol. 8, p. 182.

　　② Samuel Johnson, ed., *The Plays of William Shakespeare, with the Correction and Illustrations of Various Commentators*, London: Printed for Jacob Tonson and Richard Tonson, 1765, Vol. 8, p. 182.

性，而是衰老带来的问题。波洛涅斯的人生命运和结局，都可以用人老糊涂来解释。

虽然约翰逊用"衰老"来解释波洛涅斯的性格和行为并不一定客观，或者符合莎士比亚塑造这个人物的初衷，但是对反面人物中的充满哲理或者智慧的人生思考的认可，在某种程度上是对于文艺复兴时期社会风尚的一种客观认识。这种客观认识戏剧人物的道德、理智与情感的人性审美方式，在某种程度上影响了浪漫主义诗人柯勒律治（Samuel Taylor Coleridge, 1772—1834）对莎士比亚戏剧人物性格中的理智德行的欣赏。虽然在《文学生涯》中否认了他的莎评思想来源于德国的说法，同时，柯勒律治指责约翰逊使用普遍人性论为莎士比亚辩护而忽略了人物的个性化，但是他在对莎士比亚戏剧中反面人物的认识方面与约翰逊则高度契合。

这种注释与批评相结合的校勘方式，无论对于编者还是批评家都提出了非常高的要求。他们既需要耐下心来熟悉莎士比亚戏剧文本的变迁，还要根据各种要素推测作者的意图，最为重要的是对莎士比亚戏剧的历史文化背景和艺术魅力要具鉴赏力和判断力。

因此，莎士比亚戏剧文本的经典化历程，在很大程度上来说，是一种从简到繁的文本构建过程。莎士比亚的经典化，是一种漫长的历程，随着社会文化的发展，赋予了这个在文艺复兴时期在埃文河畔的斯特拉福成长的诗人更多的文化内涵的历程。莎士比亚生前虽然没有预想过他的作品将成为英国的文化符号，但是作为一个诗人，就像他在十四行诗的第十五首中表达的那样，肯定渴望自己的作品能够拥有长久的生命力，自己的生命能够以诗篇的形式延续下去。

三 莎士比亚批评范式的经典化

虽然注释与批评相结合的方式，在 19 世纪之后逐渐式微，而且 20 世纪影响最为深远的两个注释与批评相结合的《莎士比亚全集》也都非一人之力完成，而是学者们共同努力的结果，但是英国新古典主义时期莎士比亚批评范式对文学批评史的影响非常深远。

总而言之，新古典主义时期的批评范式可以概括为改编、批评与鉴赏，这种批评范式一般以戏剧诗人作为批评家，他们对莎士比亚的崇拜与反对直接影响到校勘批评与鉴赏。

通过文本批评，莎士比亚的戏剧结构和语言趋于完备，并且能够成为时代的符号，蒲柏校勘《莎士比亚戏剧集》采用的底本法（Copy-text）与整理《圣经》文本与古典著作文本的折中法（Eclecticism）和谱系法（Stemmatics）构成了欧洲校勘学的三大学派。此后，美国著名莎学家 W.W. 格雷格（Sir Walter Wilson Greg, 1875—1959）在"底本法"校勘原则的基础上，发展了莎学研究的新目录学派（New Bibliography）促进了莎士比亚戏剧考据学的发展。

第三节　莎士比亚的大众化

虽然莎士比亚生活的时代是英国戏剧发展的黄金时期，公共剧场观众群体身份多元化，剧场的数量很多，但是受到时间和空间的制约，观众数量是有限的。此后，在王朝复辟时期，莎士比亚戏剧改编和演出的鼎盛时期，经常上演的莎士比亚戏剧数量也是有限的，更多的是改编剧。然而，18 世纪书商雅各布·汤森的《莎士比亚戏剧集》多卷注释本出版，促进了读者群体从贵族精英阶层不断向普通大众拓展，读者群远远突破了狭小伦敦公共剧场的观众群体的小众数量。

随着莎士比亚戏剧舞台演出的减少和印刷文本的增加，莎士比亚戏剧的大众化成为这个时代最为重要的特征。从代表诗人身份的"对开本"到便于读者阅读的八开多卷本出版，莎士比亚戏剧的审美发生了嬗变，具体表现为审美时空的融合、审美趣味的多元化和审美经验的嬗变。换而言之，就是莎士比亚的戏剧以超越剧场的时空制约的方式，使接受群体的范围更广，改变了莎士比亚戏剧作为"消遣文学"的形象，实现了莎士比亚两个同事所说"经得住舞台考验的作品，也是值得大家阅读的，这种阅读有时候，需要反复进行"的预期。①

因此，莎士比亚戏剧的大众化是指莎士比亚戏剧作为文学经典，突破传统公共剧场的时空制约，受到普通大众读者的喜爱，是在诗人崇拜和经典化的过程中，逐渐形成的审美标准的多元化，是对莎士比亚戏剧语言兼有阳春白雪和下里巴人审美风格与普遍人性论的接受。

后文将从审美方式的转换、审美对象的调整和审美标准的改变三个方面，探讨新古典主义时期莎士比亚大众化的内涵，以及对浪漫主义时期及其后莎士比亚批评发展的影响。

一 审美方式：从舞台即时观摩到文本反复阅读的变迁

汤森的文学事业版图拓展改变了莎士比亚戏剧的审美方式：从演出观摩的即时思考到文本阅读的反复沉思。也就是说，莎士比亚的作品受到大众读者喜爱的原因，除了约翰逊所说的"只有普遍的人性能够打动人"，还有版本的变化带来的审美方式的改变。小型版本使读者可以超越时空的制约，从剧场两个小时舞台观摩的审美体验转为印刷文本的反复多次阅读。

观摩舞台表演与阅读文本之间的审美方式还是存在着一定的差异。一般来讲，阅读是一种可以反复进行的行为，读者审美体验具有层次性，关注点有所不同。约翰逊认为阅读可以有四个层次。一般来说，第一个层次是从故事到语言再到评论，所以莎士比亚最大的技能是将故事编排得能够吸引观众，第二个层次是人物塑造得生动，第三个层次是语言值得品味，第四个层次是学者的评价或者注解也很多。阅读可以关注到语言的细节，既可以体味语言的魅力，同时也可以对人物性格进行分析。这种分析需要在一定的阅读与思考的过程中实现。虽然莎士比亚的戏剧大多取材于当时人们比较熟悉的传奇故事或者编年史著作，但是在

---

① John Heminges and Henry Condell, "To the Reader", in Hinman, Charlton, Prepared, *The Norton Facimile of the First Folio of Shakespeare*, New York: W.W. Norton & Company, Inc.; London, New York, Sydney, The Paul Hamlyn Publishing Group Ltd., 1968.

较短的时间内品味戏剧人物的语言，的确是很难的事情。

与舞台观摩一样，阅读的初期读者通常关注故事的情节或者人物的命运变迁。这是亚里士多德在《诗学》中强调"突转"和"发现"在复杂情节中产生的艺术魅力，是吸引观众注意力的一个核心要素，是悲剧的艺术功用中以"情感净化"作为人物的命运结局引起观众产生心理共鸣的一个重要因素。在这个过程中，情节是戏剧的灵魂，人们对语言和思想论述的思考和分析比较少。

但是在接下来的阅读体验中，莎士比亚纯洁自然的语言得到充分的重视，人们对戏剧语言的认同突破了韵文单一的审美标准，而是以语言与思想的结合、语言与人物性格相结合为核心，在此基础上形成了德莱顿以性格为中心的审美原则，阐明戏剧人物的性格和情感，使审美经验从宏观的情节结构向微观转变。

据此原则，莎士比亚缺乏古典知识，从一种致命的缺点变成了引以为荣的优点。莎士比亚的语言并没有随着时代的变迁晦涩难懂，而是像一坛老酒历久弥香。他的语言既不同于他时代的人，也不同于他后来的人。这种语言可以在恰当的语境表达恰当的思想感情，超越了德莱顿眼中本·琼森从不同的作家信手借鉴而来的拉丁化语言，也不是伏尔泰认为完美无缺的"艾迪森的诗人的语言"，而是约翰逊推崇备至的从生活中习得的语言。

虽然 18 世纪初《莎士比亚戏剧集》的征订者名单都是王公贵族或学术精英，但儿童也拥有阅读到莎士比亚作品的机会。根据鲍斯威尔的回忆，约翰逊在他讲述早期阅读经历的时候提及"他在很早的时候就开始阅读莎士比亚，甚至一个人独处的时候，会被《哈姆雷特》鬼魂的话惊吓到，而他早期最喜欢的作品是贺拉斯的颂诗"。①

由此可见，莎士比亚戏剧受到了像德莱顿一样的桂冠诗人、约翰逊一样的儿童等不同阶层人们的喜爱，"第一对开本"的两位编者认为，莎士比亚的戏剧可能对于读者来说是一种难以阅读的预期。甚至呈现出查尔斯

---

① John Boswell, *Life of Johnson*, ed., R. W. Chapman, Lodnon: Oxford University Press, 1970, p.52.

兰姆所描绘的"莎士比亚的戏剧不是适合表演，只适合阅读的"的境况。

二 审美对象：从行动模仿到人物性格塑造的调整

除了雅各布·汤森的莎士比亚戏剧出版是促成两种审美体验转换的物质要素，德莱顿以人物性格为中心的戏剧理论对新古典主义时期莎士比亚戏剧审美也产生了重要的影响。从观摩舞台演出到阅读印刷文本，审美经验由以情节与诗学正义的戏剧观向以人物性格为中心的戏剧观，再到以人物的语言为中心戏剧观的转折过程。

德莱顿的戏剧观确立了一种新型的人性观照的审美经验，具体表现为以人物的语言与思想为中心的审美经验。新古典主义时期，德莱顿等对于莎士比亚诗人形象的评价大都基于他的戏剧定义。因为在古希腊罗马时期审美以行动模仿为中心，对于戏剧情节的整一性非常重视，像亚里士多德所说的"多一点少一点都不行"的戏剧结构才是美的，对于穿插很多，缺少逻辑联系的戏剧，属于末流的，而那些主从情节并存并且最终善恶有报的双结局也是二流的。到了文艺复兴时期，卡斯特尔维特罗的"三一律"，无论是误解还是正解，都在某一种程度上影响了戏剧结构的审美，从情节到时间、空间和情节的三重整一立体结构的转变，但是并没有对人物性格有更多的观照。

自德莱顿开始，英国戏剧的审美对象，则逐渐从以行动模仿，即以情节为中心，逐渐转变为以人物为中心。无论是《论戏剧诗》还是德莱顿改编的《一切为了爱》和《真相发现的太迟》，其中的寓教于乐戏剧功能的实现，都是以人物性格塑造作为审美对象的核心。德莱顿在《论戏剧诗》中以利西杜斯（Lisideius）的口吻做了一件"亚里士多德、贺拉斯以及其他诗人的相关论述中都没有做的事情"，尝试给戏剧这个文学体裁以概括性的定义："戏剧应该是公正而又生动的人性的写照，能够表现人物的性格和情感，命运变迁是戏剧的主题，以实现寓教于乐。"[1] 显而易

---

① John Dryden, *An Essay of Dramatic Poesy*, ed., with notes by Thomas Arnold, 2nd ed., Oxford: Clarendon Press, 1879, p.17.

见，在《诗学》中所提到的一个严肃的行动没有了，取而代之的是公正而又生动的人性写照。这就意味着命运的变迁肯定涵盖了多次故事情节的突转和发现，随之而来的是要求戏剧故事时间需要有一定的跨度，而不能是一叶知秋式的顿悟过程。

戏剧这一新的内涵的提出，表明在新古典主义批评家看来，悲剧在本质上并不高于喜剧，并且在人性的认识方面是相同的，都能让观众或读者在审美和教导方面有所受益。从某种程度上来说，德莱顿的戏剧观建立在他对莎士比亚戏剧本质特征的阐释上，是对伊丽莎白时期英国戏剧的整体评价。因此，在德莱顿的《论戏剧诗》出版之后，关于戏剧的本质是对人性的摹仿而不是对行动的模仿的思想，是贯穿英国新古典主义时期莎士比亚研究的基本原则。

此后，对人物性格研究，从戏剧人物的普遍特征到单个人物的性格特征过渡。《论约翰·福斯塔夫的戏剧性格》（*An Essay on the Dramatic Character of Sir John Falstaff*, 1777）重新认知福斯塔夫的性格特征，将其定义为勇气和智慧，而不是懦弱。据此莎士比亚戏剧人物大致具有以下三个特征。第一，在莎士比亚戏剧中，非传统神话英雄的人文主义者取代了神话英雄人物，他们的忧郁沉思，显然暗示了生命不能承受之轻。第二，莎士比亚戏剧人物具有复杂的性格、有血有肉、有思想有情感，比埃斯库罗斯的《被缚的普罗米修斯》与索福克勒斯的《俄狄浦斯王》中的神话英雄更有感染力。因此，观众和读者既能够从英雄的经历中完成情感的宣泄与净化，也可以从普通人物的命运变迁中找到自己的影子和行动的力量。第三，莎士比亚在以消遣娱乐为目的的大众戏剧舞台上，记录下社会生活的真实风貌，成为时代风俗的缩影，使读者和观众能够深刻感受文艺复兴时期的莫尔、锡德尼、培根等人文主义者，在天灾、人祸和自然的逆境中寻求社会变革的奋斗历程，品鉴他们在思想、宗教和政治变革、科学发展中，为探求社会病症治疗的良方所经历的心灵冲突。

因此，莎士比亚的戏剧已经不再是亚里士多德所说的，不看表演只根据事件的发展，就能感受到恐惧和怜悯了；不是即使没有性格只要有情节就会有悲剧了；不是贺拉斯的诗画同质中荒诞的多物种的组合体；不是德莱顿所说的，莎士比亚凭着洞察力和博大的心灵，看到了别人看不到的意象，流畅地呈现在眼前。莎士比亚所有戏剧是用自然的生活的语言塑造的人物万花筒，需要细细地品味。例如，莎士比亚在《威尼斯商人》中，通过洛伦佐也阐释了他的人物与语言遵循的原则，既不是雅致的宫廷体统，也不是遵循图画般的远近高低各不同的多角度审美，而是在月光静静地睡在山坡上的时候，坐在夜色中，天体音乐的和谐之音，悄悄地送进人们的耳朵，"你所看见的每一个微小的天体，在转动的时候都会发出天使般的歌声，永远应和着嫩眼的天婴的妙唱"（《威尼斯商人》第五幕第一场）。莎士比亚的人物，每个人拨出的不是单调的音符，而是弹奏的心灵之乐章，单从每一个音符很难断定人物的性格，只有等到音乐结束，一切都还在追忆中。

事实上，约翰逊在《序言》中强调的莎士比亚戏剧人物具有典型性，而不是类型化，是因为他的人物具有代表性，如《李尔王》中的父女关系的冲突，不仅仅在帝王家产生，在普通家庭中也会出现。也就是说，李尔王是典型的父亲的形象，而不是一个帝王的典型。这种典型性的人物与普遍性的事件相结合，有助于实现寓教于乐的文艺目标，其实是通过对话这种现象完成的。

莎士比亚戏剧的寓教于乐有两个层次：第一个层次是通过人物性格的复杂性实现的；第二个层次是通过复杂的主题结构，阐释人生善恶有报的结果。前一种教化，是德莱顿对莎士比亚戏剧给予的最高的评价，后一种是约翰逊善恶有报的诗学正义观，是每一个时代的人都不懈追求的事情。德莱顿等英国批评家对莎士比亚戏剧中人物的透视使法国批评家非常重视的"三一律"等审美原则在戏剧阅读的过程中变得微不足道，读者关注的重心从情节的可能性向人物的复杂性、独创性和典型性视角进行转换。在阅读过程中，莎士比亚戏剧拥有的复杂的故事情节和多元的人物性格，不再受到时空的制约，因为其多样性，具有了一种自然的审美效果。德莱顿、蒲柏和约翰逊论述莎士比亚戏剧不规则戏剧结构都使用了隐喻，以阐释不规则的英国戏剧结构与人物复杂的性格相一致，可以表现人性的多元性，而不像法国的戏剧一样，是美丽但缺乏性格和情感诗魂的雕塑。

基于对莎士比亚戏剧人物特征的性格系统、戏剧人物的独创性和戏剧人物的典型性，以及戏剧人物性格、语言与思想之间的关系的阐述，德莱顿、蒲柏和约翰逊为莎士比亚违背"三一律"等规则做出的辩护，是对莎士比亚戏剧结构的认同。在此基础上，戏剧人物的复杂性、独创性和典型性逐渐成为新古典主义时期的一种普遍认同的审美标准。

三　审美标准：从得体原则到自然语言观的转变

得体原则是以诗的模仿媒介语言为核心的文艺创作原则，犹如一条红线贯穿于《诗艺》之中，也诠释了亚里士多德提出的可以依靠阅读，不借助动作也能清楚地看出悲剧的性质的观点。在贺拉斯的诗学思想中，戏剧诗的灵魂是语言，而不是亚里士多德所说的情节。语言不仅是听得见的，更是看得着的，诗歌如同图画一样可观可看，远近高低各不同。

因此，一个作家要创作整体效果好的作品，在语言方面要下到三点功夫。第一，语言与题材契合，写作的时候要说此时此地应该说的话，把不需要说的话暂时搁一搁不要说，有所取舍，而不能开头想歌唱的是普利阿摩司的命运和一场著名的战争，结果像大山临蓐，养出来的却是可笑的小老鼠。第二，语言与人物相符，不但要美，还要富有个性和感染力，能按照作者的愿望影响读者心灵，根据剧中的人物的语言，听起来就能知道人物的情感、遭遇或身份。第三，语言要有活力，写合情合理的人物要从生活或者风俗中寻找模型，从那里汲取活生生的语言；写深奥的思想，就可以创造新词丰富罗马的语言文字；巧妙地安排字句使家喻户晓的字能取得新义，表达就能尽善尽美。①

不仅如此，语言的生命会随着社会的发展而衰亡或者复兴。语言的规则和标准也影响语言的活力和表达力。虽然艺术家的虚构也是提高语言活力的方式，"但虚构的目的在引人喜欢，必须贴近真实；要虚构的

___

① ［古罗马］贺拉斯：《诗艺》，杨周翰译，人民文学出版社 1962 年版，第 139 页。

非常巧妙，虚实参差毫无破绽"。① 到了法国新古典主义时期，在理性原则的指导下，布瓦洛对语言的要求更加具体，可概括为：容易记忆、与情感相符、不要使用陈词滥调、文笔要温和等符合宫廷文化品位的风格。不仅如此，布瓦洛对语言与人性的一致要求超越了亚里士多德和贺拉斯，影响了德莱顿、蒲柏和约翰逊的语言哲学思想，甚至是他们对莎士比亚戏剧的自然语言的推崇。

莎士比亚语言的特征，最契合英国戏剧发展的传统。从英国文学史的角度来说，不仅是如 Douglas L. Peterson 所说，英国抒情诗的传统中有朴素有雄辩力的教化文学，还有辞藻华丽的纯抒情传统。戏剧的语言功能也是如此，一类是教化的，另一类是抒情的。② 在伊丽莎白时期，宗教活动中的道德剧、奇迹剧、插剧，都是以教化为目的，而宫廷剧则是以抒情文学的娱乐为目的。前者属于大众文化，后者属于宫廷文化的一部分。戏剧一直是一种教化和娱乐相结合的形式，宫廷的御用演员和剧作家起了很大作用。对此，E. K. 钱伯斯（Sir Edmund Kerchever Chambers,1866—1954）在《莎士比亚的事实与问题》（*William Shake-speare: A Study of Facts and Problems*）一书中对此作了详尽的解释，宫廷的剧团在宫廷演出是 12 月 26 日，圣诞节之后的第一天，到 3 月份结束。在夏季，这些剧团的演员就到乡村进行巡回演出。③

莎士比亚是真正的语言大师，他不仅可以融合时代的语言，比其他的作家更加悦耳，而且他的戏剧中的语言还保持着相当的活力。这种活力中，最为重要的是有他自以为得意却有伤大雅的双关者。像莎士比亚这样拥有天赋的人，用文字描述一件事情其生动形象带来的震撼力，让

---

① [古罗马]贺拉斯：《诗艺》，杨周翰译，人民文学出版社 1962 年版，第 155 页。

② Douglas L. Peterson, *The English Lyric from Wyatt to Donne: A History of the Plain and Eloquent Styles*, East Lansing: Princeton University Press, 1990, p.12.

③ E. K. Chambers, *William Shakespeare: A Study of Facts and Problems*, VoLs. 2, London: Oxford University Press, 1988, p.345. 钱伯斯是 1906 年马隆研究会的创始者之一。他的《中世纪舞台史》（*The Medieval Stage*, Vols. 2, 1903）、《伊丽莎白时期的舞台史》（*The Elizabethan Stage*, Vols. 4, 1923）和《威廉·莎士比亚：事实与问题研究》（*William Shakespeare: A Study of the Facts and Problems*, Vols. 2, 1930）都是莎士比亚研究的历史文献。钱伯斯与马隆一样，有着很强的历史意识，重视第一手历史文献资料的使用。

你的确觉得身临其境，"语言与情境恰到好处，语言简洁明了，简直不能说是虚构的，而是从普通的对话，普通的场景中精挑细选，信手拈来的"。①

莎士比亚的对话具有明显的伊丽莎白时期的特征，随着时代的变迁、语境产生变化，理解也变得相对困难，更不符合法国对诗的语言要明晰的审美标准。

因此，约翰逊回击伏尔泰对莎士比亚的指责和艾迪森赞誉的时候，说"艾迪森说的是诗人的语言，而莎士比亚是生活的语言"，②其中的原因有两个。一个是诗人的语言和生活的语言之间最根本的差异在于语义的含混度。莎士比亚的语言出现了与明晰背道而驰的语义含混（obscurity）。含混被新批评派称为 ambiguity。含混，是由英国学者燕卜荪（William Empson）将日常生活中使用的一个错误的风格发展成为一个广义的认识诗学语言的特征。③也就是说，含混即是由诗歌语言字面意义引起的复杂的暗示意义，或者说是指诗歌语言的多义性。正是在这些复杂意义中产生了张力的多层结构。这种生活的语言包括经常习以为常使用的典故、缩略或谚语等。这种做法与使用奇异词来减少诗歌的平庸而增加文采的做法截然不同。就像约翰逊所说，日常语言的含混保存了语言的活力，使用时代的口语使文本对于不属于那个时代的读者增加了阅读的难度，不仅需要参照书目，还需要编者的注释。

另一个原因是得体地使用隐喻，通过隐喻赋予家喻户晓的文字新的意义。这既是"诗人的最高的天赋，是不能从别人之处学来的"，也是

---

① Samuel Johnson, "Preface to Shakespeare", in Walter Raleigh ed., *Johnson on Shakespeare*, London: Henry Frowde, 1908, p.13.

② Samuel Johnson, "Preface to Shakespeare", in Walter Raleigh ed., *Johnson on Shakespeare*, London: Henry Frowde, 1908, p.33.

③ Meyer Howard Abrams and Geoffrey Galt Harpham, eds., *A Glossary of Literary Terms*. 10th Edition, Wadsworth: Cengage learning, 2012, p.13. 约翰逊在《莎士比亚戏剧集序言》中使用的 Obscurity 一词与燕卜逊的《含混七型》（*Seven Types of Ambiguity*）是对多重复义的研究在本质上是相同的。不同之处在于，约翰逊含混是因为历史原因和大量使用习惯用语造成的。因此，这样的语言在一定的时间之后，需要进行解释，读者才可以理解。

"使语言得以延续和充满活力,并且具有诗意表达力的最重要的方法"。①
因此,约翰逊从隐喻语言的音韵意象之美的自然程度来看多恩(John
Donne, 1572—1631)与考利(Abraham Cowley, 1618—1667)等玄学
派诗人,"追求新奇(novelty)的隐喻,结果深涩难懂,缺乏诗意",与
德莱顿评价贺拉斯对拉丁语的发展是一个道理。②贺拉斯从生活中汲取
了语言智慧,"隐喻使《颂诗》的语言如此优雅,甚至语言的美都超越
了思想,不像维吉尔那样创造了那么多的词汇,也可以称为罗马语言的
大师"。③同样,莎士比亚的生活智慧也为英语语言的发展作出了重要
贡献。

　　不过,有时候约翰逊认为修辞手法的使用与真情实感的表达之间
存在矛盾,将莎士比亚增加文采或者趣味的地方(如隐喻、双关和独
白)看得微不足道,甚至会破坏了诗意和情感的真实性,妨碍了情感的
表达。同样,约翰逊认为弥尔顿怀念去世的朋友爱德华·金(Edward
King)创作的田园挽歌《利西达斯》("Lycidas", 1637)中运用了大量
的典故不能表达真情实感。④

　　由此可见,在英国新古典主义批评家看来,自然的、生活化的语
言是诗人表达真实情感的最得体的方式,而这一点莎士比亚做得尤其出
色。普遍的人性与自然的语言,是德莱顿、蒲柏和约翰逊一致认为莎士
比亚不是属于一个时代的,而是可以在文学史上保持常青的根本原因。
相对而言,法国的戏剧规则,如"三一律""得体原则""纯文体原则"
并不是僵化不变的原则,尤其是得体原则,不再作为评价戏剧人物语言
的唯一标准,取而代之的是普遍人性的认同。通过自然呈现的语言标
准,对于标准化的英雄人物的固化认识转变为对于人性中典型特征的认
识,新古典主义时期的审美趣味从道德教化的价值鉴赏判断向个性化转

---

　　① [古希腊]亚里士多德:《诗学》,陈中梅译注,商务印书馆1996年版,第158页。

　　② Samuel Johnson, *Lives of the English Poets*, London: J. F. Dove, 1825, p.6.

　　③ John Dryden, "Preface", *All for Love, or the World Well Lost*, London: Printed for Henry Herringman, 1678.

　　④ Samuel Johnson, *Lives of the English Poets*, London: J. F. Dove, 1825, p.45.

变，从宫廷的得体原则向自然的趣味转变。

　　相比于德莱顿在《论戏剧诗》中提出的普通对话比格律文在舞台上表达思想的效果要好的语言观，约翰逊的观念更加客观。他指出莎士比亚是"第一个将英语对话在崇高和自然方面都处理得非常了不起的诗人"①。因为戏剧是对人的模仿，而戏剧对话是即兴思想的表达，很少有人可以不经过充分的准备就出口成章，尤其是在舞台上使用韵文表达深邃的思想。退一步说，即使每一个人都可以用格律文表达思想，这种表达方式中蕴含的思想，不经过深思熟虑也很难理解。那么两者结合在一起，就会出现词不达意或高深莫测的效果，有一种相见时难别亦难的两难困境。

　　因此，可以说莎士比亚靠着深邃的洞察力和丰富的想象力，实现了贺拉斯和布瓦洛对艺术的全部期待，将语言与性格完美结合，既丰富发展了英国的语言，又在文学史上留下了形形色色散发着人性光辉的戏剧人物。在英国新古典主义批评家德莱顿眼中，莎士比亚就是民族英雄。他的戏剧情节复杂，人物性格多样，语言富有活力，开创了文学新纪元。

　　综上所述，从 17 世纪后期到 18 世纪末，莎士比亚大众化的过程中，戏剧审美经历了三个调整。一是审美范式的改变，从观摩演出的即兴思考到文本阅读的循序往复沉思，既不会出现观众冲上舞台的情境，也更加注重戏剧的语言鉴赏。二是审美对象的调整，这种调整部分缘于戏剧理论的变革，从以情节中心向以人物为中心转变。三是审美标准的改变，更加重视作品的语言活力和哲思表达。

小　结

　　在经历了从王朝复辟时期公共剧场恢复到 18 世纪莎士比亚戏剧出

---

　　① Samuel Johnson, *Miscellaneous Observations on the Tragedy of Macbeth*, with remarks on Sir T.H.'s Edition of Shakespeare, London: Printed for E. Cave, 1745, p. 2. 英文原文为 "Shakespeare is the first considerable author of sublime or familiar dialogue in our language"。德莱顿与约翰逊都对莎士比亚戏剧中的对话给予了很高的评价，认为这是戏剧表达最得体的方式。

版和文本批评的繁荣的过程之后，莎士比亚的身份和形象发生了重要的变化。

英国新古典主义时期莎士比亚形象与身份是不断发展的诗人观和艺术观的综合体现，与英国社会历史文化的发展和文学批评思想的形成有着密切的关系，是一个复杂的历史文化现象，具体表现在三个方面。首先，从17世纪后期德莱顿确立莎士比亚"英国戏剧诗人之父"的地位开始，到18世纪后期大卫·加里克在埃文河畔的斯特拉福举办纪念活动，在近一个世纪的时间内对于莎士比亚的崇拜逐渐形成。其次，因出版商雅各布·汤森将莎士比亚戏剧列为英国文学经典系列，促进了莎士比亚戏剧校勘与批评的发展，逐渐形成了本校、对校、他校和理校四种方法相结合的校勘批评体系，完成了莎士比亚戏剧文本的经典化构建。最后，《莎士比亚戏剧集》从对开本到八开本的版本变革带来了从舞台演出到文本阅读的审美嬗变，使莎士比亚戏剧逐渐从舞台经典演变为文学阅读经典。

总之，经历了从伊丽莎白时期舞台演出到18世纪出版史上最为辉煌发展的印刷文化产品，也成为文学经典。

结　语

　　通过阅读英国新古典主义时期莎士比亚批评的历史文献资料，从莎士比亚戏剧改编史、出版史、校勘史和文学批评史的角度，采用历史归纳法，围绕历史进程、批评原则和身份与形象三个问题，得出以下几点启示。

　　一，英国新古典主义时期莎士比亚研究不是"保守的"或者"墨守成规的"，求"新"是这一时期的基本特征。

　　英国新古典主义时期的莎士比亚批评家，不仅在自己的创作过程中追随时代的脚步，创作符合时代审美趣味的文学作品，而且在文学批评领域有所创新。他们对待英国文学史上的作家与作品，对希腊罗马的古典原则与法国的戏剧发展中盛行的艺术准则，不是简单的"拿来主义"，而是基于英国文学和文化特征，丰富和拓展了文学批评原则的内涵，或者提出新的标准。

　　首先，作为王朝复辟时期的戏剧诗人和皇家学院语言促进委员会的成员，德莱顿从英国戏剧传统和英语语言发展的双重视角，评价莎士比亚及其同时代的诗人在文学史上的地位与影响。他认为，缺乏古典学识并不妨碍莎士比亚洞察人性，其戏剧兼备语言的纯洁性和哲学思想的表达力，并赞誉莎士比亚是英国的荷马、戏剧诗人之父。其次，蒲柏模仿贺拉斯或者维吉尔的作品进行创作，但是他在对比莎士比亚与荷马、莎士比亚与同时代戏剧诗人的创作方式之后，使用"独创性"（originality）一词对莎士比亚戏剧的整体特征进行了评价，强调他与众不同的创造力。最后，约翰逊从德莱顿和蒲柏的莎评思想中，总结出了人性是英国戏剧的灵魂，遂将莎士比亚称为"人性的诗人"，阐释了莎士比亚戏剧文体哲学的三个层次。其一，从情感的角度来说，悲喜场景杂糅体裁反映了人性在得失之中的真实情感，是一个复杂的连锁过程。其二，主从故事情节并存有利于实现善恶各有所应的道德教化目标。其三，从人物形象的角度来说，莎士比亚的人物不仅具有个性化特征，而且具有典型性特征，超越了民族与时空的制约。

由此可见，英国新古典主义批评家在背离古典的纯文体原则、"三一律"和得体原则的莎士比亚戏剧中，发现了一种不可抗拒的、神秘的、充满激情的、富有感染力的美。

二，文艺复兴时期英国戏剧（尤其是莎士比亚戏剧的发展），为英国新古典主义时期文学批评理论体系的形成奠定了基础。

每个历史时期，文学创作繁荣都会引起哲学家或者文学理论家的深刻思考。他们尝试从文学现象中归纳出抽象的普遍性原则，以期指导对此前作品的鉴赏和此后作家的创作。换句话说，文学原则的出现意味着新的文体式样突破了原有封闭的文体发展观，需要新的审美标准来规范作家创作。

正如亚里士多德在《荷马史诗》和希腊三大悲剧诗人作品的基础上，归纳出了悲剧诗学，为后世的文学鉴赏与创作提供了可借鉴的标准，新古典主义批评家也在莎士比亚的戏剧中发现了英国戏剧传统中普遍复杂的自然人性使文体偏离了纯洁的、封闭的、得体的、诗画同质的文体，取而代之的是融合的、开放的、浑然天成的、诗与音乐同质的文体式样。

英国新古典主义批评家的批评原则，既有理论基础，也有实践基础，从而具有了普遍性和持久的生命力。他们诉求自然，把自然视为莎士比亚的导师，把莎士比亚称作自然的诗人。这位自然的诗人用深邃的洞察力和博大的心灵观察自然，在模仿自然的过程中，形成了关于自然的认知。

因此，文艺复兴时期英国戏剧的发展，不仅成为那个时代文学的重要支柱，同时也成为推动戏剧理论发展的内动力，为德莱顿、蒲柏与约翰逊寻找和发展莎士比亚戏剧中与众不同的永恒品质奠定了基础。

三，雅各布·汤森对 18 世纪莎士比亚戏剧的出版、校勘与研究的繁荣具有重要的推动作用。

雅各布·汤森将《莎士比亚戏剧集》列入英国文学经典系列出版计划，参照他为剑桥大学出版社出版的古典作品系列的要求，确定了编者的责任：写传记、做评论、做词汇表、校勘文字。因此，编者不仅要了解作者的生平，还要具有鉴赏能力，能够辨析作品中的艺术魅力和永恒价值，需要作为"法官"或"导师"引导读者的艺术鉴赏水平。

此后，诗人和批评家们通过莎士比亚戏剧校勘、编订和阐释来寻找莎士比亚的真实意图，并为这个伟大的诗人修订其中的错误，出版一个值得信赖的权威本。作为 18 世纪《莎士比亚戏剧集》的第一任编者，尼克拉斯·罗结合莎士比亚戏剧幕场次的划分情况，将人物列表和戏剧场景前置，通过完善幕和场次划分，使"第四对开本"中 43 部戏剧的结构五幕化。可以说，1709 年第一个"八开本"中莎士比亚戏剧结构的调整，对 18 世纪的莎士比亚批评史产生了重要的影响。这种校勘方法，虽然有助于读者阅读和理解，但是也引起了蒲柏对语言权威性和可信度的质疑。

不过，蒲柏对莎士比亚的知识、想象力和隐喻能力的判断，影响了此后编者和批评家对待莎士比亚及其戏剧的态度。首先，西奥伯尔德不仅肯定莎士比亚是有知识的，还大量借鉴和模仿了古典作品。在此情况下，编者对于莎士比亚的认知并不囿于英国文化传统，而是与希腊罗马作品之间产生了互文研究和历史批评。其次，沃伯顿从文本互文的视角，将伊丽莎白时期的政治历史背景作为评注戏剧人物和语言存在合理性的依据，推定莎士比亚不仅借鉴了他人的作品。因此，理解莎士比亚的作品，不仅需要天才的判断力，还需要广博丰富的知识，尤其是关于古希腊、罗马的戏剧知识和莎士比亚同时代诗人的作品。

随着时代的发展，莎士比亚戏剧以不同的艺术形式进入大众视野，各类改编的电影、歌剧、戏剧等都给人们带来了新的灵感和审美需求。

所有这一切，并不是批评家的阐释使诗人的艺术生命延续，而是莎士比亚的戏剧的包容性和复杂性，没有居高临下的道德教化，而是以委婉动人的无韵诗和日常对话，就能够打动读者或者观众的心。作为一个普通人，面对莎士比亚这样一位诗人，也许可以像德莱顿、蒲柏和约翰逊等新古典主义时期的批评家一样，在传统中寻找时代的脉搏，用莎士比亚的戏剧滋养自己和时代读者的心灵。

四，问题与探讨。

英国新古典主义时期，批评家对于莎士比亚戏剧的理解和体验不同，批评原则也不尽相同。因此，针对研究过程，有以下问题值得更加深入地探讨。

首先，就像不能简单将莎士比亚的戏剧分为学徒期、成长期和巅峰期一样，新古典主义时期的发展历程是否可以这样划分，对于每一个阶段之间的传承与发展，需要更加翔实的历史资料。因此，探究英国新古典主义时期莎评思想中的"寓教于乐""自然法则""普遍人性论"的理论渊源和现实影响则尤为重要。

其次，关于新古典主义时期的理论体系与 19 世纪初之后莎士比亚研究之间的继承与发展的历史脉络，值得进一步探讨。如新古典主义时期的人物性格系统论与浪漫主义时期莎士比亚人物性格研究之间的联系和约翰逊的语文学阐释方法与新历史主义、心理分析学派的关系。

再次，在 18 世纪，莎士比亚的印刷文本远远超越了舞台演出产生的影响。这种改变不仅影响了批评家，同样也影响了读者。从故事情节、人物性格和语言细节，读者可以根据自己的习惯，进行反复阅读。因此，出版商汤森对新古典主义时期批评史的影响急需有见地的见解。

最后，将英国新古典主义时期莎评原则与当代文学批评的发展结合起来，客观认识莎士比亚戏剧的时代风采和永恒价值，仍旧是理解西方文学批评史和文艺复兴时期文学的关键课题。

参考文献

白利兵:《新古典主义莎评的困境》,《四川戏剧》2014 年第 3 期。

[古希腊] 柏拉图:《柏拉图全集》,王晓朝译,人民出版社 2002 年版。

[法] 布瓦洛:《诗的艺术》(修订本),任典译,人民文学出版社 2009 年版。

陈礼珍:《文学阐释与伦理思想体系建构——国内蒲柏研究学术史上的〈蒲柏诗歌研究〉》,《外国文学研究》2013 年第 6 期。

陈垣:《校勘学释例》,中华书局 1959 年版。

程千帆:《闲堂诗学》,辽海出版社 2002 年版。

[意] 但丁:《神曲:天国篇》,田德望译,人民文学出版社 2001 年版。

[法] 伏尔泰:《哲学通信》,高达观等译,上海人民出版社 1961 年版。

顾绶昌:《莎士比亚的版本问题》(续),《外国文学研究》1986 年第 2 期。

[意] 瓜里尼:《悲喜混杂剧体诗的纲领》,朱光潜译,伍蠡甫主编:《西方文论选》(上),上海译文出版社 1979 年版。

[德] 海涅:《莎士比亚笔下的女角》,温健译,上海译文出版社 1981 年版。

韩敏中:《德莱顿和英国古典主义》,《国外文学》1987 年第 2 期。

何其莘:《德莱顿和王朝复辟时期的英国戏剧》,《外国文学》1996 年第 6 期。

何其莘:《英国戏剧史》,译林出版社 2008 年版。

[古罗马] 贺拉斯:《诗艺》,杨周翰译,人民文学出版社 1962 年版。

胡家峦:《英国文艺复兴时期时间观》,《四川外国语学院学报》2001 年第
　　6 期。

贾志浩等:《西方莎士比亚批评史》,社会科学文献出版社 2014 年版。

李德琬:《吴宓与李哲生》,《新文学史料》2002 年第 2 期。

梁启雄:《荀子简释》,中华书局 1983 年版。

梁实秋编注:《英国文学史》(全三卷),协志工业丛书出版股份有限公司
　　1985 年版。

[古罗马] 卢克莱修:《物性论》,方书春译,商务印书馆 1981 年版。

罗念生:《罗念生全集》(10 卷本),上海人民出版社 2004 年版。

罗益民:《莎士比亚十四行诗版本批评史》,科学出版社 2016 年版。

罗益民、康方:《天鹅最美一支歌:莎士比亚其人其剧其诗》,科学出版社
　　2016 年版。

罗益民、康方:《四百年莎士比亚的身份与形象》,《外国文学研究》2016
　　年第 6 期。

马弦:《论〈夺发记〉中的 "引喻"》,《外国文学研究》2010 年第 6 期。

孟宪强:《莎士比亚悲喜剧初探》,《社会科学战线》1984 年第 1 期。

孟宪强:《莎士比亚创作分期新探》,《社会科学战线》1994 年第 6 期。

聂珍钊:《英国文学的伦理学批评》,华中师范大学出版社 2007 年版。

彭建华:《17 世纪莎士比亚的经典化过程》,《外语与外语教学》2013 年第
　　3 期。

彭启福、牛文君:《伯艾克语文学方法论诠释学述要》,《哲学动态》2011
　　年第 10 期。

乔国强:《作为批评家和戏剧家的德莱顿》,《外语研究》2005 年第 4 期。

[英] 莎士比亚:《莎士比亚全集》,朱生豪等译,人民文学出版社 1994
　　年版。

[法] 斯达尔夫人:《论文学》,徐继曾译,人民文学出版社 1986 年版。

苏杰编译:《西方校勘学论著选》,上海人民出版社 2009 年版。

孙法理:《二谈莎翁的轮子》,《西南师范大学学报》(人文社会科学版)
　　1989 年第 1 期。

谈瀛洲:《莎评简史》,复旦大学出版社 2005 年版。

王逢鑫:《英国新古典主义时期诗人的佼佼者——亚历山大·蒲柏》,《国外文学》1993 年第 4 期。

王佐良:《文学史写法再思》,《读书》1995 年第 1 期。

王佐良:《另一种文论:诗人谈诗》,《读书》1989 年第 10 期。

王佐良:《十八世纪后半的英国散文》,《外国文学》1989 年第 4 期。

[古希腊]亚里士多德:《诗学》,陈中梅译注,商务印书馆 1996 年版。

[古希腊]亚里士多德:《修辞学》,罗念生译,生活·读书·新知三联书店 1991 年版。

杨冬:《西方文学批评史》,吉林教育出版社 1998 年版。

杨周翰:《威廉·莎士比亚》,《外国文学研究》1979 年第 1 期。

杨周翰编选:《莎士比亚评论汇编》,中国社会科学出版社 1979 年版。

杨周翰:《二十世纪莎评》,《外国文学研究》1980 年第 4 期。

叶丽贤:《"玄学巧智":塞缪尔·约翰逊与玄学派经典化历史》,《国外文学》2016 第 2 期。

(清)叶燮:《原诗》,载《原诗·一瓢诗话·说诗晬语》,霍松林校注,人民文学出版社 1979 年版。

战捷:《论"矛盾空间"的审美特征》,《南京艺术学院学报(美术与设计)》2017 年第 3 期。

张军:《小冰期、酗酒及婚姻——莎士比亚戏剧的生态图景》,《外国文学评论》2014 年第 3 期。

朱光潜:《朱光潜全集》,安徽教育出版社 1987 年版。

Abrams, Meyer Howard & Geoffrey Galt Harpham, eds., *A Glossary of Literary Terms*. 10th Edition. Wadsworth: Cengage learning, 2012.

Abrams, Meyer Howard, *The Mirror and the Lamp,* London: Oxford University Press Inc., 1971.

Allen, Robert J., "The Kit-Cat Club and the Theatre", *The Review of English Studies*, Vol. 7, No. 25, Jan. 1931.

Aristotle, *Problems II: Book XXII-XXXVIII & Rhetorica AD Alexandrum,*

Trans. W.S. Hett & H. Rackham, London: William Heinemann Ltd., 1957.

Austin, Norman, "Translation as Baptism: Dryden's Lucretius", *Arion: A Journal of Humanities and the Classics*, Vol. 7, No. 4, 1968.

Bacon, Francis, "Of Studies", *The Oxford Francis Bacon: The Essayes or Counsels, Civill and Morall*, ed., Michael Kiernan. Oxford: Clarendon Press, 1985.

Baldwin, T.W., *William Shakespeare's Small Latine and Lesse Greek,* Vols. *2,* Urbana: University of Illinois Press, 1944.

Beaumont, Francis and John Fletcher, *Works*. Vol. 2, ed., Arnold Glover and A. R. Waller, Cambridge: at the University Press, 1906.

Benedict, Barbara M., "Choice Reading: Anthologies, Reading Practices and the Canon, 1680-1800", *The Yearbook of English Studies*. Vol. 45, 2015.

Bently, Lionel, Uma Suthersanen and Paul Torremans, *Global Copyright: Three Hundred Years Since the Statute of Anne, from 1709 to Cyberspace*, Massachusetts: Edward Elgar Publishing, Inc., 2010.

Berggren, Paula S., "Shakespeare and the Numbering Clock", *The Upstart Crow*, Vol. 29, 2010.

Bernard, Stephen, "Establishing a Publishing Dynasty: The Last Wills and Testaments of Jacob Tonson the Elder and Jacob Tonson the Younger", *The Library*, Vol.17, Iss. 2, 2016.

Bernard, Stephen, "Henry Herringman, Jacob Tonson, and John Dryden: The Creation of the English Literary Publisher", *Notes and Queries*, Vol. 62, Iss. 2, 2015.

Bernard, Stephen, "Why Joseph Knight and Francis Saunders Are Not the Creators of the English Restoration Canon," *Notes and Queries*, Vol.63, Iss. 4, 2016.

Birch, Thomas, *The History of the Royal Society of London*, London: Printed for Millar in the Stand, 1756.

Bohn, Wm. E., "The Decline of the English Heroic Drama", *Modern Language*

Notes, Vol. 24, No. 2, 1909.

Boswell, John, *Life of Johnson*, ed., R. W. Chapman, Lodnon: Oxford University Press, 1970.

Bradley, A. C., *Shakespearean Tragedy: Lectures on Hamlet, Othello, King Lear and Macbeth,* London: Macullian and Co., 1924.

Candido, Joseph, "Prefatory Matter(s) in the Shakespeare Editions of Nicholas Rowe and Alexander Pope", *Studies in Philology*, No. 2, 2000.

Canfield, J. Douglas, "The Significance of the Restoration Rhymed Heroic Play", *Eighteenth-Century Studies*, Vol. 13, No. 1, 1979.

Carlyle, Thomas, *On Heroes and Hero-worship*, Longmans, Green and Co., 1905.

Cartwright, Julyan H. E. & Diego L. Gonzalez, "Möbius Strips Before Möbius: Topological Hints in Ancient Representations", *The Mathematical Intelligencer,* No.3, 2016.

Chambers, E. K., *William Shakespeare: A Study of Facts and Problems*, Vols. 2, London: Oxford University Press, 1930.

Child, C. G, "The Rise of the Heroic Play", *Modern Language Notes*, Vol. 19, No. 6, 1904.

Cohen, Adam Max, *Shakespeare and Technology: Dramatizing Early Modern Technological Revolutions*, New York: Palgrave Macmillan, 2006.

Cohen, Adam Max, *Technology and Early Modern Self*, New York: Palgrave Macmilan, 2009.

Crane, R.S., "English Neo-classical Criticism: An Outline Sketch", *Critics and Criticism: Ancient and Modern*, ed., R.S. Crane. Chicago & London: The University of Chicago Press, 1952.

Cummings, Brian, "Last Words: The Biographemes of Shakespeare", *Shakespeare Quarterly,* Vol. 65, No. 4, Winter 2014.

Curry, Cathy, "Garrick's Villa and Temple to Sharespeare", http://www. readkong.com/page/garrick- s-villa-and -temple-to-sharespeare-5711777,

2019.

Curtius, Ernst Robert, *European Literature and Latin Middle Ages*, Trans. Willard R. Trask. With a New Introduction by Colin Burrow, Princeton and Oxford: Princeton University Press, 2013.

Defoe, Daniel, "On Pope's Translation of Homer", *Daniel Defoe, His Life, and Recently Discovered Writings, Extending from 1716-1729*, ed., William Lee. London: J. C. Hotten, 1869.

Dennis, John, "On the Genius and Writings of Shakespeare", *The Critical works of John Dennis*.Vol. 2 (1711-1729), ed., Hooker Niles Edward. Baltimore: The Johns Hopkins Press, 1943.

Descartes, Rene, *Discourse on Method and Meditations on First Philosophy*, 4th edition, trans. Donald A Cress., Indianapolis /Cambridge: Hackett Publishing Company, Inc., 1998.

Dillon, George L., "Complexity and Change of Character in Neo-Classical Criticism", *Journal of the History of Ideas*, Vol. 35, No. 1, 1974.

Dixon, P., "Pope's Shakespeare", *The Journal of English and Germanic Philology*, Vol. 63, No. 2, 1964.

Dobson, Michael, *The Making of the National Poet*, Oxford: Clarendon Press, 1992.

Dorsch, T. S., *Aristotle, Horace Longinus: Classical Literary Criticism*, New York: Penguin Books, 1965.

Dowden, Edward, *Introduction to Shakespeare*, London: Blackie & Son, 1893.

Dowden, Edward, *Shakespeare: A Critical Study of His Mind and Art*, London: Henry S. King & Co., 1875.

Dryden, John, *All for Love, or the World Well Lost*, London: Printed for Henry Herringman, 1678.

Dryden, John, *An Essay of Dramatic Poesy*, ed., with notes by Thomas Arnold, 2nd ed., Oxford: Clarendon Press, 1879.

Dryden, John, *Fables: Ancient and Modern, Translated into Verse, From*

Homer, Ovid, Boccace, & Chaucer, With Original Poems by Mr. Dryden. London: Printed for Jacob Tonson, 1700.

Dryden, John, *The Rival Ladies: A Tragic-comedy*, London: Printed for Henry Herringman, 1675.

Dryden, John, *The Tempest, or, The Enchanted Island: A Comedy as it is Now Acted at His Highness the Duke of York's Theatre*, London: Printed for Henry Herringman, 1670.

Dryden, John, *The Works of John Dryden*, Vols. 20, Gen. ed., Alan Roper, Berkeley: University of California Press, 1956–2002.

Dryden, John, *Troilus and Cressida, or Truth Found too Late*, London: Printed for Jacob Tonson, 1679.

Dugas, Don-John, *Marketing the Bard: Shakespeare in Performance and Print 1660–1740*, Columbia: University of Missouri Press, 2006.

Eastman, Arthur M., "In Defense of Dr. Johnson", *Shakespeare Quarterly*, Vol. 8, No. 4, Autumn, 1957.

Eastman, Arthur M., "Johnson's Shakespearean Labors in 1765", *Modern Language Notes*, Vol. 63, No. 8, 1948.

Eastman, Arthur M., "The Texts from Which Johnson Printed His Shakespeare", *The Journal of English and Germanic Philology*, Vol. 49, No. 2, 1950.

Eliot, T. S., *John Dryden: The Poet, The Dramatist, The Critic*, New York: Terence and Elsa Holliday, 1932.

Fionsa, Ritchie and Peter Sabor, eds., *Shakespeare in the Eighteenth Century*, Cambridge: Cambridge University Press, 2012.

Fitzmaurice, Susan, "Servant or Patron? Jacob Tonson and the Language of Deference and Respect", *Language Sciences*, Vol. 24, 2002.

Gaba, Jeffrey M., "Copyrighting Shakespeare: Jacob Tonson, Eighteenth Century English Copyright, and the Birth of Shakespeare Scholarship", *Journal of Intellectual Property Law*, Vol. 19, No. 1, 2011.

Gagen, Jean, "Love and Honor in Dryden's Heroic Plays", *PMLA*, Vol. 77, No. 3, 1962.

Galen, *On Passions and Errors of the Soul*, Trans. Paul W. Harkins, Columbus: Ohio State University Press, 1963.

Garrick, David, *An Essay on Acting: In which will be Consider'd the Mimical Behaviour of a Certain Fashionable Faulty Actor, and the Laudableness of Such Unmannerly, as well as Inhumane Proceedings. To which will be Added, A Short Criticism on His acting Macbeth,* London: W. Bickerton, 1744.

Gervinus, Georg Gottfried, *Shakespeare Commentaries,*Trans. Fanny Elizabeth Bunnett. Scribner & Welford, 1883.

Gillespie, Stuart, "Lucretius' Renaissance", *Renaissance Studies*, Vol. 27, No. 5, 2013.

Glennie, Paul & Nigel Thrift, *Shaping the Day: A History of Timekeeping in England and Wales 1300–1800*, London: Oxford University Press Inc., 2009.

Gould, Stephen Kay, *Time's Arrow, Time's Cycle: Myth and Metaphor in the Discovery of Geological Time*. Cambridge: Harvard University Press, 1987.

Greg, W. W., ed., *"Lodge's"*: *Rosalynde, Being the Original of Shakespeare's "As You Like It "*, London: Chatto & Windus, 1907.

Greg, W. W., "Editors at Work and Play: A Glimpse of the Eighteenth Century", *The Review of English Studies*, Vol. 2, No. 6, 1926.

Halio, Jay L., "'No Clock in the Forest': Time in *As You like It*", *Studies in English Literature, 1500-1900*, No. 2, 1962.

Hamm, Robert B., Jr., "Rowe's Shakespeare (1709) and the Tonson House style", *College Literature*, Vol. 31, Iss. 3, 2004.

Hamm, Robert B., Jr., "Shakespeare Bound: The Tonson Editions and the Making of a Literary Classic", Diss. Santa Barbara: University of Califonia, 2004.

Hamm, Robert B., Jr., "Walker v. Tonson in the Court of Public Opinion", *The Huntington Library Quarterly*, Vol. 75, No. 1, 2012.

Hammond, Paul, *John Dryden: A Literary Life*, London: Macmillan Academic and Professional Ltd, 1991.

Harriman-Smith, James, "Garrick and Shakespeare in Europe", *Journal for Eighteenth-Century Studies*, Vol. 43 No. 3, 2020.

Hart, C. W., "Dr. Johnson's 1745 Shakespeare Proposals", *Modern Language Notes*, Vol. 53, No. 5, 1938.

Hart, Jeffrey, "Samuel Johnson as Hero", *Modern Age*, Vol. 42, No. 2, Spring 2000.

Hart, John A., "Pope as Scholar-Editor", *Studies in Bibliography*, Vol. 23, 1970.

Hazlitt, William, *Characters of Shakespeare's Plays*, ed., J. H. Lobban, Cambridge: Cambridge University Press, 2009.

Hegge, Robert, "Heliotropum Sciothericum", *The Book of Sundials*, ed., Alfred Gatty. London: Bell and Daldy, 1872.

Hinman, Charlton, Prepared, *The Norton Facimile of the First Folio of Shakespeare*, New York: W.W. Norton & Company, Inc.; London, New York, Sydney, The Paul Hamlyn Publishing Group Ltd., 1968.

Hobbes, Thomas, *Leviathan: or the Matter, form, and Power of the Common-wealth*, London: John Bohn, 1839.

Holland, Peter, "Modernizing Shakespeare: Nicholas Rowe and The Tempest", *Shakespeare Quarterly*, Vol. 51, No. 1, 2000.

http://www.britannica.com/biography.

Hughes, Derek, *Dryden's Heroic Plays*, Linclon: University of Nebraska Press, 1981.

Johnson, Samuel, ed., *The Plays of William Shakespeare, with the Correction and Illustrations of Various Commentators*, London: Printed for Jacob

Tonson and Richard Tonson, 1765.

Johnson, Samuel, George Stevens and Isaac Reed, eds., *The Plays of William Shakespeare* in Ten Volumes, London: Printed for C. Bathurst, etc., 1778.

Johnson, Samuel, *Miscellaneous Observations on the Tragedy of Macbeth, with remarks on Sir T.H.'s Edition of Shakespeare,* London: Printed for E. Cave, 1745.

Johnson, Samuel, *Lives of the English Poets,* London: J. F. Dove, 1825.

Keats, John, *The Letters of John Keats*, ed., M. B. Forman, Oxford: Oxford University Press, 1931.

King, Bruce, "Dryden's Intent in *All for Love*", *College English*, Vol. 24, No. 4, 1963.

Kirsch, Arthur C., "Dryden, Corneille, and the Heroic Play", *Modern Philology*, Vol. 59, No. 4, 1962.

Klein, David, *The Elizabethan Dramatists as Critics*, New York: Philosophical Library, 1963.

Kren, Claudia, "The Traveler's Dial in the Late Middle Ages: The Chilinder", *Technology & Culture*, Vol. 18. No. 3, 1977.

Lamb, Charles, *The Essays of Elia*, London: Oxford University Press,1893.

Lansbury, Thomas R., *The First Editors of Shakespeare: Pope and Theobald*, London: David Nutt, 1906.

Larison, Lorraine L., "The Möbius Band in Roman Mosaics: In Solving the Practical Problems of Providing Floors for the Roman Empire, Mosaicists Apparently Stumbled on-and may have Understood-the Möbius band", *American Scientist*, Vol. 61, No. 5, 1973.

Lee, Anthony W., "Samuel Johnson as Intertextual Critic", *Texas Studies in Literature and Language*, Vol. 52, No. 2, 2010.

Malone, Edmond, ed., *The Plays and Poems of William Shakespeare*, 10 Volumes, London: Printed by H. Baldwin, 1790.

Malone, Edmond, *Historical Account of the Rise and Progress of English*

Stage and of the Economy and Usages of the Ancient Theaters in England, Basil: Printed and fold by J. J. Tourneisen, 1780.

Martha, Nusshaum, *Poetic Justice: The Literary Imagination and Public Life*, Boston: Beacon Press, 1955.

Martin, Henri-Jean, *The History and Power of Writing*, Chicago: University of Chicago Press, 1995.

Meres, Francis & John Droeshout, eds., *Witts Academy: A Treasurie of Goulden Sentences Similies and Examples,* London: William Stansby,1636.

MirandoIa, Pico della, *On the Dignity of Man*, trans. Charles Glenn Wallis and Paul J. W. Miller, Indianapolis: Hackett Publishing Company, Inc., 1998.

Nashe, Thomas, "Preface to Pierce Penniless", *The Elizabethan Dramatists as Critics*, ed., David Klein. New York: Philosophical Library Inc., 1963.

Nicholson, Colin, "The Mercantile Bard: Commerce and Conflict in Pope", *Studies in the Literary Imagination*, Vol. 38, No. 1, 2005.

Nicoll, Allardyce, *Dryden as an Adaptor of Shakespeare*, London: Oxford University Press, 1922,

Osborn, Scott C., "Heroical Love in Dryden's Heroic Drama", *PMLA*, Vol. 73, No. 5, 1958.

Oster, Emily, "Witchcraft, Weather and Economic Growth in Renaissance Europe", *The Journal of Economic Perspectives*, Vol. 18, No. 1, Winter 2004.

Ovid, *Metamorphoses*, trans. Horace Gregory with a New Introduction by Sara Myers, New York: New American Library, 2009.

Pepys, Samuel, *Pepys on the Restoration Stage*, ed., Helen Flora McAfee, New Haven: Yale University Press, 1916.

Perry, James Hilliard, "Building the Second Temple: The Art of Dramatic Adaptation in England 1660-1688", Diss. Chicago: Illinois, 2003.

Peterson, Douglas L., *The English Lyric from Wyatt to Donne: A History of the Plain and Eloquent Styles*, East Lansing: Princeton University Press, 1990.

Platt, Peter G., *Shakespeare and the Culture of Paradox*, London & New York: Routledge, 2009.

Raleigh, Walter, *Johnson on Shakespeare*, ed., London: Henry Frowde, 1908.

Rawson, Claude, ed., *Great Shakespeareans*, Vol. 1, London & New York Continuum, 2010.

Rogers, Pat, "Pope and His Subscribers", *Publishing History*, No. 3, 1978.

Rogers, Pat, ed., *Alexander Pope: The Major Works*, with an Introduction and Notes, London: Oxford University Press, 1993.

Rowe, Nicolas, ed., *The Works of Mr. William Shakespeare*, Adorned with Cuts. Revised and Corrected, With an Account of the Life and Writings of the Author, London: Printed for Jacob Tonson, 1709.

Santor, Gefen Bar-On, "The Culture of Newtonianism and Shakespeare's Editors: From Pope to Johnson", *Eighteenth Century Fiction,* No. 4, 2009.

Sawyer, Robert, "From Jubilee to Gala: Remembrance and Ritual Commemoration", *Critical Survey*, Vol. 22, Iss. 2, 2010.

Schoenbaum, Samuel, *William Shakespeare: A Compact Documentary Life*, London: Oxford University Press in association with The Scholar Press, 1975.

Scholes, Robert E., "Dr. Johnson and the Bibliographical Criticism of Shakespeare", *Shakespeare Quarterly*, Vol. 11, No. 2, 1960.

Shakespeare, William, *The Works of Shakepeare*, Vols. 6, ed., Alexandrea Pope, London: Printed for Jacob Tonson, 1723.

Sherbo, Arthur, "Johnson's *Shakespeare*: The Man in the Edition", *College Literature*, Vol. 17, No. 1, 1990.

Sherbo, Arthur, "Sanguine Expectation: Dr. Johnson's Shakespeare", *Shakespeare Quarterly*, Vol. 9, No. 3, 1958.

Sherburn, Gorge, "Pope's Letters and the Harleian Library", *ELH*, Vol. 7, No. 3, 1940.

Sherburn, Gorge, *The Early Career of Alexander Pope*, New York: Russell &

Russell, Inc., 1963.

Sidney, Philip, "An Apology for Poetry", *The Critical Tradition: Classic Texts and Contemporary Trends*, ed., David H. Richer, Boston and New York: Bedford/ST. Martin's, 2007.

Smallwood, Phillip, "Shakespeare: Johnson's Poet of Nature", *The Cambridge Companion to Samuel Johnson*, ed., Greg Clingham, Cambridge: Cambridge University Press, 1997.

Snyder, John P., "Map Projections in the Renaissance", in ed., J. B. Harley and David Woodward. *The History of Cartography: Cartography in the European Renaissance,* Vol. Ⅲ , Chicago: University of Chicago Press, 2007.

Spencer, Spackman Henry, *The Timepiece of Shadows: a History of the Sundial*, New York: W.T. Comstock, 1895.

Stern, Tiffany, "Time for Shakespeare: Hourglasses, Sundials, Clocks, And Early Modern Theatre", *Journal of the British Academy*, No. 3, 2015.

Theobald, Lewis, ed., *The Works of Shakepeare*, 7 Vols., London: Printed for Jacob Tonson, 1733.

Theophrastus, *Characters*, Edited with Introduction, Translation and Commentary by James Diggle, Cambridge: Cambridge University Press, 2004.

Timbs, John, *Clubs and Club Life in London*, London: John Camden Hotten, 1872.

Tina, Skouen, "The Vocal Wit of John Dryden", *Rhetorica: A Journal of the History of Rhetoric,* Vol. 24, No. 4, 2006.

Tomalin, Marcus, "'The Most Perfect Instrument': Reassessing Sundials in Romantic Literature", *Romanticism*, Vol. 21, 2015.

Trevor, Douglas, "The Worlds of Renaissance Melancholy: Robert Burton in Context by Angus Gowland", *Modern Philology*, Vol. 107, No. 2, 2009.

Vasari, Giorgio, *The Lives of the Artists*, Trans. Julia Conway Bondanella and Peter Bondanella, London: Oxford University Press, 2008.

Vickers, Brian, "*King Lear* and Renaissance Paradoxes", *The Modern Language Review*, Vol. 63, No. 2, 1968.

Vickers, Brian, ed., *William Shakespeare: The Critical Heritage*, Vols. 6, London and New York: Routledge the Taylor & Francis, 2005.

Walker, Keith, "Jacob Tonson, Bookseller", *The American Scholar*, Vol. 61, No. 3, 1992.

Walton, J. K., "Edmond Malone an Irish Shakespeare Scholar", *Hermathena*, No. 99, 1964.

Warren, Austin, *Alexander Pope as Critic and Humanists*, Mass: Peter Smith, 1963.

Warton, Joseph, *An Essay on the Writings and Genius of Pope*, London: Printed for Mr. Cooper, 1761.

Watson, George, "Dryden's First Answer to Rymer", *The Review of English Studies,* Vol. 14, No. 53, 1963.

Wayne, Valerie, "The First Folio's Arrangement and Its Finale", *Shakespeare Quarterly*, Vol. 66, No. 4, 2015.

Wells, Stanely, *Modernizing Shakespeare's Spelling*, London: Oxford University Press Inc., 1979.

Wells, Stanely, *The Oxford Shakespeare: The Complete Works*, London: Oxford University Press, 2005.

Wildermuth, Mark, "Samuel Johnson and the Aesthetics of Complex Dynamics", *The Eighteenth Century*, Vol. 48, No. 1, 2007.

Winn, James A., "Heroic Song: A Proposal for a Revised History of English Theater and Opera, 1656-1711", *Eighteenth-Century Studies*, Vol. 30, No. 2, 1996.

Wood, Paul Spencer, "Native Elements in English Neo-Classicism", *Modern Philology*, Vol. 24, No. 2, 1926.

Wood, Paul Spencer, "The Opposition to Neo-Classicism in England between 1660 and 1700", *PMLA*, Vol. 43, No. 1, 1928.

Woolf, Adeline Virginia, "A Room of One's Own", *The Northon Antholology of English Literature*, Vol. 2. ed., Julia Reidhead, New York: W. W. Norton & Company, 2006.

附　录

附录1　1593—1621年莎士比亚戏剧在书业工会登记统计表 [①]

No.	Time	Title of Plays in Stationers	Edition/
1	1593	*A Noble Roman History of Titus Andronicus* *Titus Andunicus*	2
2	1593	*The First Part of the Contention of the two famous Houses of Yorke and Lancaster, with the Deathe of the good Duke Humphire, and the Banishiment and Deathe of the Duke of Yorke, and the Tragical Ende of the Proude Cardinall of Winchester, with the Notable Rebellion of Jacke Cade, and the Duke of Yorke's First Claime unto the Crown*	1
3	1594	*The Famous Victories of Henry the Fift, Containing the Honorable Battle of Agincourt* *Henry the Fifth* *The Historye of Henry the Fifth, with the Battle of Agincourt*	3 .

---

① 本表参照 George Steevens, "Extracts of Entries on the books of the Stationers' Company", in Edmond Malone ed., *The Plays and Poems of William Shakespeare, 10 Volumes*, London: Printed by H. Baldwin, 1790, Vol. 1, pp. 250-260 整理而成。

No.	Time	Title of Plays in Stationers	Edition/
4	1594	*The Tragedie of Richard the Third, wherein is Shown the Death of the Edward the Fourthe, with Smotheringe of the two Princes in the Tower, with the lamentable End of Shore's Wife, and the Contention of the two Houses of Lancaster and York.* *The Tragedie of King Richard the Third, with the Deathe of the Duke of Clarence.* *Richard 3*	3
5	1594	*A Pleasaunt Conceyted Historie Called the Tayminge of a Shrowe* *Taming of a Shrewe* *Taming of a Shrewe*	3
6	1594	*As You Like it*	1
7	1594	*Comedy of Much Ado about. Nothing Much Ado about Nothing*	2
8	1596	*A New Ballad of Romeo and Juliett* *Romeo and Juliett* *Romeo and Juliett*	3
9	1597	*The Tragedye of Richard the Seconde* *The Tragedye of Richard the Seconde* *Richard 2*	3
10	1597	*The History of Henry the Fourth, with his Battle at Shrewsbury against Henry Hottspurre of the North, with the conceipted Mirth of Sir John Falstoff* *Second Part of the History of King Henry Fourth, with Humours of Sir John Falstaff, written by Mr. Shakespeare*	2
11	1598	*The First Part of the Histroy of the Life and Reign of King Henry the Fourthe, extending to the End of the First Year of His Reign* *Henry 4 rst Part*	1
12	1598	*The Merchaunt of Venyse, otherwise called the Jewe of Venyse* *The Merchaunt of Venyce* *Merchaunt of Venyse*	3
13	1600	*A Midsomer Nyghte Dreame*	1
14	1601	*An Excellent and Pleasant Conceited Comedie of Sir John Faulstoff and the Merry Wyves of Windsore*	1

续表

No.	Time	Title of Plays in Stationers	Edition/
15	1602	*The Revenge of Hamlett Prince of Denmarke, as it was lately acted by the Lord Chamerlain his servants* *Hamlett*	2
16	1602	*Troilus and Cressida* *History of Troilus and Cressida*	2
17	1604	*Henry 8*	2
18	1606	*Love's Labour Lost* *Love's Labour Lost*	1
19	1607	*What You Will, Twelfth Night*	1
20	1607	*The famous Chronicle Historye of Leire King of England and his three Daughters* *The Tragical Historye of Leire King of England and his three Daughters* *Historie of King Lear*	3
21	1608	*Anthony and Cleopatra*	1
22	1608	*Pericles Prince of Tyre*	1
23	1621	*The Tragedie of Othello the Moore of Venice*	1

附录 2 1659—1669 年国王剧团演出的弗莱彻与博蒙特戏剧场次统计表 [①]

	Plays	1659 – 1660	1660 – 1661	1661 – 1662	1662 1663	1663 – 1664	1664 – 1665	1665 – 1666	1666 – 1667	1667 – 1668	1668 – 1669
1	*The Beggar's Bush*	1	3	1						1	
2	*The Elder Brother*	1	1	1							
3	*The Humorous Lieutenant*	1	2	1	12				2		
4	*A King and No King (Beaumont)*	1	2	1							1
5	*The Loyal Subject*	1	1			1					
6	*The Mad Lover*	1	1	1							1
7	*The Maid in the Mill*	1	2	2							1
8	*The Maids Tragedy*	1	2	1					2	3	
9	*Philaster*	1	1	3						2	
10	*Rollo, Duke of Normandy*	1	2			1			1		1

---

① 本表是根据派瑞（James Hilliard Perry）的博士学位论文《建造第二神殿：英国戏剧改编艺术 1660—1680》（"Building the Second Temple: 1660-1688"）附录中有关莎士比亚戏剧演出与改编的信息整理而成。James Hilliard Perry, "Building the Second Temple: The Art of Dramatic Adaptation in England 1660-1688", Dissertation, University of Chichago, 2003, pp. 296-307.

	Plays	1659–1660	1660–1661	1661–1662	1662–1663	1663–1664	1664–1665	1665–1666	1666–1667	1667–1668	1668–1669
11	*Rule a Wife and Have a Wife*	1	1	3							
12	*The Spanish Curate*	1	1	2							1
13	*The Tamer Tamed*	2	2								1
14	*A Wife for a Month*	1									
15	*The Wild Goose*	1	1							1	
16	*Wit Without Money*	1	3		1				1		
17	*The Chances*		2	1							
18	*The Night-Walker*		1	3			1				
19	*The Scornful Lady*		5		1				2	2	
20	*The Knight of the Burning Pestle*			2					1		
21	*Monsieur Thamas*			3							
22	*The Faithful Shepherdess*				1						4
23	*Love's Pilgrimage*						1				
24	*The Custom of the Country*								2		
25	*Cupid's Revenge*									1	
26	*The Sea Voyage*									5	

	Plays	1659 – 1660	1660 – 1661	1661 – 1662	1662 – 1663	1663 – 1664	1664 – 1665	1665 – 1666	1666 – 1667	1667 – 1668	1668 – 1669
27	*The Woman Hater*									1	
28	*The Coxcomb*										2
29	*Woman Pleased*			3		3					2
30	*The Island Princess (Adapted)*										4

附录3 国王剧团和公爵剧团 1659—1669 年 演出莎士比亚戏剧统计表 [①]

	Plays	1659 – 1660	1660 – 1661	1661 – 1662	1662 – 1663	1663 – 1664	1664 – 1665	1665 – 1666	1666 – 1667	1667 – 1668	1668 – 1669
1	Henry Ⅳ, pt.1	1	3							2	1
2	The Merry Wives of Windsor	1	2	1							
3	Othello	1	2								1
4	Pericles	1									
5	Hamlet		1	3	2					1	
6	Romeo and Juliet	1	1	1							
7	Twelfth Night	1	2	2	1						1
8	A Midsummer Night's Dream				1						
9	Henry Ⅷ					16					1
10	King Lear					1					

---

① 本表是根据派瑞（James Hilliard Perry）的博士学位论文《建造第二神殿：英国戏剧改编艺术 1660—1680》("Building the Second Temple: 1660-1688")附录中有关莎士比亚戏剧演出与改编的信息 整理而成。James Hilliard Perry, "Building the Second Temple: The Art of Dramatic Adaptation in England 1660-1688", Dissertation, University of Chichago, 2003, pp. 296-307.

续表

	Plays	1659 – 1660	1660 – 1661	1661 – 1662	1662 – 1663	1663 – 1664	1664 – 1665	1665 – 1666	1666 – 1667	1667 – 1668	1668 – 1669
11	*Macbeth* (*Adapted by Davenant*)						1		4	3	2
12	*Sauny the Scot* (*Adapted by John Lacy from the Taming of the Shrew*)								1	1	
13	*The Tempest* (*Adapted by Davenant and Dryden*)									15	2

附录 4　国王剧团 1659—1669 年演出的
本·琼森戏剧场次统计表 ①

	Plays	1659 – 1660	1660 – 1661	1661 – 1662	1662 – 1663	1663 – 1664	1664 – 1665	1665 – 1666	1666 – 1667	1667 – 1668	1668 – 1669
1	*The Silent Woman*		5			2			2	2	1
2	*The Alchemist*		3	2	1	1					
3	*Bartholomew Fair*		2	3		1			1		1
4	*Volpone*				1				1		
5	*Catiline*										4

---

　　① 本表是根据派瑞（James Hilliard Perry）的博士学位论文《建造第二神殿：英国戏剧改编艺术 1660—1680》("Building the Second Temple: 1660-1688")附录中有关本·琼森戏剧演出的信息整理而成（pp. 298-306）。

后 记

虽然求学的心似骏马奔驰，但时间老人步履蹒跚。从开始囫囵吞枣地阅读文本，到冥思苦想选题，再到日思夜想完成书稿，即使没有"独上高楼，望尽天涯路""为伊消得人憔悴"和"蓦然回首，那人却在灯火阑珊处"那么诗情画意，却也着实完成了一次自我修炼。

望着眼前的书稿，思绪万千，回想成书过程，有无限的温暖。以下将从读书、写作和出版三个方面，依次感谢给予我帮助的师友。

首先，读书。导师罗益民教授以宽容勇敢的心，给了我再次学习的机会，做学问要文火慢炖，切忌高温爆炒，才有了从零起点开始，到文学草根，再到呈现在大家面前的书稿。尤为重要的是，在此书付梓之际，罗老师在百忙之中撰写序言，给予我更多的期望和指导。

书是读出来的，学问是养成的。在读书期间，除了学校要求的课程，我还参加了"苇间风沙龙""天鹅之风莎士比亚研究国际学术论坛"和重庆市莎士比亚年会等学术活动。"苇间风沙龙"是读书期间的学术盛宴，每一次讲座都会跟老师有所交流，有所收获。来"沙龙"讲座的有教授名家，也有普通文学爱好者；有时高朋满座，有时也会略显零落。在与不在，差距很大；听与不听，没有绝对的界限。有时候会走神儿，想点别的事情，或者瞥一眼手头的书，有时也尝试问一些问题。终于，在参加了2018年4月的"第一届天鹅之风莎士比亚研究国际学术论坛"系列讲座之后，我开始憧憬成为一个学者。

饮水思源，聆听外国语学院举办的语言学论坛让我受益匪浅。国内外语言学研究的著名学者清晰的思路和表达方式感染了我，特别是文旭院长的学术热情让我非常佩服。后来，我因旁听杜世洪教授的《西方文化思想史》课程，开始阅读《论方法》《第一哲学原则》和《哲学的慰藉》等著作，试着发现学者们争论的焦点，并逐渐找到了学术思考的方法。

除了学术讲座，旁听博士研究生开题、预答辩和答辩的过程是学习过程中至关重要的环节，也是浸润式培养学术思维的重要途径。刘立辉教授、晏奎教授、郭方云教授、刘玉教授、陈才忆教授、董洪川教授、罗良功教授、张和龙教授等为其他同学提出的建议，成为我执着努力的信念和动力。同时，也特别感谢中国人民大学外国语学院的刁克利教授和西北大学的雷鸣教授。他们给予的宝贵建议，使我这几年能够沉静下来读书。

在读书的过程中，我幸运地遇到了很多年轻的朋友。他们活泼、热情、有活力，富有人格魅力，对学术有独到的见解。他们无意中的一句话、一个眼神、一个微笑，都会促成我一点点的努力与进步。在此，感谢在读书期间关心我又不断被我打扰的师友们。限于书稿篇幅，在此不一一罗列他们的名字，但我心里记得每一个人给予的关心和帮助。

其次，写作。虽然我不是一个沉默寡言的人，却不擅长学术沟通和交流。为此，特别感谢苏福忠老师。在2016年4月的"重庆市莎士比亚年会"上，苏老师将一套《英汉双解莎士比亚大词典》送给了我。此后，我怀着感恩的心写了第一篇文学方面的文章，《为有源头活水来——刘炳善先生编纂〈英汉双解莎士比亚大词典〉纪事》，并获得了年会论文一等奖。苏老师是一个坦率可爱的人，说我做事太急躁又不静心，需要学会细致地思考；读书关键得交流，闭门造车是不行的。当时苏老师还推荐我读木心的《文学回忆录》交流感想。书的确读了，感想却没有说，在此表达我的歉意。不过，此后我一直坚持写作，一直到本书完成，也特别希望有机会再次见到苏老师，当面致谢。

最后，出版。2012年，在《河北省翻译史专题研究》出版之后，我到石家庄参加"典籍翻译研讨会"，经李正栓教授引荐，认识了罗益民教授，走向了文学，转瞬十年已过，有了出书的愿望。尤为幸运的是遇到编辑王小溪老师。她的学养和坦诚，让我非常敬佩。在王老师的鼓励下，我耐心修改书稿，直至成书。

另外，特别感谢莎士比亚，这位从埃文河畔走出来的、没有读过大学的诗人。无论他经历了多少苦难，作品中的人物都有一种与众不同的生命力。这种生命力，不仅治愈了一个时代，也给我的心灵带来了很多的慰藉。有人说，莫斯科不相信眼泪。同样，莎士比亚笔下的女性也不相信眼泪。她们的勇气与智慧，使我能够勇往直前，完成自己的梦想。

张秀仿

2022 年 6 月 30 日